D1943057

UMWORBEN VON IHREM PUMA

DIE GEFÄHRTINNEN DER COUGAR-CREEK-WANDLER

BUCH 3

FELICITY HEATON

Copyright © 2024 Felicity Heaton

Alle Rechte vorbehalten.

Kein Teil dieses Buches darf in irgendeiner Form oder mit irgendwelchen elektronischen oder mechanischen Mitteln, einschließlich Informationsspeicher und -abrufsystemen, ohne schriftliche Genehmigung des Autors vervielfältigt werden, außer für die Verwendung kurzer Zitate in einer Buchrezension.

Übersetzung von Literary Queens

DIE GEFÄHRTINNEN DER COUGAR-CREEK-WANDLER

Buch 1: Beansprucht von ihrem Puma

Buch 2: Gefangen von ihrem Puma

Buch 3: Umworben von ihrem Puma

Buch 4: Begehrt von ihrem Puma

KAPITEL EINS

COUGAR CREEK WAR dem Wahnsinn verfallen.

Flint war vor vier Wochen angekommen und hatte feststellen müssen, dass sein ältester Bruder Rath in einen Menschen verliebt war, der sich in sein Territorium verirrt hatte.

Ein Mensch, der sich als seine Schicksalsgefährtin entpuppt hatte.

Seine einzig wahre Gefährtin.

Als wäre das nicht schon verrückt genug gewesen, hatte vor einer Woche auch noch sein zweiter Bruder, Storm, mitgeteilt, dass er mit Gabriella verlobt war. Sie war ebenfalls ein Mensch und die Halbschwester eines Mannes, der versucht hatte, sowohl Rath als auch Storm zu töten. Ein Mann, der mit Erzengel im Bunde war – einer Jägerorganisation, die es vor vier Jahrzehnten schon mal auf ihre Familie und ihr Rudel abgesehen hatte.

Dieser Kampf damals hatte das Leben ihrer Eltern gefordert.

Flint konnte es nicht fassen, dass Storm jetzt mit Gabriella verlobt war – einer Frau, die eine Verbindung zu dem hatte, was mit ihren Eltern und ihrem Rudel passiert war. Das war einfach nur un-glaub-lich! Es war für ihn unbegreiflich. Diese kleine Sterbliche überzeugte ihn nicht. Sie würde sich anstrengen müssen, um zu beweisen, dass sie nicht so war wie ihre Verwandten, die für Erzengel arbeiteten und im Begriff waren, seinen Bruder zu verraten.

Er war auch nicht der Einzige am Bach, der so dachte.

Storm schien jedoch so vernarrt in sie zu sein, dass er ihr einen Ring anstecken wollte.

Im wahrsten Sinne des Wortes.

Flint konnte sich nicht an den letzten Puma-Wandler erinnern, der sich sowohl mit einem Menschen verlobt als auch verpaart hatte. Er war sich nicht sicher, ob er vor Storm jemals einen getroffen hatte. Dieser Wahnsinn war genauso ansteckend wie der andere, der das Rudel überfiel, denn jetzt sprachen Rath und Ivy auch über eine Hochzeit.

Er schüttelte den Kopf, drehte sich so, dass die Sohle seines anderen abgenutzten schwarzen Wanderstiefels an der rauen Rinde der Kiefer hinter ihm auflag, und schnaufte.

Alle im Creek waren verrückt geworden, und zwar nicht auf die übliche gute Art und Weise, die man mit einer Frühlingszusammenkunft verbindet. Das war eine beunruhigende Art des Wahnsinns, und seine Brüder waren nicht die einzigen, die davon betroffen waren. Eines der Männchen, die zu dem Treffen gekommen waren, hatte sich mit einem der Weibchen gepaart und ein Band zwischen ihnen geknüpft – was für Puma-Wandler so etwas war wie unter die Haube kommen.

Und nicht nur das.

Er ließ seine grauen Augen nach rechts gleiten, zu dem breiten Fluss, der am Ende der Lichtung im dichten Wald um die Biegung floss, über Felsen plätscherte und im Sonnenlicht glitzerte.

Cobalt stand am Fluss – ein Schatten in seinen schwarzen Jeans, Stiefeln und dem T-Shirt, das sich seinem athletischen Körperbau anpasste. Er war ein Mann, den jeder, der ihn nicht besser kannte, leicht für entweder bedrohlich oder für einen Filmstar halten konnte – je nach Geschlecht. Sein Bruder fuhr sich mit der Hand über seine kurzen platinblonden Haare und zerzauste die büschelartigen Wellen, die immer wieder perfekt nach hinten sprangen. Die gemeißelten Züge seines Gesichts verharrten einen Moment lang in einer starren Linie, während sich seine goldgrauen Augen auf den Kampf konzentrierten, bevor sie wieder ein wenig weicher wurden.

Flint wusste warum; er kannte seinen Bruder gut genug, um die subtilen Zeichen zu erkennen, die seine Stimmung verrieten.

Sein älterer Bruder war gefährlich, aber es war nicht das Bedürfnis zu kämpfen, das ihn heute nervös machte.

Hinter ihm und dem Fluss verdichtete sich der tiefgrüne Kiefernwald, der das Tal bedeckte und sich bis zu den schneebedeckten Bergen erstreckte, die in den klaren blauen Himmel ragten. Eine atemberaubende Kulisse, die sein Bruder nicht bemerkte, da er nur Augen für eine bestimmte Schönheit hatte.

Cobalt gelang es auch nicht, dies zu verbergen, während er so tat, als ob er sich auf den Kampf zwischen zwei Männchen mitten auf der Lichtung konzentrierte. Es war ein brutaler Kampf mit herrlicher Aggression und Blutvergießen um das Recht, ein läufiges Weibchen zu befriedigen. Immer wenn Cobalt das Gefühl hatte, dass ihn niemand beobachtete, ließ er seinen Blick zu den Zuschauern schweifen, um eine von ihnen zu beobachten.

Ember.

Es war nicht das erste Mal, dass Flint auffiel, wie sein zweitältester Bruder das Weibchen beobachtete. Verdammt, es war nicht einmal das erste Rudeltreffen, bei dem Flint bemerkt hatte, dass er Ember mit sehnsüchtigen Blicken nachsah.

Aber es war die erste Frühlingszusammenkunft, an der Ember teilnahm, und zwar als Weibchen, auf der Suche nach einem Männchen.

Cobalt riss seine stahlgrauen Augen von ihr los, als sich ein Männchen der Schönheit mit den rabenschwarzen Haaren näherte, um mit ihr zu sprechen. Sein Bruder fuhr sich mit den Händen durch seine blassblonden Haare und zerzauste die längeren Strähnen auf eine Weise, die seine Frustration verdeutlichte. Armer Kerl.

Flint hatte es schon schwer genug, an der Seitenlinie zu sitzen und nicht an der Zusammenkunft teilnehmen zu können, weil seine Familie für die Aufsicht verantwortlich war. Es war seine Pflicht, dafür zu sorgen, dass die Dinge nicht aus dem Ruder liefen, wenn die von ihren Instinkten aufgeputschten Männchen um das Recht auf ein Weibchen stritten – und manchmal auch um rein gar nichts. Das Paarungsfieber war immer heftig, deshalb sorgten seine Brüder und er dafür, dass alle in Sicherheit waren, während sie damit beschäftigt waren, ihren Instinkten nachzugeben.

Das hieß aber nicht, dass er gegen das Paarungsfieber immun war.

So viele hübsche Frauen, die alle ihre Pheromone verströmten, ließen seine Puma-Seite darauf brennen, sie zu befriedigen. Verdammt, er würde gerne mehr als eine von ihnen auf einmal befriedigen, wenn sie ihn ließen.

Wenn es für ihn schon die Hölle war, konnte er sich nicht vorstellen, was für eine Qual es für Cobalt sein musste. Sein Bruder war gezwungen, mit anzusehen, wie sich die Männchen einem Weibchen näherten, nach dem er sich sehnte – und er konnte nichts dagegen tun.

Der Kampf endete schließlich damit, dass eines der Männchen mit dem Rücken auf dem Gras der Lichtung lag und schwer atmend aufgab. Sein nackter Rücken krümmte sich unter dem ganzen Blut, das ihn bedeckte. Seinem Gegner erging es nicht viel besser, er trug Krallenspuren, die purpurrot leuchteten, aber das hielt ihn nicht davon ab, sich das Weibchen zu schnappen, dessen Befriedigung er gewonnen hatte, und sie in seine Hütte zu schleppen.

Der Glückspilz.

Flint würde sein linkes Ei geben, um an den Kämpfen teilnehmen zu können, und das nicht nur, weil er jetzt genauso gerne einen guten Fick haben wollte wie jeder andere, sondern weil er von all den Weibchen so erregt war, dass er ihnen geben wollte, was sie brauchten. Verdammt, er hätte sein Ei sogar allein fürs Kämpfen hergegeben.

Klar, er durfte Köpfe aneinanderschlagen, wenn die Männchen in Kämpfe ausbrachen, bei denen es nicht um ein Weibchen ging – ihre Hormone kurbelten ihre Aggressivität an und machten sie unberechenbar, sodass sie sich leicht zu einer Schlägerei hinreißen ließen. Aber es war nicht das Gleiche, wie wenn er alles aus sich herausholen konnte. Jedes Mal, wenn er einen Kampf unterbrach, musste er sich zurückhalten, und auch wenn er sie ein bisschen verprügelte – wenn sie ihm auf die Nerven gingen –, gab ihm das nicht den gleichen Kick, wie wenn er sich richtig austoben konnte.

Und das passierte zurzeit nicht sehr oft.

Sein Tourguide-Unternehmen im Norden, wo die Rocky Mountains in sanfte Hügel und endlose Ebenen übergingen, beschäftigte ihn die meiste Zeit des Jahres – von dem Moment an, wenn die Bären und wilden Tiere im Frühling auftauchten, bis zum Herbst. Im Winter zog es ihn in den Westen, in eine kleine Stadt an der Küste, die von Wandlern verschiedener Arten bewohnt wurde.

Darunter auch Bären.

Dort konnte er sich kräftetechnisch ein wenig austoben, wenn die Bären den Köder schluckten oder wenn es sie ebenfalls nach einem Kampf juckte. Allerdings waren sie nachsichtig mit ihm. Wahrscheinlich, weil er ein paar von ihnen angeheuert hatte. Sie sollten sich für die Menschen, die zu seinen Hütten kamen, um die Tiere zu sehen, als echte Bären auszugeben. Manchmal waren die echten schwer zu finden, da sie später im Jahr aufwachten, als die Touristensaison begann, oder früher in den Winterschlaf gingen, als sie endete.

Manchmal zahlte es sich aus, ein paar Grizzly-Wandler zu kennen, die bereit waren, für schnelles Geld in die Rolle ihres tierischen Gegenstücks zu schlüpfen.

Bei dem Gedanken an die kleine Gruppe von Hütten, die er besaß, kam ihm seine eigene Unterkunft in den Sinn. Es war eine gut ausgestattete Hütte, die größer war als die anderen, die auf seinem weitläufigen

Land verteilt waren. Sie war auch wesentlich luxuriöser und hatte jeden Komfort, den er brauchte.

Von dort aus gingen seine Gedanken zu all den Reisegruppen, die er seinen Reiseleitern überlassen musste, damit er an den Zusammenkünften wie gefordert teilnehmen konnte.

Reisegruppen, von denen er wusste, dass sie mehr als eine weibliche Person enthielten, die zufällig Single war.

Ihr Götter, er liebte weibliche Singles in Reisegruppen.

Sie waren auf der Suche nach Abenteuern, und oft beinhaltete dieses Abenteuer auch eine kleine Urlaubsromanze, sobald sie ein Auge auf ihn geworfen hatten. Ein Grinsen umspielte seine Lippen, als er an all die Frauen dachte, denen er erlaubt hatte, sich in seine Hütte und in seine Arme zu flirten. Es folgten ein paar leidenschaftliche Nächte, bevor sie mit dem Versprechen abreisten, sich wieder zu melden.

Das taten sie nie.

Und das war ihm nur recht.

Er mochte unkomplizierte Dinge.

Stöhnend zog er seine schwarze Wanderhose von seinem Unterleib weg, als sein Schwanz auf die falsche Idee kam. Die Kombination aus all den Pheromonen, die im Creek herumschwirrten, und den Erinnerungen an all die Frauen, mit denen er im Norden geschlafen hatte, war tödlich für seine Selbstbeherrschung. Er verdrängte sie aus seinem Kopf und versuchte, sich auf andere Dinge zu konzentrieren.

Das war nicht schwer, als ein Männchen zu seiner Linken aus der Deckung brach und aus den Bäumen auf die Lichtung trat. Er nickte dem älteren Mann zu – ein stämmiger Brünetter mit einer Narbe am Hals und einem schweren Rucksack auf dem Rücken.

»Du kannst dich auf der anderen Seite der Lichtung niederlassen, wenn du keine Begleiter hast, bei denen du unterkommen kannst.« Flint deutete auf den Wald gegenüber, wo einige Hütten zusammen mit ein paar bunten Zelten durch die Bäume zu sehen waren.

Das Männchen nickte und ging in diese Richtung, während Flint ihm mit einem Stirnrunzeln nachschaute.

Normalerweise waren inzwischen alle Mitglieder des Rudels, die an der Zusammenkunft teilnehmen wollten, in Cougar Creek angekommen, aber mit jedem Tag kamen mehr Leute an. Er konnte sich nicht erinnern, wann seine Sippe das letzte Mal gezeltet hatte, um dabei zu sein, oder wann sie das letzte Mal so zahlreich am Creek erschienen war.

Er war sich nicht sicher, ob es daran lag, dass sie die Paarungshitze spürten, oder daran, dass sie neugierig waren, Raths neue Gefährtin zu sehen, oder an dem Vorfall mit Gabriellas Halbbruder.

Alle waren immer noch unruhig.

Flint warf einen Blick zu seiner Linken, die Lichtung hinauf zu Raths Hütte, die sich zwischen den Bäumen am oberen Ende der Grünfläche befand.

Rath lächelte, während er mit Ivy, seiner schönen, kurvenreichen Brünetten, auf der Veranda der Hütte sprach. Seine Hände umklammerten ihre Hüften in ihrer blassen, anthrazitfarbenen Hose, während sein Körper sich so eng an ihren presste, dass der dunkelgrüne Fleece, den er mit seiner Jeans kombiniert hatte, mit ihrem T-Shirt verschmolz. Flint war sich nicht sicher, ob sein Bruder ihr noch näher kommen könnte, solange sie bekleidet waren.

Raths Aufmerksamkeit gehörte nur ihr, während sie mit ihm sprach. *Besessen.* Eindeutig infiziert von dem Wahnsinn. Sein Bruder schmolz förmlich dahin, als sie auf Zehenspitzen ging und mit den Fingern durch seine vollen dunklen Haare strich, sie über seinen Nacken gleiten ließ und ihn für einen Kuss zu sich zog. Er griff in ihre kastanienbraunen Wellen im Nacken und drückte sie an sich, während er sie intensiv küsste.

Einen Moment lang sah es so aus, als würde er sie zu einem nachmittäglichen Vergnügen entführen, aber dann gaben seine breiten Schultern mit einem Seufzer nach und er ließ seine Gefährtin nur widerwillig los. Sie sagte etwas, woraufhin er nickte und die Veranda verließ.

Er kam in Flints Richtung.

Während er darauf wartete, dass sein Bruder ihn erreichte, konzentrierte er sich auf die Gruppe von

Pumas, die sich gerade auflöste. Einer von ihnen half dem Verlierer zurück in seine Hütte, während Flint die Wälder betrachtete, die den Bach von allen Seiten umgaben. Es war ein wunderschöner Ort, umrahmt von Bergen, die dem Rudel die nötige Privatsphäre gaben, und wie immer, wenn er zum Bach zurückkehrte, war er neidisch auf Rath.

Sein Grundstück im Norden war an den meisten Seiten offen, nur ein paar Berge standen in einiger Entfernung von den Hütten, und die Bäume waren spärlicher. Rath hatte das Glück, das ganze Jahr über eine so atemberaubende Landschaft bewundern zu können. Flint würde nicht Nein sagen, wenn er mit ihm tauschen könnte, um sich um die Hütten und das Territorium des Rudels zu kümmern, zu fischen und die Schönheit der Landschaft in sich aufzusaugen.

Das würde allerdings bedeuten, dass er sein luxuriöses Leben in seinem eigenen Territorium aufgeben müsste.

Bei dem Gedanken erschauderte er.

Er konnte mit etwas weniger Schönheit außerhalb seiner Hütte leben, wenn er alle Schönheiten, die er wollte, darin haben konnte, um sein Bett in den kalten Frühlings- und Herbstnächten zu wärmen.

»... noch einmal die Umgebung absuchen.« Raths tiefe, knurrende Stimme durchbrach Flints angenehme Gedanken, machte sie zunichte und holte ihn zurück an den Bach.

Er schaute seinen älteren Bruder an, der sich mit

langen Fingern durch seine dichten braunen Haare fuhr und so tief einatmete, dass sich sein Fleecepulli eng um seine breite Brust legte.

Flint war zwar etwas schlanker gebaut und hatte es nie geschafft, die restlichen fünf Zentimeter zuzulegen, um Raths Größe von zwei Metern zu erreichen. Aber er hatte das durch Muskelaufbau wettgemacht und in der Nebensaison trainiert, um seine Kraft zu erhalten.

Und deshalb sah er für die Damen einfach fantastisch aus.

Raths graue Augen wurden golden, als er nach rechts in den Wald blickte. »Ich bin etwas nervös.«

»Geht mir auch so.« Flint ließ seinen Blick über die Hütten und Bäume auf der anderen Seite der Lichtung schweifen und über den Wald, der das gegenüberliegende Flussufer zu seiner Rechten begrenzte. »Irgendetwas stimmt heute nicht.«

Er hatte es auf den Kampf von eben zurückgeführt, da er brutaler als sonst gewesen war und länger gedauert hatte als die meisten Kämpfe um Vorherrschaft und Paarungsrechte. Das hatte viele Pumas aus ihren Hütten und Zelten aufgescheucht, um das Geschehen zu beobachten, und alle waren nervös, weil sie darauf gespannt waren, wer als Sieger hervorgehen würde.

Aber die Menge hatte sich zerstreut, die Wiese hatte sich geleert und das Gefühl, dass etwas nicht stimmte, war geblieben und nagte weiter an ihm.

»Ich werde es mir ansehen.« Flint hob den Saum

seines marineblauen Hemdes hoch und steckte die Daumen in die Taschen seiner schwarzen Wanderhose, während er sich vom Baum entfernte.

Rath nickte und machte sich wieder auf den Weg zu seiner Hütte.

Flint hatte alle Patrouillen übernommen, seit er angekommen war. Normalerweise übernahm Rath sie, um die Sicherheit des Rudels während der Zusammenkunft zu gewährleisten, wenn alle in der Paarungshitze gefangen waren. Das Einzige, was sein Bruder dieses Mal mit sich riss, war Ivy, die er jetzt gerade wieder in seine Arme nahm.

Er schüttelte den Kopf, als Rath Ivy sofort wieder an sich zog und sie erneut küsste. Definitiv besessen. Sein Bruder konnte seine Hände nicht von ihr lassen.

Und verdammt, sogar Flint fing inzwischen an zu lächeln, wenn sie auftauchte, weil er wusste, dass Rath gleich in ihrer Nähe sein würde, um sie wieder zu beanspruchen.

Es war schön, seinen Bruder endlich glücklich zu sehen.

Er konnte sich nicht erinnern, wann er Rath das letzte Mal so viel hatte lächeln sehen.

Flint warf einen letzten Blick auf den Bach, auf Rath, der sich um Ivy kümmerte, auf Cobalt, der am Ufer stand und sich offensichtlich nach Ember sehnte, und auf die anderen Männchen und Weibchen, die einander mehr als nur einen Blick zuwarfen.

Ein Seufzer entwich ihm.

Er drehte sich schnell um und ging in den Wald, um seine Patrouille zu beginnen.

Ja, die Welt war verrückt geworden und er wollte nichts damit zu tun haben; er war mit seinem Leben zufrieden, so wie es war.

Auf keinen Fall wollte er sich von dem Fieber anstecken lassen, das am Bach herrschte.

Auf gar keinen Fall.

KAPITEL ZWEI

YASMIN SCHNAUFTE, als sie sich ihre ebenholzfarbenen Wellen aus dem Gesicht schob. Sie spürte die Feuchtigkeit in ihrem Nacken, die sie höllisch nervte, weil ihre Haare dort auf eine Art und Weise klebten, die sie dazu brachte, etwas tun zu wollen. Wahrscheinlich schreien.

Sie blieb in der Nähe einer hoch aufragenden Kiefer stehen, die wie jeder andere verdammte Baum im Wald aussah, und drehte sich im Kreis, um den Pfad auszumachen. Es musste einen Weg geben. Sie war sich sicher, dass sie seit dem Ausgangspunkt des Wanderwegs, an dem sie ihr Auto neben Ivys Jeep geparkt hatte, einem Pfad gefolgt war. Die anderen Fahrzeuge hatten ihr bestätigt, dass sie in der richtigen Gegend war.

Vielleicht war es eine Tierspur gewesen.

Eine kühle Brise wehte den sanften Hang zu ihrer

Rechten hinauf und trug den Geruch von Wasser mit sich. Sie konnte den Fluss in dieser Richtung hören. Vielleicht wäre es klug, bergab zu gehen, bis sie ihn gefunden hatte, und ihm dann zu dem Gebiet zu folgen, das ihre Freundin mehr als einmal ›den Creek‹ genannt hatte. Creek war doch das englische Wort für Bach, oder? Ja, ganz bestimmt. Auf Ivys Fotos hatte es einen Fluss gegeben. Es war naheliegend, dass sie ihre Freundin in der Nähe des Flusses finden würde, den sie gerade hören konnte.

Yasmin befreite sich mit ein paar Ruckbewegungen von ihrem schweren Rucksack, setzte ihn auf dem rauen Boden zwischen den verworrenen Wurzeln der Kiefern ab und durchwühlte die Seitentaschen – wobei ihre Laune einen Sturzflug erlebte, als sie nicht fand, wonach sie suchte.

»A-ha.« Sie grinste, als sie die fünfte Tasche öffnete – warum gab es eigentlich so viele Taschen an diesen blöden Rucksäcken? – und ihre Haargummis und andere Kosmetikartikel fand.

Sie richtete sich auf, hob ihre Haare aus dem Nacken, knüllte sie zusammen und band sie mit dem Haargummi fest. Ein Teil davon fiel sofort wieder herunter und umrahmte ihr Gesicht, aber das würde für den Moment reichen. Alles, was sie wollte, war, ihren Hals freizuhalten. Es war herrlich, wie der Wind sie streichelte, und ein leises Seufzen verließ ihre Lippen, während sie diesen Moment genoss.

Als der Wind wieder abflaute, zog sie ihre

schwarze Jacke aus, denn ein Wintermantel in Kombination mit ihrem dunkellila Pullover und dem langärmeligen cremefarbenen T-Shirt, das sie darunter trug, war wohl etwas zu viel des Guten gewesen. Sie hatte erwartet, dass das Wetter kühler sein würde, als es tatsächlich war. Auf den Bergen in Ivys Fotos hatte ja aber auch immer noch Schnee gelegen.

Sie spähte durch die dichten Bäume, um einen Blick auf den Berg zu erhaschen, der ihr am nächsten lag. Es lag immer noch Schnee darauf. Offenbar bedeutete Schnee auf den Gipfeln nicht, dass es im Tal kalt war. Es kam selten vor, dass sie etwas Neues lernte, etwas vollkommen Neues jedenfalls. Was würde sie bei diesem Abenteuer wohl noch lernen?

Yasmin hievte den Rucksack zurück auf ihre Schultern. Sein Gewicht drückte auf sie, und sie krümmte sich, zog eine Grimasse und versuchte, es sich wieder bequem zu machen.

Vielleicht war der sonnige Tag nicht allein dafür verantwortlich, dass sie ins Schwitzen geriet. Die Kombination aus dem Gewicht ihres Rucksacks und der Anstrengung der Wanderung hätte wahrscheinlich ausgereicht, um sie auch an einem kühlen Tag zum Schwitzen zu bringen.

Sie schob ihren Mantel über den rechten Riemen ihres Rucksacks, sodass er gegen ihren Rücken und ihre Hüfte drückte und nicht in den Dreck fiel, bevor sie sich wieder auf den Weg machte, der sie durch die Bäume bergab zum Fluss führte.

Ein Mann mit wilden schwarzen Haaren und goldenen Augen stellte sich ihr in den Weg. Er war wie eine Art Raubtier aus den Bäumen aufgetaucht und starrte sie an.

Gelassen stoppte sie vier Meter vor ihm.

Sie ließ ihren Blick über ihn schweifen und betrachtete sein marineblaues Shirt, das eng an seinem athletischen Körperbau anlag, seine langen Beine, die in einer sehr praktischen schwarzen Hose steckten, und seine abgewetzten Stiefel, die aussahen, als hätte er Hunderte von Kilometern in ihnen zurückgelegt und bräuchte ein neues Paar. Zu geizig, um sich neue zu kaufen? Oder war er sentimental und hing aus irgendeinem Grund an diesen Stiefeln?

Sie hob ihren Kopf und sah ihm in die goldenen Augen.

Er wirkte nicht wie ein sentimentaler Typ.

Sein geradliniger Kiefer war hart und seine Lippen zusammengepresst, sodass die Narbe, die sich über die linke Seite seines Mundes zog, an der Haut seiner Wange zerrte.

Er sah aus, als wolle er sie anknurren.

Yasmin kam zu dem Schluss, dass er ihr höchstwahrscheinlich helfen könnte. »Ich habe mich verlaufen, kannst du mir den Weg zeigen …«

»Das ist Privatbesitz. Dreh um und schaff deinen Arsch den Weg zurück, den du gekommen bist«, warf er ein und knurrte mit einer Stimme, die mehr Biss hatte als die der örtlichen Bären.

Das war unhöflich.

Sie verengte ihre dunklen Augen. »Nein. Wenn du mich ausreden lassen würdest …«

Er schüttelte den Kopf. »Das wird nicht passieren. Das ist kein Ort zum Zelten. Das ist Privatbesitz.«

»Ja, das hast du jetzt schon zweimal gesagt, und wenn du mich ausreden lassen würdest …«

Er machte einen kräftigen Schritt auf sie zu und seine Augen leuchteten heller. Oh, wenn er das auf die wütende Tour haben wollte, konnte sie ihm das nur zu gerne geben.

»Hör zu«, schnauzte sie. »Ich weiß, dass meine Freundin hier irgendwo ist, und ich *werde* sie besuchen. Irgendetwas sagt mir, dass du sie kennst. Ivy Wentworth?«

Ein kurzes Aufflackern von Überraschung blitzte in seinen stürmischen, goldenen Augen auf, bevor er seine Züge wieder zurechtrückte und sie verhärtete. »Ich kenne sie nicht. Und jetzt verschwinde. Versuch es in der anderen Richtung.«

Lügner.

»In der anderen Richtung steht mein Auto.« Und seins, wie sie vermutete.

Wahrscheinlich war es der verbeulte alte Pickup-Truck, den sie gesehen hatte und der mehr Rost als Farbe auf sich hatte.

»Gut.« Er verschränkte die Arme vor der Brust und warf ihr einen bösen Blick zu.

»Ich gehe also nicht in die Richtung zurück. Ich

gehe in diese Richtung.« Sie wandte sich nach links, denn er war offensichtlich von dort gekommen und das bedeutete, dass sie in der Nähe des Baches war.

Blitzschnell war er vor ihr und versperrte ihr den Weg. »Das kann ich nicht zulassen. Dreh jetzt um und marschiere zurück zu deinem Auto.«

Das reichte jetzt.

Yasmin ahmte ihn nach, indem sie ihre Arme über ihren Brüsten verschränkte, woraufhin der Mistkerl die Dreistigkeit besaß, einen Blick auf sie zu werfen, während sie sie in ihrem lila Pullover zusammen und nach oben drückte.

»Versuch, mich zum Gehen zu zwingen«, knurrte sie, während sie ihn böse anstarrte. »Ich fordere dich *heraus*. Wir werden sehen, wer den Kürzeren zieht.«

Seine goldenen Augen sprangen zu den ihren auf und diesmal konnte er seine Überraschung nicht verbergen.

War er keine starken Frauen gewohnt?

Er war größer als sie, schlank, aber eindeutig kräftig gebaut. Sein Shirt war so eng, dass sie sehen konnte, dass es einen muskulösen Oberkörper verbarg, und er hatte die Ärmel hochgekrempelt, sodass sie die straff gespannten Unterarme sehen konnte, die sich anspannten, während sie sie anstarrte.

Yasmin hob ihren Blick wieder. »Ich werde meine Freundin besuchen, ob es dir gefällt oder nicht. Du kannst mich nicht aufhalten.«

Er versuchte es trotzdem, bewegte sich nach links

und rechts, um ihr den Weg zu versperren, während sie versuchte, an ihm vorbeizukommen.

Was für ein nervtötender Mann!

Sie war kurz davor, ihn zu schlagen, um ihn zum Aufhören zu bewegen.

Er versperrte ihr erneut den Weg, als sie einen weiteren Versuch unternahm, an ihm vorbeizukommen, anstatt dem Drang nachzugeben, ihn zu verprügeln. »Woher weißt du, dass deine Freundin am Creek ist?«

Sie hätte fast gelächelt. *Am Creek.* Er war also von dem Ort gekommen, an dem Ivy mit ihrem neuen Mann wohnte. Das bedeutete, dass er sie dorthin bringen würde, ob es ihm nun gefiel oder nicht.

Sie täuschte an, nach links zu gehen, und als er sich bewegte, um sie zu blockieren, ging sie nach rechts und schlüpfte an ihm vorbei. Er knurrte frustriert und packte ihr Handgelenk, woraufhin sie sich wie ein Kreisel drehte, ihre Handfläche gegen seine Brust presste und ihn zurück gegen einen Baum schleuderte. Er fiel mit Leichtigkeit, es war überhaupt keine Herausforderung.

Hauptsächlich, weil er sich zurückhielt.

Glaubte er, sie sei zu schwach? Glaubte er, er könnte sie aus Versehen verletzen, wenn er ein wenig Kraft aufwendete? Sie hätte am liebsten darüber gelacht.

Yasmin schnaufte und streckte ihre Hand auf der Mitte seiner Brust aus – und ja, sie war fest unter ihrer

Handfläche, die Muskeln hart und angespannt, und da war diese Kraft, die er vor ihr verbarg.

»Wirst du mich jetzt zu Ivy bringen?« Sie rückte näher an ihn heran und drückte ihre Hand fester gegen seine Brust, um seine Wirbelsäule am Baum zu fixieren, nur für den Fall, dass er daran dachte, sich zu bewegen.

Aber er schien nicht gewillt, sich aus ihrem Griff zu befreien.

Er sah sie mit goldenen Augen an, in ihnen lag ein Funken Hitze. Sein Schweigen dauerte so lange, dass sie sich ein wenig unwohl fühlte, während ihre Hand auf seiner Brust ruhte und sein Herz gleichmäßig und stark dagegen pochte.

Sie fing auch an, sich zu fragen, ob sie ihm irgendeinen dauerhaften Schaden zugefügt hatte. Sie war kurz davor, ihn zu fragen, ob er medizinische Hilfe benötigte, als er schließlich antwortete.

Er nickte knapp, und seine Augen blieben auf die ihren gerichtet, während er sprach. »Wie heißt du?«

Nicht ganz die Antwort, die sie erwartet hatte, aber sie würde sie ihm geben, denn im Gegensatz zu ihm war sie nicht unhöflich. »Yasmin.«

Er blickte zu Boden. »Ich habe schon von dir gehört.«

Sie folgte seinem Blick, verkrampfte und nahm ihre Hand von seiner Brust, als sie merkte, dass sie ihn immer noch berührte. Seine Augen richteten sich auf sie, in ihnen lag immer noch diese Hitze – ein Flackern des Interesses, das sie dazu brachte, den Blick von ihm abzuwenden, während ein Feuer über ihre Wangen zu lecken versuchte. Sie widerstand dem Verlangen, das sie durchströmte, und der Röte und unterdrückte beides.

»Das glaube ich gern.« Ihre Stimme war gleichmäßig und emotionslos, damit er verstand, dass sie die Anziehung, die zwischen ihnen herrschte, nicht spürte. Das tat sie wirklich nicht. »Ivy hat mir gemailt und mir erzählt, dass sie einen Typen kennengelernt hat, sich ausgerechnet in diesen verliebt hat und dass sie eine Weile nicht zu Hause sein wird. Sie hat mir versichert, dass es ihr gut geht, aber ich bin hier, um mich selbst davon zu überzeugen.«

»Sehr lobenswert.« Er kannte große Worte. Wollte er sie beeindrucken?

Sie nickte. »Das finde ich auch.«

Er stieß sich von dem Baum ab, überragte sie um gut zwanzig Zentimeter und sah auf sie herab.

Sein hübsches Gesicht wurde weicher und die Hitze in seinem goldenen Blick blieb bestehen. »Ich bin Flint, Raths Bruder. Ivy geht es gut. Sie ist mit Rath zusammen und es ist nichts Schlimmes passiert.«

Er konnte versuchen, sie zu beschwichtigen, so viel er wollte. Es würde sie nicht dazu bringen, zu gehen.

»Gut.« Sie rückte den Rucksack auf ihrem Rücken zurecht. »Weil ich lieber Verletzungen verarzte, als sie zu verursachen.«

Die Andeutung eines Lächelns genügte ihr, um zu

wissen, dass es verheerend wäre, wenn er ein richtiges Grinsen aufsetzen würde. »Bist du auf einen Krieg vorbereitet?«

Yasmin nickte erneut. »Wenn nötig. Ivy ist meine Freundin. Meine einzige Freundin.«

Das ließ ihn ernst werden. Die Linien zwischen seinen Augenbrauen zogen sich zusammen, während seine Mundwinkel nach unten wanderten. »Das verstehe ich. Du bist eine Beschützerin. Ich habe selbst eine beschützende Ader ... eine, die ich dir vorstellen werde, wenn du versuchst, meinem Bruder etwas anzutun ... einschließlich des Versuchs, ihm Ivy wegzunehmen.«

Bei dieser Bemerkung zog sie eine Augenbraue hoch. Beschützte er das Glück seines Bruders? Das war lobenswert, wie er sagen würde.

»Du willst es also mit mir aufnehmen? Viel Glück dabei. Ich bin gespannt, wie viel du einstecken kannst.« Sie marschierte an ihm vorbei.

Seine Augen landeten auf ihrem Rücken und wanderten ihre Wirbelsäule hinunter – ein heißer Schauer folgte seinem Blick. Dann murmelte er: »Natürlich kann ich es mit dir aufnehmen. Die Frage ist, was du *einstecken* kannst.«

So unverschämt. So selbstbewusst. Sie verbarg ein Lächeln, als er neben sie trat, bevor er seine Daumen in die Taschen seiner schwarzen Hose steckte.

»Du hältst ziemlich viel von dir selbst.« Sie schaute

geradeaus, selbst als sein Blick auf ihr landete und sich in ihr Profil brannte.

»Ich habe meine Gründe.« Er schenkte ihr ein eingebildetes Lächeln, das sie beim Blick auf ihn erhaschte und das ihr nicht gefiel, da es eine Sache deutlich machte.

Er war wie jeder andere Mann da draußen.

Sie kannte schon genug Männer, die versuchten, sich in ihr Leben zu flirten, wenn sie auf Visite war und nach ihren Patienten sah. Die waren schon schlimm genug, aber Flints Sorte war die schlimmste.

Seine Sorte waren die Männer, die sie immer dann verfolgten, wenn sie einen seltenen freien Abend hatte und dringend eine Auszeit brauchte. Seine Sorte waren diejenigen, die gut aussahen und von den Frauen erwarteten, dass sie ihnen zu Füßen fielen, wenn sie ihnen einen Drink spendierten oder auch nur in ihre Richtung lächelten.

Seine Sorte waren diejenigen, an denen sie nicht interessiert war.

Sie schüttelte den Kopf und erinnerte sich daran, dass sie sich nicht für irgendwelche Männer begeistern sollte, egal ob es sich um Aufreißer handelte oder um solche, die eine langfristige Beziehung wollten.

Aber manchmal war es schwer, wenn die Nächte lang und kalt waren und die Einsamkeit sie überkam. Jeder brauchte ein wenig Wärme in seinem Leben, ein wenig Gesellschaft von Zeit zu Zeit. Auch sie.

Wann hatte sie das letzte Mal jemanden in ihr Leben gelassen?

Sie schaute Flint an, sah sein selbstsicheres Grinsen und erkannte die Verlockung, aber auch etwas anderes.

Etwas, das dazu führen konnte, dass sich die langen Nächte noch kälter und einsamer anfühlen würden.

»Die interessieren mich nicht.« Angesichts seines stirnrunzelnden Blicks kam das wohl etwas schroff rüber, und sein Schritt geriet leicht ins Stocken, bevor er sie wieder einholte.

Er sah aus, als wollte er etwas sagen, aber dann lichteten sich die Bäume und sie sah grünes Land vor sich, das in Sonnenlicht getaucht war. Sie eilte vorwärts, als sie eine rustikale Hütte zwischen den Kiefern zu ihrer Linken passierte.

Der Creek.

Sie trat auf das weite grüne Rechteck hinaus und erntete ein paar seltsame Blicke von den Leuten, die zwischen den von den Kiefern versteckten Hütten umherliefen.

Es gab mehr Hütten, als sie erwartet hatte, und einige von ihnen waren groß und sahen gemütlich aus. An einigen Stellen der Lichtung standen Sonnenkollektoren, die Strom für die umliegenden Häuschen erzeugten. Es war viel zivilisierter, als sie es sich vorgestellt hatte, nachdem Ivy ihr eine E-Mail geschickt hatte.

»Ich habe schon Schlimmeres gesehen.« Sie merkte erst, dass sie das laut gesagt hatte, als Flints schroffe Stimme neben ihr ertönte.

»Wir sind keine Tiere.« Er schnaubte.

Sie schaute ihn an und musterte ihn von Kopf bis Fuß, während er neben ihr stand – sein hübsches Gesicht war dunkel und seine Augen jetzt eher grau als golden. Sie wollte sagen, dass sie ein bisschen wie Tiere waren, aber sie zügelte ihre Zunge, als er seinen Blick zu ihr senkte und ihn verengte – eine stille Aufforderung an sie, etwas zu sagen.

Er sah aus, als ob er insgeheim wollte, dass sie ihn neckte, also riss sie ihren Blick von ihm los und drehte sich auf der Stelle um, wobei ihr Blick über alle tanzte, während sie suchte.

Sie grinste, als sie entdeckte, wonach sie suchte. »Ivy!«

Die Brünette erstarrte, während sie auf der Holzveranda einer Hütte am Kopfende der Lichtung mit dem Rücken zu Yasmin stand. Der sehr gut aussehende dunkelhaarige Mann, mit dem sie zusammen war, schaute über ihren Kopf hinweg und seine grauen Augen verdunkelten sich, als sie auf Yasmin fielen.

Ivy drehte sich zu ihr um und lächelte, als Yasmin ihr zuwinkte. Ihre großen, braungrünen Augen leuchteten auf, als sie von der Veranda auf sie zurannte.

Yasmin kam ihr auf halbem Weg entgegen, wobei ihr nicht entging, wie der Mann auf der Veranda sie und dann Flint ansah. Flint ging an ihr vorbei auf den

Mann zu, von dem sie annahm, dass er sein Bruder war.

Ivy umarmte sie fest, und Yasmin seufzte, als sie ihre Freundin endlich in die Arme schließen konnte. Es ging ihr gut. Es ging ihr wirklich gut. Yasmin wollte sie ganz fest drücken, hielt sich aber zurück, aus Angst, sie zu verletzen.

Als Ivy sie schließlich losließ und sich von ihr löste, strahlten ihre braungrünen Augen und waren voller Glück. Liebe. Yasmin konnte sie in ihr sehen, aber das war nicht gerade ein Kunststück. Selbst ein Blinder hätte es nicht übersehen können. Ivy strahlte vor Glück, sie leuchtete wie ein Stern und grinste bis über beide Ohren.

Sie hatte ihre Freundin noch nie so glücklich gesehen.

»Was machst du denn hier?« Ivy packte ihre Arme und drückte sie nach hinten, betrachtete sie und schüttelte den Kopf, als könne sie nicht ganz glauben, dass Yasmin wirklich da war.

Der dunkelhaarige Mann blieb mit Flint neben ihr stehen und murmelte schroff: »Das würde ich auch gerne wissen.«

Er war eindeutig Flints Bruder und Ivys Mann. Rath. Von dort, wo sie stand, sah er aus, als gehöre ihm dieser Name. Als hätten seine Eltern gewusst, zu welchem Mann er heranwachsen würde, und ihn entsprechend benannt.

Sie schaute über Ivys Schulter zu ihm.

»Ich wollte sie einfach nur sehen.« Ihr Blick wanderte zurück zu ihrer Freundin. »Ich musste dich sehen. Deine E-Mail ... na ja ... ich musste wissen, dass es dir wirklich gut geht.«

Sie nahm ihren schweren Rucksack ab und hielt ihn Rath hin, der ihn mit einer hochgezogenen Augenbraue betrachtete, als würde sie ihn wie einen Diener behandeln und erwarten, dass er ihr Gepäck auf ihr Zimmer trug.

»Ich habe ein Geschenk für meine großzügigen Gastgeber mitgebracht.« Sie stellte den Rucksack ab, öffnete die Lasche und zerrte an der Schnur, um ihn zu öffnen, damit sie ihr Geschenk sehen konnten.

Rath warf einen Blick hinein. Ivy und Flint lehnten sich näher heran, um auch einen Blick darauf werfen zu können.

Der schroffe Brünette sah zufrieden aus, als er von ihrem Geschenk zu ihr blickte. »Danke. Da sich alle am Bach versammelt haben, können wir die Vorräte gut gebrauchen.«

Flint warf einen Blick auf die Verbände, Nähsets und andere medizinische Ausrüstung. »Hast du auf deinem Weg ein Krankenhaus überfallen?«

»So ungefähr ... Ich bin Ärztin in einem.« Und sie hätte ernsthafte Probleme bekommen, wenn man sie beim Stehlen erwischt hätte. Aber Ivy hatte erwähnt, dass sie eine Schusswunde mit ein paar Pflastern zusammenflicken musste, und Yasmin hatte sich gedacht, dass ein Geschenk für Ivys neuen Mann ihm helfen würde, ihre Anwesenheit auf seinem Grundstück zu akzeptieren.

»Eine Ärztin?« Flints linke Augenbraue hob sich und die feine Narbe, die sie halbierte, wurde deutlicher sichtbar.

Seine grauen Augen leuchteten wieder interessiert auf. Dachte er, er könnte sich eine Ärztin angeln? Vielleicht hatte er eine Vorliebe für Frauen in Uniform. Er wäre nicht der Erste und sicher auch nicht der Letzte.

Aber sie wollte auf keinen Fall die unanständige Ärztin für ihn spielen.

Sie konzentrierte sich auf seinen Bruder und schloss Flint aus. »Dein Land ist wunderschön. Ich glaube, ich habe noch nie eine so atemberaubende Kulisse gesehen.«

Mit manchen Schmeicheleien konnte man es weit bringen.

Rath bewunderte sein Territorium mit einem Hauch von Stolz in seinen stahlgrauen Augen und richtete sich ein wenig auf, nachdem er ihre Worte verinnerlicht hatte.

Ivy blickte zu ihrem Mann auf, ein Flackern der Erwartung ging über ihr Gesicht.

Er seufzte.

»Da du dir die Mühe gemacht hast, zu uns zu kommen, und da du jetzt hier bist, könntest du mir vielleicht einen Gefallen tun und eine Weile bleiben?« Sein Blick fiel auf sie, ehrlich und offen, völlig unbewacht, sodass sie darin lesen konnte, wie viel ihm dieser Gefallen bedeuten würde. »Wir könnten eine Medizinerin gebrauchen.«

»Eine Medizinerin?« Sie schaute sich zwischen den Hütten um.

Nach dem, was Ivy ihr erzählt hatte, brauchten sie eine verdammte Krankenstation oder vielleicht sogar ein kleines Krankenhaus.

»Ja, äh.« Er rieb sich den Nacken. »Die Leute kommen für Aktivitäten hierher und manchmal ... ist es diese Art von Risiko ... Abenteuer. Sie wollen sich selbst herausfordern und manchmal verletzen sie sich dabei und es ist ein weiter Weg bis zur nächsten Stadt.«

Es war fast bewundernswert, wie er sich nach und nach eine Ausrede einfallen ließ. Abenteuer? Aus ihrer Sicht war Herausforderung das bessere Wort, um zu beschreiben, was die Leute am Bach taten.

»Natürlich kann ich bleiben und helfen.« Wenn das bedeutete, Zeit mit Ivy zu verbringen und Rath besser kennenzulernen, um sicherzugehen, dass er ihrer Freundin würdig war, dann konnte sie auch ein paar Leute zusammenflicken, die bei ihren ›Herausforderungen‹ versagt hatten.

»Du kannst so viel Zeit mit Ivy verbringen, wie du möchtest, aber das Gebiet außerhalb vom Creek ist gefährlich.« Er legte seinen Arm um Ivys Schultern, und ihre Freundin strahlte ihn an, während sie sich an seine Seite kuschelte. »Flint kann dich aber herumführen, wenn du willst?«

Yasmin hatte das Gefühl, dass es keine Option war. Ihr wurde ein Babysitter zugeteilt.

Sie sah Flint an, der seinem Bruder einen harten Blick zuwarf und sich offensichtlich genauso über seinen neuen Job als Bodyguard freute wie sie selbst. Sie hatte gedacht, dass er es genießen würde, Zeit mit ihr zu verbringen und zu versuchen, sich mit Charme in ihre Unterwäsche oder zumindest in ihren weißen Kittel zu flirten. Wenn sich jemand über Rath ärgern sollte, dann war sie es.

Trotzdem hatte sie nicht vor, länger als eine Sekunde von Ivy getrennt zu sein.

»Klar.« Es war leicht, das zu sagen, wenn sie vorhatte, an Ivys Seite zu kleben und ihre und Raths Gesellschaft zu genießen, während sie Flint und den anderen Männern am Creek aus dem Weg ging.

Yasmin lächelte, als Ivy ihren Mann losließ, einen Arm um ihre Schultern legte und sie von den Männern weg zu der Hütte am oberen Ende der abfallenden Lichtung führte.

Flints Blick landete wieder auf ihrem Rücken und jagte ihr erneut einen heißen, kribbelnden Schauer über den Rücken.

Als sie sich auf einem der Holzstühle auf der Veranda von Ivys Hütte niederließ, sah sie, wie er sie anstarrte und die Hitze in seinen grauen Augen wieder aufflammte und sie golden leuchten ließ.

Yasmin drehte ihm ihre Wange zu.

Er konnte so hinreißend sein, wie er wollte. Er

konnte sie auf Schritt und Tritt bezirzen und bei jeder Gelegenheit mit ihr flirten. Er konnte alle Register ziehen.

Sie würde sich davon nicht beeindrucken lassen.

Sie kannte seine Sorte und war nicht interessiert.

Sie war so leichtlebig wie jede andere Frau, aber sie war noch nie eine, die sich auf aussichtslose Affären und One-Night-Stands einließ.

Egal, wie sehr sie sich zu dem betreffenden Mann hingezogen fühlte.

Egal, wie sehr Flint sie zum Glühen brachte.

KAPITEL DREI

FLINT KONNTE ES NICHT GEBRAUCHEN, sich zusätzlich um Yasmin zu kümmern, aber als er sie ansah, wie sie mit ihrer Freundin auf der Veranda von Raths Hütte saß, konnte er sich nicht dazu durchringen, seinem Bruder deswegen zu widersprechen.

»Beschatte sie, wo auch immer sie hingeht«, knurrte Rath mit einem Ton in seiner tiefen Stimme, der Flint dazu brachte, seinen Blick von der köstlichen Schönheit abzuwenden und ihn auf seinen Bruder zu richten. »Ich vermute, dass das Gefühl, das ich heute hatte, ihre Ankunft war. Irgendetwas an ihr ... sie macht mich misstrauisch und ich kann nicht genau sagen, warum.«

Flint wollte seinem Bruder sagen, dass es wahrscheinlich nur daran lag, dass er befürchtete, Ivy würde mit ihrer Freundin weggehen oder Yasmin könnte versuchen, einen Keil zwischen sie zu treiben.

Aber die Ernsthaftigkeit in Raths grauen Augen, als sie schließlich auf ihm landeten, veranlasste ihn, zu schweigen und zustimmend zu nicken.

Er hatte kein Problem damit, ihr Schatten zu sein.

Hauptsächlich deshalb, weil sie bereits die Aufmerksamkeit auf sich zog. Ein paar Rudelmitglieder, die sich auf der Wiese tummelten, waren fasziniert von ihr, während sie Abstand hielten und so taten, als wären sie miteinander beschäftigt, obwohl sie in Wirklichkeit ein Auge auf das neueste Mitglied im Creek warfen.

Eine von ihnen, eine hübsche, zierliche Blondine mit Kurven, die jedes Männchen im fortpflanzungsfähigen Alter in Wallung bringen würden, näherte sich ihm und Rath, wobei ihre goldenen Augen zwischen seinem Bruder und Yasmin hin und her sprangen.

Als sie die beiden erreichte, stellte sie sich so hin, dass sie mit der Seite zu den Frauen vor Raths Hütte stand. So verdeckte sie die Tatsache, dass sie die beiden beobachtete, indem sie den Anschein erweckte, dass ihr Blick auf ihn und seinen Bruder gerichtet war.

»Wer ist das?« Ihre Stimme war leise und sanft – eine Vorsichtsmaßnahme, die sie nicht hätte ergreifen müssen, da die Menschen sie aus dieser Entfernung nicht hören konnten.

»Ivys Freundin, die für kurze Zeit bei uns bleiben wird.« Rath sprach in normaler Lautstärke, sein Tonfall war sanft und bewusst ruhig.

Flint hatte schon tausendmal gesehen, wie sein

Bruder diesen Trick anwandte, um nervöse Pumas zu beruhigen, und es hatte ihn immer wieder beeindruckt. Rath hatte eine Art, sich selbst zu behaupten und mit anderen zu sprechen, die ihnen ein Gefühl von Frieden einflößte, als ob sein Selbstvertrauen auf sie überging, um ihnen Kraft zu geben oder Ängste zu vertreiben.

»Yasmin ist keine Gefahr für uns«, fuhr er mit einem warmen Lächeln fort, während er seine ganze Aufmerksamkeit auf die Frau richtete, die ihm kaum bis zur Brust reichte. »Sie ist Medizinerin, und wir brauchten eine, also habe ich Ivy gebeten, sie einzuladen.«

Eine Lüge, aber sein Bruder brachte sie mit verblüffender Leichtigkeit rüber, und wenn Flint es nicht besser gewusst hätte, hätte selbst er ihm geglaubt.

Bei der Frau funktionierte es auf jeden Fall.

Sie sah erleichtert aus, als sie hörte, dass Rath derjenige gewesen war, der den neuen Menschen zum Creek gebracht hatte.

»Könntest du es den anderen sagen, falls sie sich Sorgen machen? Das würde mir sehr helfen.« Raths Lächeln dauerte an.

Die junge Frau nickte und ging zurück zu der kleinen Gruppe von Frauen, die sich vor Embers Hütte auf der anderen Seite der Lichtung am Fluss versammelt hatte.

Sein Bruder war ein durchtriebener Mistkerl.

In wenigen Minuten würde sie am Bach verbreitet

haben, dass Yasmin auf Raths Wunsch hier war, und weil es von jemand anderem als Rath kam, würde das Rudel es ohne weiteres akzeptieren und sich in Yasmins Nähe wohler fühlen.

Rath richtete seine grauen Augen auf die beiden Frauen, die auf seiner Veranda saßen und sich angeregt unterhielten, lächelten und lachten.

»Finde alles über sie heraus, was du kannst«, sagte Rath mit leiser Stimme, ohne ihn anzuschauen. »Egal ob online oder persönlich.«

Flint nickte.

Als Rath sich in Richtung seiner Hütte bewegte, folgte Flint ihm, wobei er Yasmin, die bemerkte, dass sich sein Bruder näherte, im Auge behielt. Ihr Lächeln schwankte ein wenig, aber es kehrte zurück, als Rath auf die Veranda trat und ihr ein herzliches Lächeln anbot.

Und ein kaltes Bier.

»Mach mir auch eins auf.« Flint lehnte seinen Hintern an das Geländer links neben der Tür der eineinhalbstöckigen Hütte und schenkte Yasmin ein charmantes Lächeln. »Du bist also Ärztin, hm?«

Ihre schokoladenfarbenen Augen verloren jede Wärme, als sie sich auf ihrem Stuhl neben Ivy zurücklehnte und die Arme vor der Brust verschränkte. »Wenn du dir schon Szenarien ausmalst, in denen ich meinen weißen Kittel trage, solltest du jetzt lieber direkt wieder damit aufhören, bevor du enttäuscht und möglicherweise sexuell frustriert wirst.«

Er zuckte lässig mit den Schultern. »Es wäre nicht das erste Mal, dass ich sexuell frustriert bin. Das Risiko gehe ich ein.«

Er war neunundneunzig Prozent der Zeit, die er auf einer Zusammenkunft war, frustriert. Nicht einmal im Schlaf fand er eine Pause. Die verdammten Weibchen verfolgten ihn sogar in seinen Träumen. Seine Puma-Seite war so sehr von dem Verlangen nach einer Gefährtin besessen, dass er von dem träumte, was er in der Realität nicht haben konnte.

Sie verdrehte die Augen, wandte ihm die Wange zu und warf einen Blick in Ivys Richtung. »Ist der immer so?«

Ivy betrachtete ihn mit kühlen, braungrünen Augen, die nicht verrieten, was sie dachte.

Er wartete zwar auf ihre Antwort, aber nicht mit angehaltenem Atem, denn egal welche Meinung sie hatte, er konnte sie ändern. Genauso wie er sicher war, dass er Yasmin dazu überreden konnte, ein oder zwei Nächte in seinem Bett zu verbringen. Sie war nicht Teil der Zusammenkunft, was bedeutete, dass sie Freiwild war.

Wunderschönes Freiwild noch dazu.

Mit ihrer olivfarbenen Haut und den schönen, glänzenden schwarzen Wellen, die aus ihrem lockeren Dutt fielen, war sie umwerfend. Dazu kamen diese satten, erdigen Augen, die einen Hauch von Gold in sich trugen, die zu schimmern schienen, wenn sie lächelte – oder heiß brannten, wenn er sie reizte und ihr Temperament aufflammte. Und als ob sie mit all diesen Eigenschaften nicht schon eine Göttin wäre, kamen da noch ihre mörderischen Kurven und Brüste hinzu, die seine Hände mehr als nur gut ausfüllen könnten.

»Ich glaube, er sabbert«, murmelte Yasmin lässig vor sich hin, mit einem warmen, neckischen Ton in ihrer sanften Stimme, der ihn davon überzeugte, dass sie mit Ivy sprach. »Schmachtet er öfter den Frauen hinterher?«

Feste Finger, die unter Flints Kinn drückten, um seinen Mund zu schließen, ließen ihn die Stirn runzeln, bevor er zu Rath schaute, der links neben ihm in der Tür der Hütte stand.

Das Stirnrunzeln verwandelte sich fast zu einem Knurren, als er merkte, dass Yasmin in diesem warmen, lockeren Ton mit seinem Bruder gesprochen hatte.

Rath starrte ihn an, ein Hauch von Gold tauchte um seine Pupillen herum auf. In dem Moment wurde sich Flint der Veränderung seiner eigenen Augen und der puren, unverdünnten Wut bewusst, die durch seine Adern floss und ihn dazu trieb, seinen Bruder herausfordern zu wollen.

Und zwar wegen Yasmin.

Er schüttelte den Drang zu kämpfen ab und entriss seinem Bruder die braune Flasche.

»Vielleicht ist es hormonell bedingt? Hat sich da was angestaut?« Yasmin warf ihm noch einen neckischen Blick zu, bevor sie zu Ivy und dann zu Rath sah.

»Meine offizielle Diagnose als Ärztin lautet, dass es sich um einen Fall von zu dicken Eiern handelt.«

Er warf Rath einen finsteren Blick zu – eine Warnung, nicht auf den Köder anzuspringen, wie er es so offensichtlich wollte.

»Es gibt viele Frauen in der Gegend. Du könntest losspazieren und dich um deine Angelegenheiten kümmern. Ich bin sicher, wir werden dich nicht vermissen.« Yasmin löste ihre Arme von ihrer Brust. Wenn sie ihn verscheuchen wollte, sollte sie es bereuen.

»Kein Interesse.« Er kreuzte seinen linken Arm über der Brust, griff sich an die Seite und runzelte die Stirn, während er an seinem Bier nippte. Es war noch früh, die Sonne war noch nicht einmal annähernd untergegangen, aber verdammt, er brauchte den Drink. Er sehnte sich nach der knackigen Kälte und danach, wie sie seine heiße Kehle hinunterfloss.

Sie lachte darüber, und er warf ihr einen bösen Blick zu.

Sie verstummte auf der Stelle.

Er konnte nicht sagen, ob es daran lag, dass sie ihre Worte bereute, oder daran, dass seine Augen jetzt golden waren und ein smaragdfarbener Schimmer um seine Pupillen herum aufleuchtete. Seine Puma-Seite gewann die Oberhand und sein Temperament wurde durch die lästige Art, mit der sie ihn zu durchschauen schien, angeheizt.

Oder vielleicht war es die Art, wie sich ihre Blicke trafen.

Er konnte nicht wegsehen, versank in ihren tiefen, gefühlvollen braunen Augen und wurde von ihnen auf eine Weise angezogen, wie er es noch nie erlebt hatte.

Es war, als hätte sie ihn in ihren Bann gezogen.

Er hatte schon viele schöne Frauen gesehen und mit den meisten von ihnen geschlafen, aber Yasmin hatte etwas an sich, das ihn jedes Mal, wenn seine Augen die ihren trafen, um den Verstand brachte. Mit jeder ihrer Bewegungen verzauberte sie ihn. Ihr Götter, war sie anmutig. Jede ihrer Handlungen war fließend und gelassen und verlieh allem, was sie tat, eine gewisse Schönheit.

Selbst als sie den Blickkontakt unterbrach und ihr Bier an ihre vollen, rosafarbenen Lippen hob. Die Art und Weise, wie sie ihren Arm in die Höhe streckte, die Neigung ihres Kopfes, die feine Bewegung ihres Halses beim Schlucken.

Verdammt, sie war die Verkörperung von Anmut.

Eine verdammte Göttin.

Rath räusperte sich und riss Flint zurück in die Realität.

»Ich sollte dir dafür danken, dass du Ivy beigebracht hast, wie man mit Problemen umgeht, die auftreten können, wenn sie allein auf einer Expedition ist«, sagte sein älterer Bruder und fixierte Yasmin mit seinem Blick. Sogar die Art und Weise, wie sie ihre Augen zu Raths Gesicht hinaufschwenkte, war voller

Anmut. Rath hob sein Bier als Zeichen der Anerkennung. »Das hat mir definitiv geholfen.«

»Ivy ist einfallsreich. Ich bin sicher, sie hätte dir auch ohne mein Training helfen können.« Yasmin schaute ihre Freundin an.

War sie in allem, was sie tat, anmutig? Sie nahm nicht einmal das Lob an, das Rath ihr angeboten hatte, sondern lenkte es auf Ivy um, als ob sie die Dankbarkeit seines Bruders nicht wollte.

»Ich weiß ein wenig über Feldmedizin, aber ich würde nicht Nein sagen, wenn ich mehr lernen könnte.« Flint spürte, wie ihr Blick auf ihm landete, woraufhin ihm ein heißer Schauer den Rücken hinunterlief und sich eine Wärme in ihm ausbreitete.

»Ich glaube, du würdest zu vielem nicht Nein sagen«, erwiderte sie, woraufhin er die Stirn runzelte.

Sie war seit dem Wald nicht mehr nett zu ihm gewesen, hatte sich von einem Moment auf den anderen stark verändert, und er war sich nicht sicher, womit er das verdient hatte. Er zermarterte sich das Hirn und versuchte, sich an alles zu erinnern, was er zu ihr gesagt hatte. Vielleicht konnte er herausfinden, was dazu geführt hatte, dass die Wärme, die sie ihm entgegengebracht hatte, als er versucht hatte, sie zum Gehen zu bewegen, verloren gegangen war.

Und warum sie dachte, er sei ein sexhungriger Mann, der nur darauf aus war, ihren hübschen Arsch in die Finger zu kriegen.

Das war er zwar auch, aber sie musste ihm das nicht vor aller Augen ankreiden.

»Hör mal, Doc«, fing er an, aber Ivy fiel ihm ins Wort.

»Yasmin, ich würde gerne mehr lernen, während du hier bist. Ich kenne dich und du brauchst wahrscheinlich dringend Urlaub – auch wenn du so tust, als ob es nicht so wäre – aber ich würde es wirklich zu schätzen wissen. Bitte?« Ivy ergriff die Hand ihrer Freundin, ihr Lächeln war strahlend und schillernd, und wenn Yasmin zu diesem kleinen Engel Nein sagen würde, wäre sie eine kaltherzige Kuh.

»Natürlich.« Yasmins Lächeln erhellte die Welt, schickte eine angenehme, leichte Wärme durch Flint und ließ ihn den Bezug zur Realität wieder verlieren, als er wieder in ihren Bann geriet.

Sie hatte ein Lächeln, das selbst die härtesten Männer zu Fall bringen konnte.

Selbst der Teufel hätte keine Chance gegen sie.

»Darf ich bei diesem Unterricht mitmachen?«, meldete sich Rath zu Wort und Flint unterdrückte gerade noch das Knurren, das in seiner Kehle aufstieg.

Sein Bruder versuchte schon wieder, Yasmin näherzukommen.

War das nicht *seine* Aufgabe?

Sein Bruder hatte ihn gebeten, sie auszuhorchen, und jetzt versuchte er, sich einzumischen, und Flint hatte keine Lust, sich das gefallen zu lassen.

»Wir könnten eine Gruppennummer daraus machen.« Er bereute es in dem Moment, als er es sagte.

Yasmin sah ihn mit großen Augen an und ihr Entsetzen war deutlich zu sehen. Ivy war sich nicht sicher, ob sie genauso entsetzt sein sollte wie ihre Freundin oder ob sie über seine schlechte Ausdrucksweise lachen sollte, während er sich mit der Hand über seine widerspenstigen schwarzen Haare strich und hastig versuchte, seine Aussage zurückzunehmen.

»Keine Orgie ... denn das wäre wirklich falsch ... Ich meine ... Rath ist schließlich mein Bruder.« Er schaute Rath an und bemerkte, dass die Aggression, die er in ihm gespürt hatte, auch in seinen Augen aufleuchtete. Rath ballte seine Hände zu Fäusten, und Flint hielt seine Handflächen in die Höhe, während er sich zurücklehnte. »Ivy gehört ganz dir, Mann. Ich bin nicht interessiert ... Ich meinte, wie eine Unterrichtseinheit für die gesamte Gruppe ... Ich möchte wirklich mehr über Feldmedizin lernen.«

Yasmin sah aus, als wollte sie ihn wieder abweisen.

Also spielte er seinen Trumpf aus.

»Ich leite ein Tourguide-Unternehmen im Norden, in einer sehr abgelegenen Gegend. Es wäre nützlich für mich, wenn ich wüsste, wie ich mit eventuellen Zwischenfällen umgehen kann. Ich meine, Bären können gefährlich sein und obwohl bei mir noch niemand angegriffen wurde, könnte es jederzeit passieren.« Er grinste innerlich, als ihr Gesicht weicher wurde. Wenn es ihn zu einem Mistkerl machte, weil er ihre mitfühlende Seite ausnutzte – die wahrscheinlich dazu beigetragen hatte, dass sie sich für eine medizinische Laufbahn entschieden und später auch ihrer engen Freundin beigebracht hatte, wie sie Wunden in der Wildnis versorgen konnte –, dann war er halt ein Mistkerl allererster Güteklasse. Er konnte förmlich sehen, wie ihr Wille zerbrach, als er fortfuhr: »Ich habe schon ein paar Verstauchungen und Stiche behandeln müssen, aber was ist, wenn jemand von einem Bären angegriffen wird? Ich wüsste gar nicht, wie ich damit umgehen sollte. Wenn ich nicht alles tue, was ich kann, um zu helfen, würde die Person wahrscheinlich sterben, bevor der Rettungshubschrauber uns erreicht.«

»Von mir aus, ich werde dich unterrichten.« Sie hob ihr Kinn an und ihr Tonfall wurde weicher, als sie seinen Blick festhielt. »Aber sobald du versuchst, mit mir über einem Nähset zu flirten oder eine Anspielung auf … nun ja … irgendetwas zu machen, bist du raus.«

Das war hart und nicht fair.

Auf keinen Fall würde er sich davon abhalten können, mit ihr zu flirten, weder beim Nähen noch sonst wo. Er wollte sie, und sie wusste es. Was sie da von ihm verlangte, war unmöglich. Er konnte die Anziehungskraft, die sie auf ihn ausübte, nicht einfach abschalten. Sie hatte das Feuer in dem Moment entfacht, als sie sich ihm im Wald entgegengestellt und eine feurige Seite von sich gezeigt hatte, die seine Instinkte dazu gebracht hatte, sie als Herausforderung zu betrachten.

Er mochte eine gute Herausforderung.

Irgendetwas sagte ihm, dass Yasmin die schwierigste und lohnendste Herausforderung sein würde, die er je erlebt hatte.

Das ließ ihn sie nur noch mehr begehren.

Also schwor er, sich wie ein braver Junge zu verhalten, nur damit er ihr näherkommen konnte.

Nicht, weil er sie für seinen Bruder ausspionieren wollte.

Sondern weil er ihr nahe sein wollte, weil er alles in seiner Macht Stehende tun und alle Register ziehen musste, bis sie sich ihm hingab.

»Also ... hast du deinen weißen Kittel mitgebracht?« Er musterte die Tasche, die Rath in seiner Hütte in der Nähe des Holzofens an der linken Wand abgestellt hatte.

Als er zu Yasmin zurückblickte, bereit, mit den Augenbrauen zu wackeln, warf sie ihm einen finsteren Blick zu und er überlegte es sich anders.

»Willst du eine Unterrichtsstunde oder nicht?« Ihrem Tonfall fehlte es an Wärme – er war geradezu frostig.

Das war, als hätte ihm jemand einen Eimer mit eiskaltem Wasser in den Schritt geschüttet.

»Ja, Frau Doktor ...?« Er schenkte ihr ein hoffnungsvolles Lächeln, das sie auf keinen Fall als kokett auslegen konnte.

»Dubois«, antwortete sie und er grinste in sich hinein.

Doktor Yasmin Dubois.

Der Nachname erklärte den leichten französischen Akzent, den sie hatte und der immer dann stärker wurde, wenn sie wütend auf ihn war.

Es erklärte jedoch nicht die satte Bronzefarbe ihrer Haut. Sie hatte mehr als nur französisches Blut in sich. Etwas Exotischeres.

»Tatsächlich denke ich, dass du mich von nun an Doktor Dubois nennen solltest.« Sie lehnte sich auf ihrem Stuhl zurück und lächelte, während er sie ansah und ihre Augen sich trafen.

»Ich werde dich so oft Doktor Dubois nennen, wie du möchtest«, säuselte er und als die Wärme aus ihren Augen wich und sie ihn mit einer weiteren Kaltfront traf, erinnerte er sich an das, was er ihr vorhin im Wald gesagt hatte, bevor sie sich verändert hatte.

Er hatte gesagt, dass er Gründe habe, warum er so viel von sich hielt – ein eingebildetes Geständnis, das in diesem Moment spielerisch gemeint war. Er hatte sich nur so verhalten, weil sie sich ihm gegenüber *auch* verspielt verhalten hatte, als sie ihn fragte, ob er glaube, dass er es mit ihr aufnehmen könne.

Natürlich hatte er gesagt, dass er es mit ihr aufnehmen könnte. Sie war ein kleines Ding, so zart und anmutig.

Allerdings hatte sie ihn ziemlich fest an den Baum geheftet.

Allein die Erinnerung daran brachte sein Blut wieder in Wallung.

Doch die Art, wie sie ihn anstarrte, ohne eine Spur von Leidenschaft in ihren Augen, ließ das Blut in seinen Adern wieder gefrieren.

Jetzt ergab ihre Bemerkung einen Sinn. Sie mochte keine Männer, die sich aufspielten und austobten. Außerdem hatte sie herausgefunden, dass er zu dieser Sorte von Männern gehörte, die einfach nur darauf aus waren, mit ihr eine Nacht voller unkomplizierter animalischer Vergnügen zu verbringen.

Er hatte langsam das Gefühl, dass er Ivy mehr befragen musste als Yasmin, wenn er alles über die exotische Schönheit herausfinden wollte.

Angefangen damit, was für eine Art von Mann sie bevorzugte.

Wenn sie einen soliden, zuverlässigen Typ wollte, konnte er das für sie spielen.

Er konnte alles sein, was sie von ihm verlangte.

Rath reichte ihr ein weiteres Bier, das sie mit einem anmutigen Neigen ihres Kinns und einem salutierenden Gruß an seinen Bruder mit der Flasche annahm.

»Auf neue Freundschaften ...« Sie fixierte Rath mit einem Blick, der so hell und warm war, dass er am liebsten losgestürmt wäre, um seinen Bruder zu bekämpfen. Ihre Stimme blieb sanft, während sie seinen Bruder anschaute und sagte: »Mögen sie lange halten ... denn du willst meine schlechte Seite nicht sehen, und wenn du Ivy wehtust, werde ich *dir* wehtun.«

Es klang leicht und wie ein Scherz, aber Flint konnte sehen, dass sie es todernst meinte, während sie den Blick seines Bruders weiterhin fixierte.

Flint schaute von ihr zu Ivy. Ihre Freundin.

Ihre *einzige* Freundin.

Er verstand, warum sie so beschützend war. Sie stand Ivy sehr nahe und sie kamen ihm eher wie Schwestern als wie Freundinnen vor, als Ivy Yasmin in die Rippen stieß. Die beiden fingen an zu kichern und unterhielten sich dann darüber, wie erschrocken Rath ausgesehen hatte.

Flint nippte an seinem Bier und lauschte der Unterhaltung, die langsam ins Rollen kam. Rath schob sich an Yasmin vorbei und stellte sich neben Ivy, um sich an das Geländer zu lehnen, wodurch er jetzt gegenüber von Flint auf der Veranda stand. Er zog die beiden Frauen in seinen Bann, während er Yasmin von dem Bach erzählte, von den Leuten, die hier eine Hütte besaßen, und von dem, was gerade passierte.

Flints Aufmerksamkeit richtete sich wieder auf Yasmin und er beobachtete, wie sie beim Reden lächelte und manchmal sogar lachte, wobei der leise Klang ihren Worten Wärme verlieh. Die untergehende Sonne warf einen goldenen Schein auf ihre Haut, und sie hielt inne, um das Licht auf ihrer Haut zu betrachten – ihr Profil war Flint zugewandt, während sie es in sich aufsaugte.

»Es ist wirklich schön hier«, murmelte sie und

klang genauso verloren wie er sich fühlte. »Gehört das Land schon lange eurer Familie?«

Rath schüttelte den Kopf. »Wir sind hierhergezogen, nachdem wir unsere Eltern verloren haben.«

Der Kummer entriss ihr die Wärme aus den Augen, während sie seinen Bruder ansah. »Das tut mir leid. Es ist nie leicht, jemanden zu verlieren, den man liebt.«

Sie drückte Ivys Hand, und Rath sah seine Gefährtin an, während ihm die Sorge ins Gesicht geschrieben stand.

Ivy zuckte mit den steifen Schultern. »Ich habe Yasmin kennengelernt, als ich meinen Vater verloren habe. Wir wurden auf dem Korridor des Krankenhauses Freunde. Ich fühlte mich so allein, entfremdet von der Welt, und Yasmin ... na ja ... Yasmin hat mich zurückgebracht.«

Ivy legte ihre Hand unter die von Yasmin und verschränkte ihre Finger.

Yasmin lächelte sanft.

»Es war nicht leicht für mich, meine Eltern zu verlieren, und als ich dich gesehen habe, hast du mich so sehr an mich selbst erinnert.« Ihr Lächeln wurde schwächer, aber es wurde schnell wieder heller und ihr Tonfall leichter, als sie den Kopf schüttelte. »Das tust du immer noch ... obwohl du viel waghalsiger bist ... Ich laufe nicht weg und verliebe mich in einen Mann der Wildnis.«

Ivy lächelte, und Flint spürte, wie ihr Blick für

einen kurzen Moment auf ihm landete, bevor er zu Rath wanderte und sie wieder zu sprechen begann. Er bekam ihre Worte nicht mit, denn er starrte Yasmin an.

Auch sie hatte ihre Eltern verloren.

Das traf ihn wie ein Schlag ins Gesicht.

Ihre Augen sanken auf die Knie, hoben sich dann leicht und trafen seine, während er sie ansah.

Er konnte in ihnen die Einsamkeit sehen, die auch in seinem Inneren wütete.

Eine Einsamkeit, die er sich nicht eingestehen wollte, die aber wie ein kaltes, betäubendes Feuer in seiner Brust brannte, während er in ihren unergründlichen, dunklen Augen versank. Ihr Blick rief nach ihm und zog dieses eisige Feuer an die Oberfläche.

Er erfüllte ihn mit dem Bedürfnis, einen Weg zu finden, ihre Blockaden zu überwinden und sie dazu zu bringen, sich ihm hinzugeben, damit er sich um sie kümmern konnte.

Damit er ihre und seine Einsamkeit vertreiben konnte.

Er starrte ihr in die Augen. Er verbarg nichts vor ihr, hielt nichts zurück und ließ sie sehen, dass sie nicht allein war.

Und sie brauchte nicht mehr einsam zu sein.

Sie musste sich ihm nur hingeben und dann konnten sie die Kälte aus ihren Herzen vertreiben.

Auch wenn es nur für einen Moment sein würde.

KAPITEL VIER

FLINT WAR vor der Sonne aufgestanden und schaffte es nicht, sich zu beruhigen, nachdem er aus einem weiteren quälenden Traum aufgewacht war – wieder einmal ein Geschenk seiner rastlosen Puma-Seite.

Nur war dieses Mal nicht die Zusammenkunft für die verruchte Fantasie verantwortlich, die damit endete, dass er steinhart und bereit für eine Frau aufgewacht war.

Er stöhnte auf, als sich seine Gedanken auf die Gelegenheit stürzten, zu der sinnlichen, exotischen Verführerin zurückzukehren, die der Star in seinen Träumen gewesen war.

Yasmin.

Er stapfte durch den Wald und folgte dem Weg, den er immer nahm, wenn er patrouillierte. Dabei bemerkte er nicht, dass die Dunkelheit allmählich dem

Licht wich, als die Sonne endlich über den Bergen jenseits des Gletschers am Kopf des Tals hinter ihm aufging. Er konzentrierte sich voll und ganz auf Yasmin und spielte jedes Lächeln, jeden Blick, jedes Lachen und sogar alle finsteren Blicke noch einmal ab, während er zurück zur Lichtung marschierte.

Er wurde langsamer, als er sich Storms leerstehender Hütte näherte, während seine Gedanken endlich von Yasmin abschweiften. Würde er Storm noch einmal sehen, bevor die Zusammenkunft zu Ende war? Er wollte mit seinem Bruder quatschen, aber er konnte verstehen, warum Storm nur ungern nach Cougar Creek zurückkehren wollte.

Storm tat sein Bestes, um die Wogen zwischen dem Rudel und seiner neuen Gefährtin zu glätten, aber Flint konnte noch keinen positiven Effekt der Nachrichten erkennen, die er per E-Mail an Rath geschickt hatte.

Flint hatte es selbst kaum geglaubt und es nur zähneknirschend als Tatsache akzeptiert, als Rath ihn bedrängte, nachdem er ihm die Beweise gezeigt hatte, die Gabriella und Storm ihm geschickt hatten.

Sie hatten den Computer ihres Halbbruders durchforstet und herausgefunden, dass er allein gearbeitet hatte, und einige E-Mails weitergeleitet, in denen Erzengel seine Versuche, mit ihnen zu arbeiten, zurückgewiesen hatte.

In einer von diesen E-Mails hatte Erzengel ihn sogar als gefährlich abgestempelt.

In diesem Punkt hatten sie wohl recht mit ihm, wie sich herausgestellt hatte.

Der Mann war gefährlich und so sehr auf Rache aus, dass er stattdessen im Alleingang gehandelt hatte.

Er hatte die Informationen, die er bei dem ursprünglichen Angriff auf Flints Rudel vor über dreißig Jahren aufgedeckt hatte, genutzt und zusammen mit einem Netzwerk von Wildtierfotografen – die er insgeheim für seine Nachforschungen eingesetzt hatte – mögliche Standorte von Wandlern ausfindig gemacht. Er hatte sich fast selbst in den Bankrott getrieben, indem er Söldner angeheuert hatte, die ihn auf teure Jagdausflüge mitnahmen, um Flints Artgenossen zu töten. Bei seinem letzten Ausflug war er dann nach Cougar Creek gekommen.

Allein der Gedanke daran ließ Flint wieder an Gabriellas Motiven zweifeln, was ihn nur darin bestärkte, dass Storm das Richtige getan hatte, indem er sie vom Cougar Creek fernhielt. Es würde noch lange dauern, bis er und alle anderen im Rudel ihr vertrauen würden.

Das bedeutete, dass er seinen Bruder wahrscheinlich nicht mehr am Creek zu Gesicht bekommen würde, bevor die Zusammenkunft zu Ende war.

Er notierte sich mental, dass er Storm eine E-Mail schicken würde, wenn er wieder in seiner Hütte war. Wenn sie sich schon nicht persönlich treffen konnten, dann wenigstens per E-Mail, und vielleicht konnte Storm ihn wegen Gabriella beruhigen.

Er unterdrückte ein Gähnen, als er weiterging.

Bei allen Göttern, er musste sich waschen und Koffein in seinen Körper pumpen oder vielleicht versuchen, vor seiner nächsten Patrouille noch ein bisschen zu schlafen.

Seine Schritte wurden langsamer, als ein zarter Zitrusduft seine Aufmerksamkeit erregte und seine Puma-Seite sofort in Alarmbereitschaft versetzte. Mit einem tiefen Atemzug zog er den subtilen Duft in seine Lungen, wo er ihn festhielt und genoss wie den besten Wein oder vielleicht eine Droge, denn er stammte von seiner neuesten Sucht.

Yasmin.

Er folgte ihrem Duft, vorbei an Storms Hütte und durch den dreißig Meter breiten Waldstreifen, der sie von Raths Hütte trennte, und schlängelte sich durch die hoch aufragenden Kiefern, um den Abstand zwischen ihnen zu verringern.

Er konnte sich nicht davon abhalten, hinter einem der breiteren Stämme innezuhalten – sein Jagdinstinkt hatte die Kontrolle übernommen, als er Yasmin in der Nähe gewittert hatte. Er spähte um den Baum herum und wollte allein bei ihrem Anblick schon wieder aufstöhnen. Sie saß auf demselben Stuhl, auf dem sie gestern Abend gesessen hatte – eingemummelt, in einer dicken rehbraunen Decke, die sie sich um die Schultern gelegt hatte, die Beine auf die Sitzfläche gestützt und eine dampfende Tasse in beiden Händen haltend.

Ihre Haare fielen ihr in schwarzen Wellen um die Schultern und verdeckten einen Teil ihres Gesichts, während sie geradeaus auf den Fluss starrte, der die Grenze von Raths Territorium am Fuße der zweihundert Meter hohen, abfallenden Wiese bildete.

Im schwachen Morgenlicht hatte ihre Haut einen dunkleren Bronzeton und ihre Augen wirkten fast schwarz, aber bei allen Göttern, sie war genauso schön, wie er sie in Erinnerung hatte.

Und allein.

Rath und Ivy waren am Fluss. Sein Bruder scheiterte kläglich bei dem Versuch, seiner Gefährtin etwas Freiraum zu lassen, während sie darauf wartete, dass die Schwarzbären und andere Wildtiere ihren morgendlichen Besuch am Bach machten.

Eine perfekte Gelegenheit, um mit Yasmin allein zu reden.

Er ging an Storms Hütte vorbei und trat aus dem Wald heraus. Er schlug den Weg ein, der von den Hütten auf dieser Seite des Baches abzweigte und an der Vorderseite von Storms Hütte vorbeiführte.

In dem Moment, in dem er die Lichtung erreichte, sprang ihr Blick zu ihm. Sofort jagte ein schauerartiger Blitz über seinen Rücken, gefolgt von einer Hitze, die die morgendliche Kälte von seiner Haut unter dem schwarzen Fleece und der dunkelblauen Jeans wegfegte.

Flint stolzierte auf sie zu und konnte den Drang, sie jagen zu wollen, nicht unterdrücken, während sie ihn anstarrte. Ein Mann stolperte links von Flint aus dem Wald, wo die Zelte aufgebaut waren. Er gähnte und strich sich durch seine sandfarbenen Haare, während seine Augen immer heller wurden, als sie auf Yasmin landeten.

Flint fletschte seine wachsenden Fangzähne, um das Männchen zu verscheuchen.

Der Blondschopf leistete keinen Widerstand, sondern drehte sich einfach um und stapfte den Pfad entlang in Richtung der provisorischen Badestation, die Rath eingerichtet hatte.

Flints Fokus wechselte zwischen dem Mann und Yasmin hin und her. Sie beobachtete wieder den Fluss, während sie den weißen Becher mit der kleinen abgeplatzten Ecke an ihre Brust drückte, als wäre er eine Wärmflasche. Wenn sie etwas brauchte, um sich aufzuwärmen, konnte er sie so heiß machen, dass ihr nie wieder kalt werden würde.

Er erreichte die Veranda und schlenderte an ihr vorbei, wobei er sich ein Grinsen verkneifen musste, als sie ihn, kaum dass er ihr den Rücken zugewandt hatte, verstohlen musterte. Er drehte sich in ihre Richtung und schenkte ihr stattdessen ein warmes Lächeln.

»Guten Morgen.« Er trat auf die Veranda und parkte seinen Hintern auf dem Stuhl neben ihr.

Sie wandte ihren Blick konsequent von ihm ab und beobachtete die Bären, die jetzt aufgetaucht waren. Die beiden Jungen wurden immer größer und wurden mehr und mehr zu einer Herausforderung für die Schwarzbärenmutter.

Und für Rath.

Ihre Neugierde ließ sie mehrmals in Ivys Richtung schauen, während sie auf der anderen Seite des Flusses hockte und Fotos machte.

Das führte dazu, dass Rath unruhig etwa hundert Meter von seiner Gefährtin entfernt hin- und herlief. Das Bedürfnis, sie zu beschützen, kämpfte mit dem Bedürfnis, Abstand zu halten, damit sie die Bären genießen konnte, die sie so glücklich machten.

Das wiederum ließ die Bärenmutter wachsam und unruhig werden.

Rath spürte das offensichtlich, denn er wich einen Schritt zurück, um mehr Abstand zwischen sich und die Bären sowie Ivy zu bringen. Das brachte seinen Bruder wahrscheinlich innerlich um. Armer Kerl. Er beneidete Rath nicht. Wenn er die Bären verscheuchte, wäre Ivy sauer auf ihn, aber seine Puma-Instinkte waren stark, wenn es um seine Gefährtin ging, und trieben ihn dazu, sie vor jeder Bedrohung schützen zu wollen.

Normalerweise bekam man, wenn man ein Weibchen beschützte, Dankbarkeit und keine Standpauke.

Obwohl er das Gefühl hatte, dass Yasmin ihm wahrscheinlich eins über den Schädel ziehen würde, wenn er versuchen würde, sie zu beschützen. Sie schien davon überzeugt zu sein, dass sie auf sich selbst aufpassen konnte, dass sie stark genug war, sich der Gefahr zu stellen und zu überleben.

Ihre Augen fixierten den Bären, ein Flackern der Faszination lag in ihnen, während sie an der nach Himbeeren duftenden Tasse Kräutertee nuckelte.

Wenn er sie küsste, würde sie dann auch nach seinen Lippen schmecken?

Er riss seinen Blick von ihr los und richtete ihn auf den Fluss. »Warum bist du nicht da unten bei Ivy?«

Sie schaute ihn nicht an. »Ich bin kein Morgenmensch. Vielleicht später, wenn die Bären zurückkommen. Im Moment muss ich einfach nur erstmal aufwachen.«

»Ich könnte dich aufwecken. Ich bin dafür bekannt, sicherzustellen, dass Frauen ihren Tag glücklich beginnen.« Er wusste, dass dieser Satz ein Fehler gewesen war, bevor er ihn beendet hatte, aber er konnte nicht verhindern, dass die Worte seine Lippen verließen.

Sie runzelte die Stirn und er verfluchte sich im Stillen dafür, ein verdammter Idiot zu sein.

Obwohl er nicht verstehen konnte, warum sie sich so sehr gegen ihn wehren wollte.

Er hatte sie dabei erwischt, wie sie ihn gemustert hatte, und er wusste, dass sie die Funken, die zwischen ihnen sprühten, genauso stark spürte wie er.

»Ich bin nicht an dir interessiert, Flint, und das werde ich auch nie sein.« Ihr kalter Tonfall traf ihn hart und der Blick, den sie ihm zuwarf, ließ ihn frösteln.

Er schaute ihr in die Augen und wartete darauf, dass die blassen Farbtupfer in ihren Augen mit der Hitze loderten, die in seinen Adern brannte und von der er wusste, dass sie sie auch spürte.

Als sie kalt blieben – keine Spur von Wärme in ihnen, kein Schimmer von Verlangen –, konnte er die Überraschung, die ihn durchfuhr, nicht abschütteln.

Oder die Verärgerung.

Rath trat auf die Veranda. »Ivy hat mich schon wieder verscheucht, verdammt noch mal.«

Yasmin legte den Kopf schief und lächelte seinen Bruder an. Ihre braunen Augen strahlten eine Wärme aus, die die goldenen Flecken zum Funkeln brachte.

Flint knurrte, stieß sich vom Stuhl ab und verließ die Veranda, ohne sich umzudrehen.

»Flint?«, rief Rath, doch er ignorierte seinen Bruder.

Und die Art, wie Yasmins Blick auf ihm landete.

Er schloss sie aus, weigerte sich, sie anzusehen, wie er es wollte, und stürmte Hals über Kopf in den Wald zu seiner Hütte.

Im Gegensatz zu vielen anderen war sie von allen Seiten vom Wald umschlossen und lag weit entfernt von dem Weg, der zu ein paar anderen Hütten führte. Sie war ähnlich aufgebaut wie Raths Hütte: Das kleine Erdgeschoss bestand aus einem Wohnzimmer mit einer Küche, von der aus man auf die Veranda blicken konnte, und einem separaten Bad. Auf dem Dachboden hatte er unter dem steilen Dachvorsprung ein Schlafzimmer eingerichtet, zu dem eine Treppe vom hinteren Ende des Wohnzimmers hinaufführte. Im Gegensatz zu Raths Hütte hatte er an der Giebelseite kein dreieckiges Panoramafenster eingebaut. Ein kleines rechteckiges Fenster saß in dem Raum unter den beiden Seiten der Dachschräge und erlaubte, dass etwas Licht in sein Schlafzimmer fiel.

Es war ja aber nicht so, dass er wie Rath eine Aussicht hatte, die er bewundern könnte. Die Bäume waren auf dieser Seite der Lichtung zu dicht und verdeckten alles.

Er trat auf die Veranda, stieß die Eingangstür auf und stürmte direkt ins Bad. Das kalte Wasser, das er sich ins Gesicht spritzte, trug nicht dazu bei, seine Laune zu verbessern. Er knurrte sein Spiegelbild an.

»Verdammter Idiot.«

Yasmin hatte ihm klargemacht, dass sie nicht auf seine Flirtversuche reagieren würde, und er konnte sich trotzdem nicht davon abhalten, den Mund aufzumachen und zu versuchen, sie zu bezirzen. Das funktionierte vielleicht bei anderen Frauen, aber nicht bei ihr.

Sie war nicht wie die anderen.

Sie war anders.

Das brachte ihn zum Stirnrunzeln.

Sie war *tatsächlich* anders.

Es war ihm heute noch mehr aufgefallen. Es war

ihm bewusst geworden, als er neben ihr gesessen hatte – allein. Sie hatte etwas an sich, das sie von Ivy unterschied, von allen Menschen, die er je getroffen hatte. Aber was war es?

Er schüttelte es ab. Er war einfach nur wütend, verärgert über sich selbst und darüber, dass sie ihm die kalte Schulter zeigte und ihn abwies. Das Einzige, was sie von anderen Frauen unterschied, war die Tatsache, dass sie eine Herausforderung war. Sie war die erste Frau seit sehr langer Zeit, die sich ihm nicht einfach hingab.

Die erste Frau, die sich gegen ihn wehrte.

Er entfernte sich vom Spiegel und machte sich auf die Jagd. Er stöberte in der kleinen Küche, die nur aus einer Handvoll Schränken, einer Spüle, einem einfachen Herd und einem winzigen Kühlschrank bestand.

Ein Grollen entrang sich seinen Lippen, als er auf die Kaffeemaschine starrte und feststellte, dass er vergessen hatte, sie einzuschalten, bevor er zu seiner Patrouille aufgebrochen war. Das Grollen wurde zu einem Knurren, als er die runde Dose neben der Maschine öffnete und feststellte, dass sie bis auf ein paar einzelne Bohnen leer war.

»Einfach nur großartig, verdammt.« Er schleuderte die Dose auf die Arbeitsplatte.

Sie klapperte, drehte sich und prallte von allem ab, bevor sie schließlich auf den Holzboden fiel, während er wieder aus seiner Hütte stürmte.

Die Tür schlug hinter ihm zu und der Klang hallte

in der stillen Morgenluft wider, während er durch den Wald stampfte.

In Richtung von Raths Hütte.

Dass er dorthin zurückkehrte, hatte ausschließlich mit Kaffee und nicht mit Yasmin zu tun.

Er war fertig mit ihr.

In ein paar Wochen würde er wieder im Norden sein und dieses lästige Bedürfnis stillen können, das ihn so quälte. Nur noch ein paar Wochen und er könnte jede Schönheit haben, die er wollte.

Denn er wollte Yasmin auch gar nicht.

Sie war nicht sein Typ und außerdem hatte er wichtigere Dinge zu tun, wie für seinen Bruder mehr über sie herauszufinden.

Doch in dem Moment, in dem sie sich bewegte, war er sich ihrer übermäßig bewusst, nahm sie ins Visier und hing an jedem Wort, das ihre verführerischen Lippen verließ.

»Nächstes Mal werde ich die Bären besuchen. Werden sie zurückkommen?« Sie klang unsicher und er war kurz davor zu sagen, dass sie natürlich zurückkommen würden.

Sie kamen jeden verdammten Tag.

Vielleicht würde er aber auch für den Rest ihres Aufenthaltes den verdammten Fluss durchstreifen, um sicherzugehen, dass sie nie wiederkamen.

Boshaft, ja. Kindisch, definitiv. Aber er war halt auch einfach ein bisschen gereizt.

»Sie werden kommen, aber manchmal sind sie

unruhig, wenn Leute durch die Gegend wandern, sodass sie vielleicht ein oder zwei Tage aussetzen.« Die Art und Weise, wie Ivy ihn ansah, als sie das sagte, veranlasste ihn, sie anzuschauen und den finsteren Blick zu erhaschen, den sie ihm zuwarf.

Sie wurde immer besser darin, seine Art zu lesen, so wie sie seine Stimmung ablesen konnte.

Er kräuselte die Lippen, um ihr einen Fangzahn zu zeigen, und stapfte in die Hütte, ohne sie zu grüßen. Rath zog eine Augenbraue hoch, als er ihm die Kaffeekanne und einen Becher aus den Händen riss, sich etwas einschenkte, bis die Tasse voll war, und ohne ein Wort zu sagen wieder verschwand.

Yasmins Blick landete auf seinem Rücken und ließ die Hitze bis in seine Knochen vordringen, aber auch dieses Mal ignorierte er sie und trug seine Beute in Richtung des Flusses davon. Hundert Meter davon entfernt hielt er an und parkte seinen Hintern an seinem Lieblingsbaum. Immerhin war er kein komplettes Arschloch und sein Herz auch nicht kaltherzig genug, um die Bären wirklich davon abzuhalten zurückzukommen.

Er nippte an seinem Kaffee und blendete aus, wie Yasmin ihn ab und zu anschaute und wie Rath auf die Veranda kam, um ihn anzustarren.

Er benahm sich daneben, aber hoffentlich würde sein Bruder es auf die Jahreszeit schieben und darauf, dass es ihn nervös machte, weil er alleinstehend war. Er war ein Männchen, das an der Zusammenkunft teilnehmen könnte und auch *sollte*, anstatt daneben zu stehen und zuzusehen, wie andere Männchen ihre Gelüste befriedigen konnten.

Flint starrte jedes Männchen an, das an ihm vorbeiging, während er Wache hielt, und die Aggression, die in seinen Adern brodelte, wollte einfach nicht abebben. Jedem Männchen, das es wagte, ihn anzusehen, ließ er im Gegenzug seine Fangzähne entgegenblitzen, aber keiner von ihnen nahm den Köder an. Mistkerle.

Wenn er nicht ficken konnte, dann brauchte er einen Kampf.

Er musterte die Pumas, die kamen und gingen, und suchte sich die Männchen aus, die genauso gereizt und unruhig aussahen wie er selbst. Es würde nicht lange dauern, bis die Hormone bei einigen von ihnen die Oberhand gewannen und ein Kampf ausbrach, bei dem es nicht um ein Weibchen ging.

Was dann wiederum bedeutete, dass er eingreifen konnte.

Verdammt, er brauchte das Gefühl, wie Knochen unter seinen Fäusten knackten und wie der Schmerz in seinem Körper ausbrach. Er brauchte etwas, in das er die in ihm kochende Energie stecken konnte. Etwas, das die ganze verdammte Aggression aus ihm herausholte. Er brauchte das Gefühl, ausgelaugt zu sein, so erschöpft vom Kampf, dass er nur noch faulenzen und sich erholen konnte, während seine Muskeln brannten, seine Knochen schmerzten und sein Körper sich mühsam selbst heilte.

Er trank die Reste seines Kaffees aus und überlegte, ob er die Tasse zu Rath zurückbringen sollte, entschied sich dann aber dafür, dort zu bleiben, wo er war – die Wirbelsäule an die raue Rinde der Kiefer gepresst und den Blick weit weg von Yasmin.

Sie war vor ein paar Minuten hineingegangen.

Er war nicht auf sie konzentriert. Das war er wirklich nicht. Er hatte lediglich bemerkt, dass sie sich bewegt hatte und weiter an den Rand seiner scharfen Sinne gedriftet war.

Sie driftete wieder näher.

Er runzelte die Stirn und blickte in Richtung Raths Hütte, und seine Augenbrauen senkten sich, als er sie auf der Lichtung in Richtung Fluss schlendern sah. Auf ihn zu.

Flints Blick glitt über sie hinweg, aber vor der Hütte waren weder Rath noch Ivy zu sehen. Yasmin hatte sich davongeschlichen, während sie drinnen waren. Der Versuch, einer Eskorte zu entkommen? Das würde nicht passieren. Auch wenn er im Moment keine Lust hatte, in ihrer Nähe zu sein, stieß er sich von dem Baum ab und ging ihr entgegen.

Sie blickte ihn finster an. »Ich brauche keinen Babysitter. Ich werde nirgendwo hingehen.«

»Doch, du gehst irgendwo hin.« Er fixierte sie mit einem finsteren Blick. »Sonst würdest du deinen hübschen Hintern auf der Veranda von Raths Hütte parken. Also bekommst du einen Babysitter. Tut mir leid. Du kannst jederzeit zurückgehen.«

Sie rollte mit den Augen, seufzte dann, warf ihm einen kurzen Blick zu und umarmte sich dann selbst. Sie rieb ihre Arme durch ihren dicken, knallroten Wollpulli. Niemand hatte ihr gesagt, dass sie in der Wildnis neutrale, naturfarbene Kleidung tragen sollte.

»Sie sind ... ah ... du weißt schon? Beschäftigt.« Sie zuckte mit den Schultern und ein Hauch von Farbe erblühte auf ihren Wangen.

Das hätte er wirklich nicht wissen müssen. Er war so schon aufgekratzt genug, ohne dass der Gedanke, wie Rath es mit seiner Gefährtin trieb, ihn noch zusätzlich quälte.

»Ich dachte, ich schaue mir mal den Fluss an.« Sie fixierte ihn mit ihrem Blick, während sie ihre Stimme senkte und der rosa Fleck auf ihren Wangen dunkler wurde. »Um ihnen fünf Minuten Zeit zu geben, ungefähr.«

Er wollte sagen, dass Rath mehr als fünf Minuten brauchen würde, hielt sich aber zurück, denn verdammt, er war sich nicht sicher, ob sie das als Flirten ansehen würde. Und jetzt, wo er ihr wieder nahe war, wollte er nicht, dass sie sich gegen ihn wandte und ihn wegschickte.

Er wollte in ihrer Nähe sein.

Er wollte ihr Begleiter sein, sie beschatten und im Auge behalten, denn der Gedanke, dass sie allein am Bach spazieren ging, weckte etwas in ihm.

Etwas Besitzergreifendes.

Etwas Gefährliches.

Flint suchte die Lichtung ab und musterte alle Männchen, um sicherzugehen, dass sie ihre Augen woanders hatten. Irgendwo anders als auf Yasmin.

»Ich bin kein Kind, Flint. Ich brauche keinen Babysitter.« Ihre kühle, sanfte Stimme dämpfte das Feuer in seinen Adern und brachte es vom Kochen zum Köcheln, und er konzentrierte sich wieder auf sie, während sie neben ihm herging.

Sie strich sich mit der rechten Hand die Haare zurück und hakte die Wellen hinter ihr Ohr, sodass er ihr Profil sehen konnte. Ihre Augen sprangen zu ihm und dann wieder weg, und er schwor sich, dass sie etwas Schüchternes an sich hatten, eine Unbeholfenheit, die vorher nicht da gewesen war.

Weil sie mit ihm allein war?

Oder weil Rath und Ivy es wie die Karnickel trieben?

Sie war ihm nicht so vorgekommen, als ob es ihr peinlich wäre, ein Pärchen in flagranti zu erwischen, aber vielleicht war es so, denn sie wurde bestimmt nicht rot, weil sie mit ihm allein war. Sie hatte deutlich gemacht, dass sie ihn nicht wollte.

»Ich bin hier sicher«, flüsterte sie etwas atemlos und er bemerkte, dass sie beide stehen geblieben waren und sie einander in die Augen schauten – in ihre faszinierenden dunklen Augen, die mit hellem Gold gesprenkelt waren und ihn anzulocken schienen.

Diese Frau hatte eine gewisse Anziehungskraft.

Auf gefährliche Weise verführerisch.

Ihre Worte erreichten sein Bewusstsein, während er auf sie hinunterstarrte, und in seinen Gedanken hallte eine Antwort wider.

Sie war nicht sicher. Hier auf der Lichtung war sie genauso in Gefahr wie im Wald. Möglicherweise sogar noch mehr.

Er konnte nicht umhin, zu bemerken, wie sie die Aufmerksamkeit der Männchen und die Blicke der Weibchen auf sich zog. Er konnte verstehen, warum die Weibchen ihr gegenüber misstrauisch waren, und er wünschte, er könnte nicht sehen, warum die Männchen sich für sie interessierten.

Aber sie war wunderschön.

Ihre sonnengebräunte Haut, die rabenschwarzen Wellen, die ihre schlanken Schultern umspielten, und ihre gefühlvollen dunklen Augen waren wie geschaffen dafür, Männer ins Verderben zu locken. Sie war exotisch, und jedes Mal, wenn er sie ansah, musste er an wärmere Länder denken, an hügelige Weinberge, heiße, trockene Luft und weiß gestrichene Gebäude vor einem azurblauen Himmel und türkisfarbenen Meer.

Sie brachte ihn dazu, sich nach ihr zu sehnen.

Bei allen Göttern, es war eine schlechte Idee, dass sie während der Zusammenkunft blieb. In diesem Punkt konnte er seinem Bruder nicht zustimmen. Sie brauchten eine Medizinerin, aber das Letzte, was sie brauchten, war ein weiterer Mensch in der Nähe, wenn die Männchen ganz wild auf sie waren und ihr Territorium verteidigen wollten.

Er lehnte sich näher an sie heran – er unterlag einer Anziehungskraft, die er nicht verstand, einer, die Macht über ihn hatte und der er sich nicht entziehen konnte, während sie seinen Blick festhielt.

Sein Herz schlug härter, trommelte gegen seine Rippen und donnerte so stark, dass ihm schwindelig wurde, während sein Blut rauschte, seine Hände zitterten und seine Handflächen schwitzten. Er ballte seine Finger zu Fäusten, um sie vor dem Zittern zu bewahren, aber er konnte die Gefühle, die ihn durchströmten, nicht so leicht aufhalten. Sie prallten aufeinander und verstrickten sich zu einem unbestreitbaren Bedürfnis, während Yasmins Erröten noch intensiver wurde.

Als sie sich von ihm abwandte, verfolgte sein Blick sie mit einer Intensität, die selbst ihn erschreckte, während er seinem Bedürfnis einen Namen gab.

Sein Blick richtete sich auf ein Männchen, das sie ansah, und er starrte es an, als es in seine Richtung blickte. Er forderte das Männchen stillschweigend auf, es bei Yasmin zu versuchen, denn er brauchte einen Kampf und würde das Männchen gerne zurechtstutzen.

Er würde den Mann töten, wenn es nötig wäre.

Er würde alles tun, was nötig war, um sicherzustellen, dass kein anderes Männchen sie berührte.

Denn zum ersten Mal in all den Jahren, in denen er an Zusammenkünften teilnahm, war er derjenige, der wild wurde und sein Territorium verteidigte.

Und Yasmin war der Grund dafür.

Er ließ seinen Blick zu ihr gleiten, fixierte ihren Rücken und bemerkte, wie sich ihre Schultern unmerklich versteiften und ihr Duft sich veränderte – er mischte sich mit dem Bedürfnis, das er in ihr spürte, ein Bedürfnis, das erwacht war, als sie ihm in die Augen geschaut hatte.

Sie konnte sich gegen diese Anziehungskraft wehren, so viel sie wollte, sie konnte sich auch gegen ihn wehren, aber am Ende würde sie den Kampf verlieren, den sie zu gewinnen glaubte.

Dafür würde er sorgen.

Er war kurz davor gewesen, sie aufzugeben, aber jetzt würde er um sie kämpfen, und er würde nicht aufhören, bis er sie erobert und sie sich ihm endlich ergeben hatte.

Sie war auf einen Krieg vorbereitet hierher gekommen.

Er würde ihr einen geben.

Das Problem war nur, dass er an diesem Morgen nicht der Einzige war, der ihr einen Krieg erklärte.

Eine unheilige Kakophonie brach aus, Knurren und Fauchen vermischten sich und hallten laut durch die stille Morgenluft.

Flint drehte sich zu der Geräuschquelle um und riss die Augen auf, als zwei männliche Wesen kämpfend aus dem Wald in der Nähe von Embers Hütte am Flussufer purzelten.

Beide hatten die Gestalt eines Pumas.

Er stellte sich sofort vor Yasmin, sodass er zwischen ihr und den kämpfenden Pumas stand, und streckte seinen rechten Arm aus, damit sie nicht daran dachte, an ihm vorbei zu rennen. Nicht, dass sie das tun würde. Wahrscheinlich hatte sie große Angst und war kurz davor, laut loszuschreien, weil sich zwei wilde Tiere mitten im Creek gegenseitig zerfleischen und sich eine Menge versammelt hat.

Nicht um sie zu erschießen oder zu verjagen.

Sondern um sie anzufeuern.

Er hatte nur ein Wort zur Verfügung, zwei Silben, die alles zusammenfassten, was er in diesem Moment fühlte, als eines der Männchen sich in seine menschliche Gestalt zurückwandelte, um so mit seinem Gegner zu kämpfen. Sein nackter Körper war blutverschmiert, als er den Puma zu Boden rang, und Yasmin bekam einen Sitzplatz in der ersten Reihe für eine Show, die ihr die Existenz seiner Art offenbarte.

»*Scheiße.*«

KAPITEL FÜNF

»SCHEISSE!« Flints Fluch wurde kaum von Yasmin registriert, als der Puma sich aufrichtete, seine langen Fangzähne in der rechten Schulter des Mannes versenkte und knurrend seinen Kopf nach hinten riss, wobei er lange Furchen in seinem Fleisch hinterließ, die sich schnell mit Blut füllten.

Der Mann ging zu Boden.

Yasmin drängte sich an Flint vorbei und raste über die Wiese. Ihr Puls beschleunigte sich so schnell wie ihre Füße, als sie den Abstand zwischen sich und dem verletzten Mann verringerte.

Der Puma stürzte sich auf ihn.

Oh nein, das würde er nicht tun.

Nicht, solange sie ein Wörtchen mitzureden hatte.

Sie packte das Tier am Kragen, zog es von dem Mann herunter, bevor es noch mehr Schaden anrichten konnte, und schleuderte es über die Wiese, wo es auf dem Gras in der Nähe des Flusses aufschlug. Es erholte sich sofort wieder, schüttelte den Kopf, um den Schlag zu verarbeiten, und knurrte, während es sie ins Visier nahm.

Flint stand sofort zwischen ihr und dem Puma. Knurrend fletschte er die Zähne und hielt seine Hände an den Seiten ausgestreckt, um eine Barriere zu bilden, die das Tier durchbrechen müsste, um sie zu erreichen.

Der Puma wandelte sich zurück und fing an, auf und ab zu gehen, wobei er Flint die ganze Zeit im Auge behielt, während er unruhig herumlief – seine Muskeln waren angespannt und bereit. Wenn der Mann auf die Idee käme, gegen Flint zu kämpfen, würde sie mehr tun, als ihn nur über die verdammte Wiese zu schleudern.

»Was zum Teufel ist hier los?«, brüllte Rath, als er über die Lichtung sprintete. Seine dunklen Haare waren zerzaust, sein Oberkörper war nackt und die Jeans saß kaum an den Hüften.

»Ein nicht genehmigter Kampf«, antwortete Flint und warf seinem Bruder einen Blick zu, den sie voll und ganz verstand.

Er sagte Rath damit stillschweigend, dass sie es gesehen hatte.

Sie hatte sie in ihrer Puma-Form gesehen.

Yasmin riss sich ihren knallroten Pullover vom Leib und drückte ihn auf die Wunde an der Schulter des gefallenen Mannes.

»Irgendjemand muss mir helfen!«, rief sie und übte

Druck aus, während sie den brünetten Mann begutachtete.

Er hatte ein paar weitere Fleischwunden am Oberschenkel und ein paar Striemen auf der Brust, die durch die dichte Haarpracht hindurch sichtbar waren. Er war mit blauen Flecken übersät, und sie entdeckte eine weitere Reihe von Abdrücken eines Fangzahns an seinem rechten Unterarm. Der verdammte Mann, den Flint in Schach hielt, hatte ihn ordentlich zugerichtet. Es war wohl kaum ein fairer Kampf gewesen. Der Kerl war doppelt so groß wie der Mann, neben dem sie kniete.

Sie warf dem Ersten einen finsteren Blick zu und dann auch Rath und Flint, die sich nicht rührten, sondern sie anstarrten, als ob ihr zwei Köpfe gewachsen wären.

»Oh, bei den Göttern, hört auf, mich anzustarren, und holt mir meinen Rucksack!« Sie gab ihren Worten so viel Biss, wie sie konnte, und das brachte zumindest Rath zum Handeln.

Flint starrte sie weiterhin an.

In seinen Augen leuchtete eine stumme Frage.

Ja, lautete die Antwort.

Ja, sie wusste über Unsterbliche Bescheid.

Sie wusste es, weil sie eine von ihnen war.

Ivy verließ die Hütte, bevor Rath sie erreichen konnte. Ihre kastanienbraunen Haare hüpften bei jedem Schritt, während sie mit dem schweren Rucksack in den Armen auf Yasmin zurannte. Rath nahm ihn ihr ab und überbrückte schnell die Distanz zurück zum Verletzten. Er stellte den Rucksack neben Yasmin ab und sie blickte zu ihm auf.

Sein Gesicht war blass und gezeichnet, während er erst den Mann und dann sie ansah – Sorgen glitzerten in seinen grauen Augen.

Weil er befürchtete, dass der Mann sterben würde, oder weil er befürchtete, dass sie schreien und allen erzählen würde, dass es Puma-Wandler gab?

Sie hatte keine Zeit für Erklärungen, nicht jetzt. Nachher würde sie ihn beruhigen.

Vielleicht bei einem Bier. Sie hatte das Gefühl, dass sie eins brauchen würde.

»Drück hier drauf.« Sie griff über den Mann hinweg, packte Raths rechten Arm und führte seine Hand zu ihrem zusammengerollten Pullover.

Rath nickte, drehte sich so, dass er sich auf der linken Seite des Mannes befand, und drückte seine beiden großen Hände auf den provisorischen Druckverband. Der Mann stöhnte auf, als Rath seine Hand darauf presste.

»Ganz ruhig, Großer. Nicht zu viel Druck«, sagte sie und Rath lockerte die Hand etwas. Sie nickte, als sie sich vergewissert hatte, dass er genau den richtigen Druck ausübte, um den Blutfluss zu stoppen, ohne den Mann noch mehr zu verletzen. »Es ist möglich, dass etwas gebrochen ist, aber das wird schon wieder heilen. Wir müssen uns nur darauf konzentrieren, alle Verunreinigungen aus der Wunde zu entfernen und sie zu nähen.«

Rath nickte erneut und blickte nach oben und nach rechts. Yasmin warf ebenfalls einen Blick auf den Mann, der dort stehen geblieben war.

Der Blonde, den sie schon ein paar Mal auf Raths Veranda gesehen hatte und der Rath und Flint sehr ähnlich sah.

»Cobalt, kümmere dich um den anderen.«

Cobalt nickte, machte auf dem Absatz kehrt und ging auf den Mann zu, der immer noch hinter Flint auf und ab marschierte.

»Beweg dich.« Cobalt packte ihn grob am Arm und schob ihn in Richtung Wald.

Flint stieß ein leises Knurren aus, als der Mann es wagte, zurück in ihre Richtung zu schauen, und Yasmin hatte das Gefühl, dass es nicht daran lag, dass der Mann immer noch gegen den Verletzten kämpfen wollte.

Sie hatte das Gefühl, dass es daran lag, dass er sie angeschaut hatte.

Schnell suchte sie die mitgebrachten Nähsets und Verbände zusammen und sah zu Flint, der anfing, auf und ab zu gehen.

»Ich brauche so viel frisches Wasser, wie du besorgen kannst.« Bei ihren normalen Patienten hätte sie etwas Stärkeres als Wasser benutzt, um die Wunden zu reinigen, aber bei dem Mann, den sie behandelte, brauchte sie sich darüber keine Gedanken zu machen. Solange sie Speichel und Schmutz entfernte, würde er ohne das Risiko einer Infektion heilen.

Flint sah sie an, seine Augen leuchteten golden und seine Pupillen waren waldgrün. Er sah so aus, als würde er nicht tun, worum sie ihn gebeten hatte, aber dann knurrte er und schritt von ihr weg in Richtung des Flusses und hielt nur an, um das Gefäß zu nehmen, das ihm eine schwarzhaarige Frau aus der Hütte hinter ihr freundlicherweise gebracht hatte.

Er kam mit dem randvollen Glaskrug zurück und hielt ihn ihr hin. Sie nahm ihn mit einem Lächeln entgegen und schaute dann zu Rath.

»Er könnte sich wehren. Du musst ihn festhalten, wenn er das tut.« Sie wartete auf Raths Nicken, bevor sie auf seine Hände schaute. »Du kannst sie jetzt wegnehmen.«

In dem Moment, in dem er das tat, quoll das Blut aus den tiefen, ausgefransten Wunden und sickerte über die Seiten. Sie beugte sich über den Mann und wusch die Wunden sorgfältig mit dem kalten Wasser.

Der Mann brüllte und bockte, woraufhin Yasmin den Krug fallen ließ und ihn an den Schultern packte, um ihn unten zu halten.

Flint packte im Gegenzug ihre und zog sie mit einem unheilvollen Knurren von ihm weg.

Sie entzog sich seinem wilden Griff und stieß ihn zurück, während sie wieder auf die Knie sank, um Rath zu helfen, der sich bemühte, den Mann festzuhalten, ohne ihn weiter zu verletzen. In dem Moment, in dem sie den Mann wieder berührte, brüllte Flint, packte sie an der Taille und zerrte sie in die Luft, während er sich nach hinten beugte.

Sie strampelte, zappelte und stöhnte, während sie versuchte, sich aus seinem Griff zu befreien.

»Lass mich los!« Sie fuchtelte mit den Armen und er keuchte, als es ihr gelang, ihm einen Ellbogen ins Gesicht zu rammen.

Verflucht sollte er sein.

Sie wollte ihn nicht verletzen, aber sie wollte auf keinen Fall zulassen, dass er sie davon abhielt, den Mann zu behandeln. Sie verstand nicht, was sein Problem war oder warum er sich ihr so sehr in den Weg stellen wollte.

»Komm verflucht noch mal runter.« Cobalts tiefes Knurren ertönte hinter ihr.

Flint ächzte und plötzlich fiel sie auf die Füße. Sie warf ihm einen Blick zu, als Cobalt ihn wiederholt in die Brust stieß und ihn dazu brachte, rückwärts zu stolpern – weg von ihr. Seine goldenen Augen trafen auf die ihren und er knurrte erneut, als sie sich neben den Mann kniete, der für einen Herzschlag einen schmerzhaften Gesichtsausdruck hatte, bevor sich seine hübschen Züge verwirrt verzerrten.

»Yasmin«, murmelte Rath und sie konzentrierte sich wieder auf ihn und den verletzten Mann.

Er wehrte sich weiter gegen Raths Griff – goldenes und weißes Fell huschte über seine rosa Haut, während er zappelte und knurrte. Sie kniete in der Nähe seiner Taille und half Rath, ihn festzuhalten, indem sie ihre Handflächen auf seine Brust und seine rechte Hüfte presste.

»Beruhige dich«, murmelte sie leise und ließ ihn ihre Stimme hören, während sie sich auf ihn konzentrierte, um ihm bei der Heilung zu helfen und ihn zu beruhigen, wobei sie den Rest der Welt ausschloss.

Flint eingeschlossen.

»Hör auf meine Stimme. Du bist verletzt, aber in Sicherheit. Ich werde dir helfen.« Sie konzentrierte sich noch stärker auf ihn, als Flint brüllte – der Ton schnitt wie eine Klinge durch die angespannte Luft und zog ihre Aufmerksamkeit zurück auf ihn.

Die goldenen Augen des Mannes öffneten und schlossen sich wieder, bevor er seine Fangzähne entblößte.

»Jey.« Raths tiefe Stimme überschwemmte sie, sanft und ruhig, warm und voll. »Yasmin wird deine Wunden versorgen. Du bist in Sicherheit. Ich bin bei dir.«

Jey? War das sein Name?

»Ich weiß, dass du dich wandeln willst, Jey«, flüsterte sie und blickte auf die Wunde an seiner Schulter, aus der wieder Blut sickerte. »Aber das kannst du jetzt nicht. Du musst dich entspannen und mir vertrauen ... Ich bin Ärztin.«

Der abgedroschene Spruch schien zu wirken, oder

vielleicht waren es auch ihre Kräfte, die sich manifestierten und in ihn hineinsickerten.

Sie zog ihre Hände weg, um die Verbindung zu unterbrechen, bevor sie zu weit ging, und lehnte sich auf ihren Fersen zurück. Sie hob den Krug auf, als Jey sich zu beruhigen begann, und betrachtete stirnrunzelnd die spärliche Menge Wasser, die noch darin war. Das würde ausreichen. Sie hatten die Wunde nicht wieder abgedeckt, seit sie sie ausgewaschen hatte, also brauchte sie das Wasser nur, um die Haut um die Wunden herum gründlicher zu waschen, bevor sie anfangen konnte, die tiefen Wunden zu nähen.

»Gib mir was davon.« Sie deutete auf das Päckchen mit der Watte. Es war nicht ideal, aber es würde den Zweck erfüllen.

Ivy eilte dorthin und zupfte ein Stück ab, das sie in zwei Teile riss. Sie reichte die Watte an Yasmin weiter, die sie anfeuchtete und sich an die Arbeit machte. Wieder konzentrierte sie sich auf Jey und blendete alle anderen um sich herum aus. Jeder schaute ihr gespannt oder vielleicht auch erwartungsvoll zu, während Flint am Rande der Lichtung umherstreifte, wobei Cobalt ihm den Weg zurück zu ihr versperrte.

Während sie die Wunden säuberte und mit einem der Nähsets versorgte, spürte sie Flints Blick auf sich, der sie intensiv und konzentriert beobachtete, während er aufgeregt und mit kurzen Schritten auf und ab ging. Sie konnte seine Frustration, seine Verwirrung und auch seine Wut spüren.

Sie war sich nicht sicher, was ihn so aufgeregt hatte, warum er so gewalttätig und wild geworden war, aber das war ihr im Moment auch egal.

Im Moment ging es nur darum, Jey zu helfen.

Über das, was danach kam, wollte sie nicht nachdenken.

Sie riskierte einen Blick zu Ivy und Rath, während sie die letzte Wunde fertig nähte, und sofort hätte sie sich am liebsten mit den anderen Wunden des Mannes beschäftigt, um sich darin zu verstecken und den Fragen zu entgehen, die sie kommen sah.

Aber das würde sie nicht tun.

Sie würde es niemals in die Länge ziehen, jemanden zu behandeln und ihn zu ihrem eigenen Nutzen leiden zu lassen.

Sie lehnte sich zurück, wusch sich mit dem neuen Krug Wasser, den ihr jemand gebracht hatte, die Hände und stählte sich.

Sie sah zu Rath auf, als er einigen Männern ein Zeichen gab, zu ihm zu kommen. Sie stellte sich auf zittrige Beine, als die Männer Jey vorsichtig hochhoben.

Als Flint sich an seinem Bruder vorbeidrängte und auf sie zustürmte, holte sie tief Luft – seine Augen brannten sich in sie hinein.

Sie schaute von Rath zu Flint und dann zu Ivy.

»Ich schätze, ich habe euch einiges zu erklären.«

KAPITEL SECHS

FLINT LIEF YASMIN, Rath, Ivy und Cobalt hinterher, während sie den Männern folgten, die Jey zurück in seine Hütte trugen. Alles, was in den letzten Stunden passiert war, lief ihm immer wieder durch den Kopf – bruchstückhaft und zusammengewürfelt, unvorstellbar.

Yasmin wusste, was er war.

Aber wie?

Er wollte eine Erklärung von ihr hören, wartete darauf, dass sie sich zusammenriss und die Kraft zum Reden fand. Es fiel ihm schwer, sich zu konzentrieren, wenn er immer wieder sah, wie sie Jey berührte, und immer wieder vor seinem inneren Auge sah, wie er darauf reagiert hatte.

Er hatte das unbändige Bedürfnis, sie von dem unverpaarten Mann fernzuhalten.

»Ich weiß über Unsterbliche Bescheid.« Diese

leise gemurmelten Worte ließen ihn zu ihr zurückschnellen, sie nahm seine ganze Aufmerksamkeit in Anspruch, als wäre sie die einzige Person auf der Welt.

Er rückte näher an sie heran, als er ihre Verzweiflung und ein Aufflackern von Angst spürte, das ihrem süßen Zitrusduft eine bittere Note verlieh.

Warum hatte sie Angst?

Was auch immer der Grund war, er wollte ihr die Angst nehmen, wollte, dass sie sich wieder sicher fühlte.

Sie schaute Ivy an und dann wurde ihm der Grund klar. »Ich wollte es dir schon so lange sagen ... seit wir uns kennengelernt haben und zusammengewachsen sind.«

Ivy lächelte warm und berührte den nackten Arm ihrer Freundin unterhalb des Ärmels ihres engen hellgrauen T-Shirts. Es war eine beruhigende Berührung, die Yasmin etwas von ihrer Angst zu nehmen schien und ihr Erleichterung verschaffte.

»Ich bin hierher gekommen, weil ich mir Sorgen um dich gemacht habe, und als ich gerochen habe, was jeder hier ist, wusste ich, dass ich bleiben muss, um sicherzustellen, dass du in Sicherheit bist.« Yasmin blieb stehen und umklammerte Ivys Hand. »Ich hatte Angst, dass du es nicht weißt.«

»Ich hatte Angst, du könntest es herausfinden und ausflippen.« Ivy schenkte ihr ein weiteres strahlendes Lächeln und schüttelte den Kopf. »Aber ich bin so froh, dass du es weißt. Das nimmt mir eine große Last von den Schultern.«

»Mir auch.« Yasmin sah aus, als wolle sie ihre Freundin umarmen, aber dann stöhnte Jey auf, als die Männer ihn die Stufen zur Veranda seiner Hütte am Rande des Baches hinauftrugen, und ihre Aufmerksamkeit richtete sich auf ihn.

Flint knurrte.

Das wiederum führte dazu, dass ihre Augen zu ihm zurückwanderten, und zur Abwechslung war etwas Warmes in ihnen, etwas, das verdammt nach Sorge aussah. Und etwas, das aussah wie eine Frage.

Eine, die ihn dazu brachte, den Blick von ihr abzuwenden, weil er keine Antwort darauf hatte.

Er wusste nicht, warum er so ausgeflippt war, als sie Jey angefasst hatte.

Scheiße.

Er blieb wie angewurzelt stehen, als sie sich mit den anderen von ihm entfernte und in Jeys Hütte ging. Er strich sich mit den Händen über seine schwarzen Haare und kämmte sie zurück. Dann drehte er der Hütte und ihr den Rücken zu, legte den Kopf in den Nacken und starrte durch die Baumkronen des Waldes in den halb bedeckten Himmel.

Vielleicht kannte er den Grund und wollte es nur nicht wahrhaben.

Still und schweigend stand er da, betrachtete die schwachen Wolkenbänder am Himmel, lauschte auf die Geräusche in der Hütte hinter ihm und dachte darüber nach. Er hörte jedes Wort, das Yasmin sagte, und genoss den Klang ihrer Stimme, als wäre es der edelste Wein.

Ein Teil von ihm wollte gehen, musste sich wandeln und losrennen, um Energie abzubauen, in der Hoffnung, dass sich seine Stimmung dadurch bessern und er sich beruhigen würde.

Der Rest von ihm weigerte sich, sie zu verlassen.

Die Stimmen in der Hütte waren nicht die einzigen, die er hören konnte. Das Rudel sprach bereits über sie und spekulierte. Ein paar hielten sie für eine Wandlerin, aber er wusste bereits, dass das nicht der Fall war. Er hätte es an ihr gerochen.

Sie war etwas anderes.

Die Tür hinter ihm öffnete sich und er schaute über seine Schulter. Rath führte Ivy die Veranda hinunter, Cobalt war dicht dahinter. Flint warf einen Blick über sie hinweg zur Hütte.

»Yasmin wird so lange bleiben, bis sie sicher ist, dass Jey versorgt ist.« Rath beantwortete die Frage, bevor Flint sie aussprechen konnte. Ohne seinen Bruder anzusehen, nickte er und gab ihm damit stumm zu verstehen, dass er Yasmin nicht aus den Augen lassen würde.

Er wartete, bis seine Brüder und Ivy an den Rand seiner Wahrnehmung gerückt waren, bevor er auf die Veranda der Hütte trat. Mit dem Rücken an die Wand neben der geschlossenen Tür gelehnt, verschränkte er die Arme vor der Brust und drückte die Sohle seines rechten Stiefels gegen die Holzbalken.

Ein paar vorbeigehende Pumas blickten in seine Richtung und er machte ihnen klar, dass es nicht gut für sie ausgehen würde, wenn sie sich ihm und Yasmin näherten.

Als die Nacht hereinbrach, hielten sich einige der Männchen im Schatten der Bäume auf, beobachteten die Hütte und tauschten sich im Flüsterton über Yasmin aus. Er fletschte seine kurzen Fangzähne, um sie zum Gehen zu bewegen, ohne seinen Posten zu verlassen, aber sie hielten seiner Drohung stand.

Denn Yasmin war gerade zum Freiwild in der Zusammenkunft geworden.

Die Tatsache, dass sie kein Mensch war, und die Tatsache, dass sie wusste, dass sie Puma-Wandler waren, bedeutete, dass die Männchen sich ihr nähern und ihr Glück bei ihr versuchen konnten, ohne etwas zu riskieren.

Außer, dass Flint sie tötete.

Er knurrte, als sie nicht lockerließen, und das schien Wirkung zu zeigen, denn sie zerstreuten sich. Er verfolgte sie mit seinen Sinnen, bis er sicher war, dass sie nicht zurückkommen würden.

Die Tür neben ihm öffnete sich.

Er stieß sich von der Wand ab und Yasmin hob ihren Kopf. Überraschung tanzte in ihren müden Augen, als sie ihn bemerkte, aber dann flackerte so etwas wie Erleichterung auf, während sie langsam ausatmete, und er hatte das Gefühl, dass sie froh war, dass er geblieben war.

»Ich kann dich zurück zu Raths Hütte begleiten, wenn du fertig bist?« Er widerstand dem Drang, seinen Arm nach ihr auszustrecken, auch wenn sie aussah, als ob sie die Unterstützung gebrauchen könnte.

Sie war blasser als zuvor.

Als sie nickte, ging er voran, wobei er darauf achtete, dicht bei ihr zu bleiben und sein Tempo zu kontrollieren, um sie nicht zu hetzen. Sie war still, während sie gingen, in den Gedanken versunken, die sie offensichtlich beunruhigten. Gedanken, die er unbedingt hören wollte. Probleme, die er auslöschen wollte.

Als sie die Lichtung erreichten, verlangsamten sich ihre Schritte und ihr Blick landete auf ihm.

Flint drehte sich um, sah auf ihrem Gesicht die Emotionen aufblitzen und trat näher an sie heran. Er öffnete den Mund, um sie zu fragen, was los war.

»Können wir vielleicht zum Fluss gehen?« Sie klang beschämt, als sie hinzufügte: »Ich brauche einen Moment.«

»Klar.« Er streckte seinen linken Arm in Richtung des Flusses aus und sie senkte ihren Blick auf das Gras, während sie an ihm vorbeiging.

Er schritt neben ihr her und blieb dicht bei ihr, während sie an Ember und ihrer Mutter vorbeigingen, und führte sie auf die andere Seite der Lichtung zu einem Baumstamm, der dort lag, wo Ivy sich oft an die Bären heranpirschte.

Er konnte verstehen, warum Yasmin für eine Weile von allen weg sein wollte. Es würden noch mehr Fragen kommen und sie war müde. Das konnte er in ihr spüren. Er konnte auch spüren, dass sie sich noch nicht allen stellen wollte.

Und dass sie mit ihm allein sein wollte.

Das verursachte komische Dinge in seinem Inneren, die er nicht zu genau analysieren wollte.

Als sie den dicken Baumstamm erreichten, ließ sie sich mit einem langen, tiefen Seufzer darauf nieder und schlang ihre Arme um sich, wo ihre Hände auf ihrer nackten Haut auf und ab glitten.

Er zog seinen schwarzen Pullover aus und bot ihn ihr an. Es war kühl, und er würde es in seinem schwarzen T-Shirt spüren, aber das war ihm egal. Er konnte ein wenig Kälte ertragen, wenn er wusste, dass sie warm war. Sie nahm ihn lächelnd entgegen und er tat so, als ob die Art und Weise, wie sie ihn sich sofort über den Kopf zog, das seltsame, kribbelnde Gefühl in seiner Brust nicht noch heftiger werden ließ.

Er tat so, als ob es ihm nicht gefiel, dass sie gerade unwissentlich seinen Duft auf sich gestempelt hatte.

Er ließ sich neben ihr nieder und hielt einige Zentimeter Abstand zwischen ihnen, um sie nicht zu verschrecken.

Ihr Blick schweifte über den Wald jenseits des Flusses und dann zu den fernen Bergen. Sie waren jetzt kaum noch zu sehen, der Sonnenuntergang ging in eine Nacht über, die klar und voller Sterne zu sein schien.

Götter, war das gemütlich, schweigend neben ihr zu sitzen. Seltsamerweise.

Er war noch nie ein Freund der Stille und des Schweigens gewesen, wenn er mit einer schönen Frau zusammensaß, aber mit ihr machte es ihm Spaß.

»Du …« Ihre sanfte Stimme durchbrach die Stille und er spürte, wie sie ihn anschaute, aber seine Augen blieben auf den Himmel gerichtet. »Vorhin … die Art, wie du reagiert hast …«

»Das war nichts.« Angesichts der Art und Weise, wie sie sich nach vorn beugte und versuchte, sein Gesicht zu sehen, war das vielleicht ein bisschen zu schnell herausgekommen. »Ich dachte, du wärst in Gefahr.«

Eine vernünftige Erklärung, aber nicht die Wahrheit.

In Wirklichkeit hatte er ein extremes Gefühl von Territorialität gehabt.

Er fühlte sich ihr gegenüber *immer noch* extrem territorial.

»Ich komme mit einem halbtoten Puma ganz sicher zurecht.« Ihre Worte waren locker, aber er warf ihr einen finsteren Blick zu.

»Er war gefährlich und du warst nicht vorsichtig genug.« Das klang vielleicht ein bisschen hart, denn sie runzelte die Stirn, aber dann wurde ihr hübsches Gesicht wieder weicher und sie seufzte.

»Ich bin stärker, als du denkst.«

»Offensichtlich, ja.« Klang er verbittert? Er hatte das Gefühl, dass er verbittert klang. Er versuchte, das aus seiner Stimme herauszuhalten, während er schnaufte. »Du hast nie erwähnt, dass du eine Unsterbliche bist. Ich kann es auch nicht an dir spüren. Du kommst mir menschlich vor ... aber anders.«

Er schaute sie an.

Zartes Mondlicht küsste ihre olivfarbene Haut, ließ ihre Augen wie Sterne funkeln und das Lächeln, das ihre Lippen umspielte, traf ihn hart.

»Du hast mich nie gefragt ... und du hast mir nie gesagt, dass du ein Wandler bist. Nicht, dass du das hättest tun müssen.« Sie senkte den Blick auf ihre Knie und zupfte an einem Fussel, von dem er nicht wusste, ob er wirklich da war. »Ich kenne immer die Spezies der Leute, die ich treffe. Das hilft mir bei meiner Rolle im Leben.«

»Und welche Rolle wäre das?« Neugierde war das Verhängnis vieler Katzen, eine Plage, die keiner seiner Artgenossen abschütteln konnte. Wenn sie einmal geweckt war, ließ sie nicht locker, bis er eine Antwort hatte.

Sie sah aus, als wolle sie ihm diese Antwort nicht geben, was aber nicht passieren würde.

Er verstand, dass es ihr unangenehm war, über sich

selbst zu sprechen, dass sie es aus irgendeinem Grund fürchtete, aber er musste wissen, was sie war. Wenn sie eine direkte Frage nicht beantworten wollte, konnte er sie vielleicht beruhigen, indem er es so aussehen ließ, als ob es für ihn keine große Sache wäre, und es so aus ihr herauslocken.

Er löste seinen Blick von ihr und ließ ihn auf den Fluss fallen, um das Wasser zu beobachten, das über die Felsen plätscherte.

»Ich glaube, es läuft eine Wette darüber, welche Spezies von Unsterbliche du bist.«

Sie lehnte sich nach vorn, stützte ihre Ellbogen auf die Knie und sah ihn an. Als er einen Blick auf sie warf, lächelte sie fast, und er spürte, wie sie sich entspannte und die Angst, die er geschürt hatte, wieder verflog.

»Sie werden es nie erraten.« Sie musterte die Berge, und er musterte sie, musterte ihr Gesicht und entlockte ihr einen weiteren Anflug eines Lächelns.

»Eine Sirene?«, schlug er vor.

Ihre dunklen Augen weiteten sich und landeten auf ihm, das Entsetzen stand ihr ins Gesicht geschrieben.

Er grinste. »Ein Sukkubus also?«

Dafür gab sie ihm einen Klaps auf den Arm, was verdammt weh tat und ihm zeigte, wie stark sie war. Sie lächelte dabei und verriet damit, dass er sie nicht wirklich beleidigt hatte, als er die beiden berüchtigtsten weiblichen Spezies in der Welt der Unsterblichen genommen hatte.

Ihr Gesichtsausdruck wurde ernst, und sie wandte ihren Blick von ihm ab und seufzte in Richtung des Flusses. »Ich bin eine Göttin.«

Sie sagte es so leise, dass er dachte, er hätte sie falsch verstanden.

»Eine Göttin?« Er sah sie stirnrunzelnd an, es fiel ihm schwer, das zu glauben.

Göttinnen hingen nicht einfach in Krankenhäusern herum und verrichteten menschliche Arbeit. Sie freundeten sich nicht mit Sterblichen an oder lebten gar in der gleichen Welt wie er. Zumindest nicht, soweit er wusste. Er war noch nie einer begegnet und hatte sie für ein Gerücht gehalten, eine Legende, die unter den Unsterblichen verbreitet wurde.

Genauso ein Mythos, wie die Leute seiner Art zu sein vorgeben.

Aber sie nickte und stieß einen weiteren langen Seufzer aus. »Ich wusste, dass du mir nicht glauben würdest.«

Als er sie ansah, ihr Profil betrachtete, sich an ihre anmutigen Bewegungen erinnerte und ihre aufsteigende Angst spürte, platzte er heraus: »Ich glaube dir.«

Irgendwie.

Sie war eine Göttin. Eine verdammte Göttin im wahren Leben.

Sie war schön genug, um eine zu sein.

Gelassen betrachtete sie die Welt um sie herum,

ihre Augen tanzten über alles, bevor sie schüchtern auf ihm landeten.

Er war sich nicht sicher, wie ihm die Tatsache entgehen konnte, dass sie aus so edlem Hause stammte.

»Was bist du für eine Göttin?« Er vertiefte sich wieder in ihre dunklen Augen und in die Art und Weise, wie ihre Wangen als Reaktion auf sein Anstarren ein wenig erröteten. »Du hast gesagt, du hättest eine Rolle im Leben …«

Sie nickte. »Ich wurde geboren, um mich um andere zu kümmern. Mein Blut stammt von Iaso ab, einer der griechischen Göttinnen der Heilung.«

Das machte ihn noch neugieriger und er beugte sich zu ihr, fasziniert und begierig, mehr zu erfahren. »Hat es dich schon immer zum Heilen hingezogen?«

Ein weiteres Nicken und ein kleiner Seufzer, der seine Ohren kitzelte, als sie sich wieder entspannte, brachten ihn dazu, seine Brust aufzublasen, weil er wusste, dass es seinetwegen war. Sie redete gerne mit ihm. Fiel es ihr genauso leicht, mit ihm zu reden, wie es ihm leichtfiel, mit ihr zu reden? Er war noch nie ein großer Redner gewesen, aber irgendetwas an ihr brachte ihn dazu, sich zu öffnen und alles zu erzählen.

Dinge, die er nie mit jemandem geteilt hatte.

»Es liegt mir im Blut.« Sie richtete ihren Blick wieder auf die Welt und für einen Moment dachte er, sie würde sich von ihm entfernen und aufhören zu reden, während er sich danach sehnte, weiter zu reden, weil er unbedingt etwas über sie wissen wollte. »Meine

Mutter hat schon Jahrhunderte gelebt, bevor sie meinen Vater kennengelernt hat. Sie hat sich zu ihm hingezogen gefühlt, weil er ein Heiler war. So haben sie sich kennengelernt.«

Ihre Stimmung schwankte. Er spürte, wie sie einen Sturzflug machte, wie das Glücksgefühl, das sie beim Gedanken an ihre Eltern empfunden hatte, verschwand und sie erkalten ließ.

»Ich wünschte nur, sie hätte sich selbst heilen können, um zu sehen, wie ich zu einer Frau heranwachse.«

Flint spürte, dass dies eine Quelle großen Schmerzes für sie war, und das Bedürfnis, sie zu trösten, führte dazu, dass die alten Wunden in ihm, die nicht heilen wollten, wieder aufgerissen wurden.

Er konzentrierte sich auf den Fluss, denn wenn er das hier durchziehen wollte, wollte er nicht jedes Gefühl auf ihrem Gesicht sehen. Er wollte nicht wissen, ob sie ihn bemitleidete oder ihn für erbärmlich hielt.

Er stieß seinen Atemzug aus.

Zum ersten Mal in seinem verdammten Leben öffnete er sich.

»Vor ungefähr vier Jahrzehnten kamen Jäger … damals, als wir in einem anderen Teil von British Columbia gelebt haben … In dieser Nacht haben wir viele aus unserem Rudel verloren.« Er schluckte schwer. »Einschließlich meiner Eltern.«

Seine Kehle schnürte sich zu, als Yasmins Blick auf

ihm landete, und er versuchte, sich zu räuspern. Aber ein Kloß steckte darin fest und ließ ihn so rau klingen, wie er sich fühlte, als er sich zum Weiterreden zwang.

»Ich ... Pumas ... Wir werden nach einem Jahrhundert geschlechtsreif, und ich war fünfzehn Jahre davon entfernt.« Er verfluchte sich selbst, als ihm die Tränen in die Augen stiegen. Er hatte gedacht, er könnte über seine Vergangenheit sprechen, ohne dass sie ihn beeinträchtigte, aber sie zerriss ihn und zerfetzte sein Herz, wenn er sich an diese Nacht erinnerte. »Meine Eltern ... Ich habe versucht, sie davon abzuhalten, aber sie haben mich in der Hütte eingesperrt. Sie haben mir gesagt, ich solle bleiben, wo ich bin. Ich musste zusehen, wie Storm, mein Bruder, überwältigt wurde ... wie Cobalt ihn beschützt hat ... wie Rath an der Seite meiner Eltern gekämpft hat ... wie meine Eltern ...«

Er schloss die Augen, atmete tief und zitternd ein und sammelte sich.

»Der Punkt ist ... Ich kenne den Schmerz, den du fühlst, Yasmin. Ich musste zusehen, wie meine Eltern starben, ohne dass ich ihnen helfen konnte.« Er knurrte und stieß hervor: »Ich war nutzlos.«

Yasmins Hand legte sich auf seinen Rücken, während er sich nach vorn lehnte, den Kopf in den Händen vergrub und sich mit krallenartigen Fingern die Haare nach hinten strich.

»Du warst jung ... sie wollten dich beschützen.« Diese Worte besänftigten ihn nicht, so wie sie es beabsichtigt hatte.

Sie schürten nur sein Temperament und ließen den Schmerz, den er empfand, wenn er an diese Nacht dachte, noch heißer brennen, bis er ihn schließlich komplett verzehrte.

»Ich hätte kämpfen sollen ... Ich hätte ihnen helfen sollen«, brüllte er und sah sie stirnrunzelnd an, was eine Sekunde später wieder verschwand, als sein ganzer Kampfgeist ihn verließ. »Ich hätte sie retten können.«

»Das weißt du nicht ... so wie ich nicht weiß, ob ich meine Mutter hätte retten können, wenn ich es versucht hätte. Ich habe sie sterben sehen, und es hat mich zerrissen, und obwohl ich ihr helfen wollte, hatte ich Angst, dass ich mich dabei nur selbst umbringen würde. Ich hatte Angst ... ich wollte nicht sterben ... also bin ich das Risiko nicht eingegangen.«

Bei allen Göttern, er kannte dieses Gefühl nur zu gut. Es war damals sein ständiger Begleiter gewesen und hatte ihn immer gequält. Die Angst vor dem Tod hatte ihn zurückgehalten. Zweifel hatten ihm zugeflüstert, dass er zu schwach war, dass Storm fast getötet worden wäre und das, obwohl er so viel stärker war als Flint, weil er näher an der Volljährigkeit war.

Das hielt ihn nicht davon ab, sich selbst dafür zu verabscheuen, dass er ihnen nicht hatte helfen können, dass er für sie nutzlos gewesen war und hatte zusehen müssen, wie sie kämpften, wie sie verletzt wurden und wie sie starben.

Der Geruch von Holzrauch erfüllte die Luft,

während die Sterne auftauchten und er in Schweigen verfiel. Er kämpfte darum, den Schmerz, der in ihm brannte, zu zähmen, ihn wieder zu verdrängen und die Vergangenheit zu vergessen, auch wenn er wusste, dass das unmöglich war. Sie war ihm eingebrannt, ließ ihn an seiner Stärke zweifeln, wann immer er kämpfte, und trieb ihn zum Kämpfen an, weil er sich selbst beweisen wollte, dass er jetzt mächtig war und jeden Feind, der versuchte, ihn zu besiegen, mit Leichtigkeit besiegen konnte.

Seine Ohren zuckten, als er das Gespräch aufschnappte, das sich hundert Meter hinter ihm zu seiner Linken abspielte. Am Rande der Lichtung, wo vor einer Woche eine Feuerstelle errichtet worden war, damit alle am Ende des Tages einen Platz zum Abhängen hatten.

Irgendjemand erwähnte, dass Yasmin eine Göttin sei.

Ein *Männchen* erwähnte, dass Yasmin eine Göttin sei.

Der verdammte Scheißkerl musste ihr Gespräch mitgehört haben.

Yasmins Seufzer verriet, dass auch sie das Männchen gehört hatte.

»Jetzt ist die Katze wohl aus dem Sack«, murmelte sie.

Die Unterhaltung wurde lebhafter und lebhafter, als andere sich in das Gespräch einmischten und wilde Vermutungen über Yasmins Herkunft anstellten. Das machte Flint klar, dass der Mann zwar gehört hatte, wie Yasmin gestanden hatte, dass sie eine Göttin war, aber er war nicht hiergeblieben, um den Rest zu hören.

Zum Glück.

Er wollte nicht, dass der ganze Bach davon erfuhr, was er Yasmin erzählt hatte, als er dachte, sie seien allein und ihr Gespräch sei privat. Sein persönlicher Schmerz war sein eigener, und er wollte nicht, dass seine Brüder davon erfuhren. Er hatte es noch nie gemocht, verhätschelt zu werden.

Wahrscheinlich, weil es ihn das letzte Mal, als es passiert war, seine Eltern gekostet hatte.

Er fing an, die Stille genauso zu verabscheuen wie sich selbst, also suchte er nach einem Gesprächsthema. Eines, für das Yasmin offen sein könnte, weil es nicht zu tief in ihren Status als Göttin eindringen und seine Neugierde stillen würde.

»Wie gehst du mit dem Alterungsproblem um?« Er lehnte sich zurück und ihre Hand glitt von seiner Schulter, und verdammt, er vermisste das Gefühl.

Sie legte ihre Hände in ihren Schoß und sie sahen im Mondlicht blass auf ihrer dunklen Jeans aus, während sie unter den überlangen Ärmeln seines Fleecepullis hervorlugten. Die Hände, die sie auf ihn gelegt hatte.

Hände, die sie auch auf einen anderen Mann gelegt hatte.

Auf einen nackten Mann.

Er konnte das Bedürfnis, deswegen zu knurren,

kaum unterdrücken und tröstete sich mit der Tatsache, dass sie bei ihm saß. Außerdem war sie jetzt ein gutes Stück von dem Mann entfernt, und er war derjenige, dem sie von sich selbst erzählte.

»Ich nehme an, du alterst nicht ... oder vielleicht alterst du langsam.« Er war sich nicht sicher. »Ich meine, für mich ist das bei der Art von Arbeit, die ich mache, in Ordnung. Es ist so saisonabhängig, dass ich alle paar Jahre einen anderen Tourguide, einen anderen Koch und so weiter einstelle. Keiner merkt, dass ich nicht älter werde.«

Sie beobachtete den Fluss. Es wirkte, als wäre sie meilenweit von ihm entfernt, auch wenn er sich bewusst war, dass sie neben ihm saß, ihm nahe war.

Sie hatte ihn gewählt.

Sie trug seinen verdammten Fleece.

Ein weiteres Knurren stieg in seiner Kehle auf und auch dieses hielt er zurück.

»Mich zieht es an Orte, die mich brauchen. Ich habe schon in ganz Kanada gearbeitet. Québec ist meine jüngste Heimat und mein Lieblingsort, weil mein Vater von dort stammt.« Ihre dunklen Augen wanderten zu ihm und ihre Mundwinkel verzogen sich zu einem schwachen, aber bedrückten Lächeln.

»Frankokanadierin?« Das erklärte den Akzent, den er immer öfter bei ihr vernahm.

»*Oui.*« Ihr Lächeln wurde breiter und er hatte das Gefühl, dass sie ihn jetzt aufziehen wollte. Als der

Lärm hinter ihm lauter wurde, blickte sie wieder in diese Richtung. »Was ist los?«

Er schaute über die Schulter zu den Männchen, die sich um die Feuerstelle versammelt hatten, und sein Puma-Instinkt sagte ihm, noch bevor er die versammelten Wandler unter die Lupe genommen hatte, was vor sich ging.

»Ein weiterer Kampf.« Er runzelte die Stirn, als die Männchen einander anrempelten und er mehr als zwei Herausforderer zählte. »Diesmal scheint es ein größerer zu sein. Ich bin mir nicht sicher, um welches Weibchen es geht, aber sie werden sich ihr zuerst nähern.«

Er versteifte sich, als er sich umdrehte, und erstarrte beim Anblick der fünf Männchen, die sich von der Gruppe lösten.

Und auf Yasmin zuliefen.

»Zeit zu gehen.« Er stand auf und streckte ihr seine Hand entgegen, die sie kühl betrachtete, aber nicht ergriff. »Ich spiele keine Spielchen. Wir müssen los. Ich bringe dich zurück zu Raths Hütte.«

Daraufhin zog sie eine Augenbraue hoch.

Verdammt noch mal.

Er wusste, dass es nicht funktionieren würde, sie zu drängen, aber er musste sie von der Lichtung und den Männern wegbringen, bevor sie es schaffen würden, sie zu erreichen.

»Du bist in Gefahr.«

Sie sah nicht so aus, als würde sie das glauben, also griff er nach ihr.

Sie wich zurück und verschränkte den Arm vor der Brust, und er wollte sie anknurren und ihr sagen, dass dies nicht der richtige Zeitpunkt sei, um ihre Unabhängigkeit zu demonstrieren. Er musste sie aus dem Blickfeld der Männer bringen. Und zwar sofort. Denn er war kurz davor, wieder die Beherrschung zu verlieren.

Er fluchte, als die fünf Männchen in ihrer Nähe anhielten und Yasmin sie ansah, bevor sie sich auf dem Baumstamm drehte, um sich ihnen zuzuwenden.

»Sie ist nicht verfügbar oder an euch interessiert.« Flint griff wieder nach ihr und knurrte frustriert, als sie sich ihm entzog.

»Ich bin zu haben«, sagte sie mit majestätischer Miene. »Aber ich bin nicht an einem kurzfristigen One-Night-Stand interessiert. Tut mir leid.«

Genau das, was er vermutet hatte. Sie hatte immer so reagiert, wenn er versucht hatte, mit ihr zu flirten.

Das war gut, denn das bedeutete, dass die Männchen sie jetzt in Ruhe lassen würden.

Drei der Männchen sprachen übereinander. »Ich kann eine Beziehung eingehen.«

Als ob. Er knurrte sie alle an und stellte sich zwischen sie und Yasmin, ohne sie anzusehen, als sie ihn anstarrte. Sie konnte später wütend auf ihn sein, nachdem er die Männchen vertrieben hatte.

Sie stand auf. »Ich bin müde und möchte mich für die Nacht zurückziehen.«

Nein, auf keinen Fall konnte sie es dabei belassen. Wenn sie die Männchen nicht abwies, würden sie sich um sie prügeln.

Er drehte sich zu ihr um, um ihr zu sagen, dass sie sich weigern sollte, denn er hatte keine Lust, einen verdammten Kampf zu beaufsichtigen, bei dem es um sie ging.

Als sie wegging, bereitete er sich darauf vor, die Schlägerei zu unterbrechen, die gleich ausbrechen würde. Es würde jeden Moment soweit sein.

Jeden Moment.

Jeden. Moment.

Er runzelte die Stirn, als die Männer nur Blicke austauschten, wobei zwei offensichtlich nicht wussten, was sie tun sollten.

Der dritte brachte einen gewaltigen Stein ins Rollen.

Er machte einen Schritt auf Yasmin zu und sagte: »Hiermit erkläre ich meine Absicht, dir den Hof zu machen.«

Die beiden anderen taten es ihm gleich.

Ihr den Hof machen!

Auf keinen Fall würde er zulassen, dass diese Männer Yasmin auf traditionelle Weise den Hof machten. Nie im Leben. Er würde sie ins Grab bringen, bevor es dazu kam.

Er schob sich an ihnen vorbei, schloss die Lücke zwischen sich und Yasmin und griff erneut nach ihr. Diesmal gelang es ihm, ihren Arm zu ergreifen, vor allem, weil sie die drei Männer anstarrte.

Sie sah so aus, als würde sie das Angebot annehmen wollen.

Cobalt hatte wie immer ein beschissenes Timing und tauchte gerade dann auf, als die Lage angespannt war und Flint bereit war, den drei Männern den Kampf anzusagen.

»Was ist hier los?« Cobalts tiefes Knurren verriet, dass er bereit war zu kämpfen, falls ihm die Antwort nicht gefiel.

»Wir haben unsere Absicht erklärt, Yasmin den Hof zu machen.« Das größte Männchen, das die Erklärung als erstes abgegeben hatte, blickte seinen Bruder und dann Flint mit seinen blauen Augen lässig an. »Ich bin sicher, das ist kein Problem.«

Er warf einen kurzen Blick auf seinen Bruder, sah die Überraschung in seinen Augen und flehte ihn im Geiste an, zu sagen, dass es sehr wohl ein Problem sei.

Ein großes Problem.

Zumindest für Flint.

Sein Puma bewegte sich unter seiner Haut, das Fell wuchs unter seinem T-Shirt und wanderte über seine Brust – das Bedürfnis zu kämpfen stieg in ihm auf. Das Verlangen, Yasmin in Sicherheit zu bringen und mit diesen Männern, die es wagten, ihn herauszufordern, kurzen Prozess zu machen.

Den Hof zu machen hatte nichts mit der Zusammenkunft zu tun, und das bedeutete, dass Cobalt und Rath ihn nicht zwingen konnten, sich aus dem Rennen zu halten, aber er war sich nicht sicher. Er war sich über gar nichts mehr sicher, und Cobalt war kaum eine Hilfe, als er die versammelten Männchen einfach nur schockiert anstarrte und genauso unsicher aussah, wie Flint sich fühlte.

Ein verdammtes Ritual des Hofmachens!

Er musste Yasmin dazu bringen, ihnen eine Abfuhr zu erteilen.

»Wir gehen zurück zu Raths Hütte.« Flint versuchte, sie wegzuziehen, was die Sache nur noch schlimmer machte.

Sie befreite sich aus seinem Griff und warf ihm einen finsteren Blick zu, der deutlich machte, dass er mit seiner Drängelei alles ruinierte.

»Soweit ich weiß, bist du nicht mein Boss«, sagte sie und warf ihm einen strengen Blick zu, der ihm klar machte, dass sie es nicht mochte, wenn Männer sie herumkommandierten und Entscheidungen für sie trafen. Ihre nächsten Worte machten es ihm noch deutlicher. »Viele Unsterbliche haben versucht, sich in mein Leben zu drängen.«

Ein unangenehmes, schweres Gefühl durchfuhr ihn, als ihre Augen mit goldenem Feuer funkelten.

Er wollte den Kopf schütteln, öffnete den Mund, um sie anzuflehen, nichts Unüberlegtes zu tun. Nichts so verdammt Überstürztes zu tun, nur weil er ihr auf die Nerven gegangen war. Er wollte sie anflehen, einen anderen Weg zu finden, ihn dafür bezahlen zu lassen.

Sie brachte ihn mit zwei Worten zum Schweigen.

»Ich akzeptiere.«

Er taumelte einen Schritt zurück, als wären diese Worte ein physischer Schlag gewesen. Seine Ohren klingelten, als er sie anstarrte, und sein Verstand wurde leer, als er versuchte, zu begreifen, was sie gerade getan hatte.

Bevor er sich wieder aufraffen konnte, um seinen Namen ebenfalls in den Ring zu werfen, war sie ohne ein weiteres Wort von ihm abgezogen.

Flint schaute zu Cobalt.

Die anderen Männchen fingen an, einander zu bedrängen, zu schubsen und darüber zu reden, wie sie Yasmin für sich gewinnen würden.

»Beruhigt euch, verflucht noch mal«, knurrte Cobalt, als er zwei der Männchen auseinanderzog und dem größten einen Stoß in die Brust versetzte, der ihn nach hinten warf. »Wir fangen morgen offiziell damit an, sobald Rath Bescheid weiß.«

Cobalt warf Flint einen kurzen Blick zu.

Aber er war zu sehr damit beschäftigt, Yasmin hinterherzustarren. Seine Hände waren zu Fäusten geballt, während der Schock nachließ und Entschlossenheit an seine Stelle trat.

Sie konnte von ihm weglaufen, so viel sie wollte.

Sie konnte ihm tausend Männer in den Weg stellen.

Aber er wollte verdammt sein, wenn er sie durch seine Hände gleiten lassen würde.

Sie wollte einen Krieg.

Er würde ihn für sie kämpfen.

KAPITEL SIEBEN

YASMIN STÜRMTE auf Raths Hütte zu. Ihr Herz hämmerte gegen ihre Brust, während sie ihre Finger zu Fäusten ballte und sie fest zusammenpresste. Ihr Blut brannte, loderte wie ein Lauffeuer in ihren Adern, während sie nach vorn starrte, auch wenn ihr Fokus nach hinten auf Flint gerichtet war.

Genug Männer hatten geglaubt, sie kontrollieren zu können, und die Tatsache, dass er sich als ein weiterer entpuppte, ließ sie sich wünschen, sie könnte so knurren wie er, wenn er wütend war.

Während ihres Gespräches am Fluss hatte sie angefangen, sich mit ihm verbunden zu fühlen. Sie hatte einen Blick auf eine andere Seite von ihm erhascht, eine, die sie dummerweise hatte glauben lassen, er sei anders und sie hätte sich in ihm geirrt.

Götter, sie war eine Idiotin.

Aber sie hatte ihre gemeinsame Zeit *wirklich* genossen, die Art und Weise, wie er sie entspannt hatte, wie er sich ihr gegenüber geöffnet hatte, um ihr eine Seite von sich zu zeigen, die er offensichtlich hatte verbergen wollen. Er hatte sich ihr zuliebe Schmerzen zugefügt, hatte seine Vergangenheit und die Gefühle, die er tief in sich verschlossen hatte, wieder hervorgeholt, damit sie sich auf einer Ebene verbinden konnten, die sie schon lange nicht mehr mit jemandem erlebt hatte.

Nicht mehr, seit sie Ivy getroffen hatte.

Hinter ihr hallten Schritte. Ihr Herz klopfte heftig, als sie über ihre Schulter nach der Quelle suchte. Dann überschlug es sich wieder, als sie sah, dass es Cobalt war, der ihr folgte und versuchte, sie einzuholen.

Ihr Blick huschte über ihn hinweg.

Zu Flint.

Er stand bei den anderen Männern, mit dem Rücken zu ihnen, die Augen auf Yasmin gerichtet. Sein Körper war starr, während das Feuerlicht über seine rechte Seite tanzte und die harten Konturen seines Gesichts beleuchtete. Er hatte schockiert ausgesehen, als sie die Absicht der Männer, ihr den Hof zu machen, akzeptiert hatte – was auch immer das heißen mochte –, aber jetzt sah er genauso wütend aus, wie sie sich fühlte.

Weil sie sie akzeptiert hatte?

Es war seine Schuld. Er hatte sie in die Enge getrieben, hatte versucht, sie zu kontrollieren, hatte seinen Willen auf sie ausgeübt und sie behandelt, als gehöre sie ihm, als sei sie ein Besitz und nichts weiter. Sie gehörte ihm nicht. Sie drehte ihm wieder den Rücken zu und betrat Raths Hütte. Sie gehörte *niemandem*, und sie hatte auch nicht vor, das zu ändern.

Rath sprang von Ivy weg wie ein Kind, das mit der Hand in der Keksdose erwischt wurde – völlig unschuldig stand er von der abgenutzten beigen Couch auf und lächelte sie an. Ivy rückte ihr T-Shirt diskret zurecht, zog es über ihren Bauch und drehte sich dann auf der Couch zu ihr um. Was Rath nicht bemerkt hatte, entdeckte ihre Freundin sofort.

Ivy war sofort auf den Beinen. »Was ist los?«

»Ich werd dir sagen, was los ist«, knurrte Cobalt, als er sich hinter sie drängte, eine Wand der Bedrohung, die ihr einen eisigen Schauer über den Rücken jagte, der ihr sagte, dass Flint heute Abend nicht der einzige wütende Puma in der Gegend war. »Madame Göttin hier hat das Angebot des Hofmachens angenommen ... von drei Männchen.«

»Eine Göttin?« Ivys Augen weiteten sich.

»Drei Männchen?« Raths graue Augen trafen auf die von Cobalt und in ihnen lag eine stumme Frage, die Yasmin nicht entging.

»Mason, Nash und Deacon.« Cobalt fuhr sich mit langen Fingern durch seine platinblonden Haare, als er den Blick seines Bruders erwiderte, den sie nicht ganz entziffern konnte, der aber sehr nach Besorgnis und möglicherweise Enttäuschung aussah.

»Das ist nicht gut«, murmelte Rath, ließ sich auf die Couch fallen und seufzte.

»Eine Göttin?« Ivy versuchte es noch einmal und sah ihren Mann mit einem hoffnungsvollen Blick an, als wolle sie ihn von den Gedanken ablenken, die ihn bedrückten. Er lehnte sich zurück, legte den Kopf schief und strich sich mit beiden Händen durch seine dunkelbraunen Haare, bevor er in seinem Nacken endete.

Ein weiterer langer Seufzer entwich ihm, und Cobalt sah aus, als wolle er sich ihm anschließen. Er lehnte sich mit der Hüfte gegen den Küchentisch zu ihrer Rechten und starrte aus dem Fenster, dorthin, wo sie Flint und die anderen Männer zurückgelassen hatten.

Yasmin hatte nicht gedacht, dass das Hofmachen eine so große Sache sein würde, aber die Art, wie Rath immer wieder seufzte und seine Laune sich verschlechterte, während er vor sich hin murmelte, deutete darauf hin, dass es so war. Außerdem schien er keine Lust zu haben, sich damit zu beschäftigen.

»Ja«, sagte sie mit einem sanften Lächeln in die Richtung ihrer Freundin. »Eine Halbgöttin, vermute ich. Das wurde mir nie ganz klar gemacht. Meine Mutter war eine Göttin der Heilung und mein Vater war ein Mensch.«

Cobalt sprach über sie hinweg. »Eine verdammte Göttin des Unfugs … das bist du.«

Sie warf ihm einen bösen Blick zu, aber er ignorierte ihn und starrte seinen Bruder an, wobei er genauso besorgt aussah wie Rath.

»Was bedeutet dieses Hofmachen?« Ivy stellte die Frage, die Yasmin auf der Zunge brannte, und Rath seufzte erneut, als er noch tiefer in die Couch sank.

»Verdammte Kopfschmerzen, das ist es, was es bedeutet«, knurrte er und lehnte sich dann nach vorn, um seine Ellbogen auf die Knie zu stützen. »Die fraglichen Männer werden eine Reihe von Prüfungen ablegen, um sich als würdig zu erweisen. Das ist äußerst ungewöhnlich. Ich habe nur einmal miterlebt, wie jemandem der Hof gemacht wurde, und das war, als ich noch ein Kind war.«

Prüfungen?

Das hörte sich für Yasmin nicht gut an. Prüfungen für Unsterbliche waren normalerweise sehr gefährlich, da sie die Konkurrenten durch Tod oder so schwere Verletzungen aussortieren mussten, damit sie nicht weiter mitmachen konnten.

»Ich fühle mich geehrt, aber das ist wirklich nicht nötig.« Denn sie wollte auf keinen Fall dafür verantwortlich sein, dass einer dieser Männer verletzt wurde oder, noch schlimmer, sterben musste.

Es gefiel ihr auch nicht, dass sie dazu gedrängt werden sollte, einen Mann aus den Gewinnern auszuwählen, aber es war ihre Schuld, dass sie leichtsinnigerweise zugestimmt hatte, nur um Flint eins reinzuwürgen.

»Zu spät für einen Rückzug, Madame Göttin.« Cobalt starrte sie an, und seine hellen, goldenen Augen leuchteten leicht grün um seine Pupillen. »Das kann man nicht mehr rückgängig machen.«

Wirklich nicht? Sie schluckte schwer und wollte protestieren, aber der Blick in Cobalts und Raths Augen sagte ihr, dass es keinen Sinn hatte. Sie hatte sich auf dieses Hofmachen eingelassen, und jetzt musste sie es auch durchziehen.

Rath stemmte sich wieder auf die Beine, lehnte sich über Ivy und schlang seine Arme um sie, als ob er sie darin spüren müsste. Als ob sie ein Anker wäre, solide und verlässlich, und tröstlich in dem Sturm all dessen, was gerade passierte.

All der Ereignisse, die Yasmin in Gang gesetzt hatte.

»Normalerweise fällt das nicht in unseren Zuständigkeitsbereich, aber wir werden es beaufsichtigen, weil die Zusammenkunft stattfindet. Ich werde es als eine Erweiterung davon behandeln.« Rath schaute zu Cobalt, der nicht sehr erfreut über diese Entscheidung wirkte. »Was sollen wir denn sonst machen? Das Rudel wird von uns erwarten, dass wir die Sicherheit aufrechterhalten und alles regeln, da es in meinem Territorium stattfindet.«

Moment mal.

Ihr Herz wurde schwer. »Wir?«

Rath nickte, und Cobalt schleuderte ihr mit seinem Blick förmlich einen weiteren Satz Dolche entgegen, und sie bekam das Gefühl, dass sie wusste, warum er sie ermorden wollte.

»Meine Brüder und ich sind für alles verantwortlich, was während der Zusammenkunft passiert.« Rath sah nicht glücklich darüber aus, vielleicht waren es aber auch nur die Worte, die er gesagt hatte, die einen bitteren Geschmack in seinem Mund hinterließen. »Da Storm nicht da ist, werden nur Cobalt, Flint und ich das Ganze überwachen, aber wir schaffen das schon irgendwie.«

Ihr Herz wurde noch schwerer, und die Wut, die sie in Flint gespürt hatte, ergab plötzlich einen Sinn.

Er konnte nicht mitmachen.

Hatte ein Teil von ihr erwartet, dass er ihr auch den Hof machen würde?

Hatte sie das von ihm gewollt?

Ja.

Ja, das hatte sie.

Sie bekam nichts von dem mit, was Rath und Cobalt besprachen, denn diese Erkenntnis traf sie hart, ließ ihre Ohren klingeln und schnürte ihr die Brust ein. Sie schaute zu Rath und wollte ihn fragen, ob er sicher war, dass sie sich nicht zurückziehen konnte, dass sie ihre Worte nicht zurücknehmen konnte, aber er brachte sie mit einem Blick zum Schweigen, der ihr klar machte, dass es keinen Ausweg mehr gab.

Ihre Knie wurden schwach und sie musste sie

anspannen, aus Angst, dass sie nachgeben würden, als ein einziger Gedanke durch ihren Kopf schoss.

Er schrie in ihrer Seele.

Der eine Puma, den sie wollte, war der einzige Puma, der nicht mitmachen konnte.

Was hatte sie getan?

KAPITEL ACHT

FLINT WAR IMMER NOCH STINKSAUER, als er lange vor Tagesanbruch seine Morgenpatrouille beendete.

Das leise Knurren, das ihm ab und zu entwich, während er sich durch den dichten Wald pirschte, und die Wut, die immer noch heiß in seinen Adern brannte, sorgten dafür, dass die Wildtiere einen großen Bogen um ihn machten. Sogar ein Puma hatte nur einen Blick auf ihn geworfen und war sofort geflüchtet.

Normalerweise versuchten seine tierischen Artgenossen zumindest, mit ihm um die Vorherrschaft zu kämpfen, da ihre Instinkte ihn als ihresgleichen und damit als Bedrohung für sie einstuften – als jemand, der ihnen ihr Territorium wegnehmen wollte.

Seine Laune wurde schlagartig schlechter – was er nicht für möglich gehalten hatte –, als er durch den seichten Fluss in Richtung Lichtung watete und

Cobalt entdeckte. Er kam aus der Richtung seiner Hütte und legte mit seinen langen, in schwarze Jeans gekleideten Beinen rasant die Strecke zurück.

Großartig!

Er hatte gehofft, seinen Brüdern für den Tag aus dem Weg gehen zu können, hatte geplant, sich zu waschen, frische Kleidung anzuziehen und auf den nächsten Berg zu wandern, um etwas Zeit allein zu verbringen.

Er hatte auch gehofft, Yasmin und diesem ganzen verdammten Hofieren aus dem Weg zu gehen.

Cobalts grimmiger Gesichtsausdruck verriet, dass daraus nichts werden würde.

»Ja, äh ... Rath hat beschlossen, dass wir das Hofieren beaufsichtigen werden.« Cobalts blasse Augenbrauen hoben sich und sein Gesichtsausdruck wurde mitfühlend, während er Flint eine Hand auf die Schulter legte.

Flint fletschte seine Fangzähne und knurrte. »Mir doch egal.«

Er schob sich an seinem Bruder vorbei und stapfte zu seiner Hütte auf der linken Seite der Lichtung.

Cobalt machte den Fehler, ihn am Arm zu packen. Flint drehte sich knurrend zu ihm um und schlug ihm mit der flachen linken Hand gegen die Brust, sodass er rückwärts über das Gras taumelte. Flint knurrte und ließ seine Fangzähne aufblitzen. Seine Muskeln spannten sich unter seinem dunklen T-Shirt, während er Cobalt anstarrte.

Cobalt rollte seine Schultern, wobei sein abgewetzter schwarzer Wollpulli über seiner Brust spannte, ballte seine Hände, bevor er sie wieder lockerte, und warf Flint dann einen strengen Blick zu. »Willst du reden?«

Diese Worte, die die Lippen seines Bruders verließen, brachten ihn erneut zum Knurren, denn er hatte es gestern Abend schon mit dem ›Reden‹-Blödsinn versucht, von dem alle so viel schwärmten, und es hatte ihn überhaupt nicht weitergebracht.

»Verpiss dich. Ist das genug geredet?« Flint riss sich von ihm los.

»Warum bist du so stinkig?« Cobalt folgte ihm in einem Abstand, der groß genug war, dass Flint es schaffte, sein Temperament in den Griff zu bekommen und es nicht nötig hatte, seinen Bruder zu verprügeln, um ihn zu vertreiben.

»Schlafmangel.« Denn er hatte die ganze verdammte Nacht über Yasmin nachgedacht und darüber, wie er sicherstellen konnte, dass sie nicht bei einem anderen Mann landete.

Auch wenn er gewusst hatte, dass das passieren würde. Dass Rath ihn wegen ihrer Blutlinie und seines lächerlichen Bedürfnisses, die Pflicht zu erfüllen, die das Rudel ihnen nach dem Angriff von Erzengel vor fast vier Jahrzehnten auferlegt hatte, auf die Ersatzbank schicken würde.

Er stieß die Tür zu seiner Hütte auf. Cobalt folgte ihm, blieb aber an der Tür stehen und lehnte sich gegen den Rahmen. Eine vernünftige Entscheidung. Flint wollte seinen Bruder nicht anfahren, aber er konnte seinen Kampfinstinkt nicht ganz unterdrücken. Sein Blut kochte, und der Gedanke daran, auf die Zuschauerränge abgeschoben zu werden und zusehen zu müssen, wie drei Männer um Yasmin kämpften, schürte seine Wut.

Langsam konnte er nachvollziehen, wie Cobalt sich fühlte, wenn er Ember beobachtete und die eine Sache ansah, die er nicht haben konnte.

Die eine Sache, die er mehr als alles andere wollte.

Er hatte keinen Kopf mehr dafür, sich umzuziehen, als ihn die Geräusche aus der Richtung der Lichtung erreichten, und so blieb er in demselben schwarzen T-Shirt und den dunkelblauen Jeans, die er am Vortag getragen hatte. Sofort war jeder Gedanke an das Waschen vergessen, als Raths Stimme durch die stille Morgenluft schallte und alle aufforderte, sich zu beruhigen.

Er vergaß sogar seinen eigenen Namen, als sein Bruder ankündigte, dass es ein Hofieren geben würde.

Cobalt warf ihm einen mitfühlenden Blick zu. Flint knurrte ihn an und schob sich an ihm vorbei.

Der einzige verdammte Grund, warum er auf die Lichtung ging, war, dass er sein Fleecepulli zurückhaben wollte. Es hatte nichts damit zu tun, seine Pflicht zu erfüllen oder Yasmin wiederzusehen.

Es hatte *wirklich* nichts damit zu tun, sie wiederzusehen …

Bei allen Göttern, er musste sie wiedersehen.

Er war dumm genug zu hoffen, dass sie ihre Meinung geändert hatte und Rath wie ein Narr dastehen würde, wenn sie auftauchte und ihm das klar machte.

Er erreichte die Lichtung und blieb nahe der Baumgrenze stehen, da ihn der Anblick von Yasmin hart traf. Sie stand auf der Veranda von Raths Hütte neben seinem Bruder. Eine wahre Schönheit mit schwarzen Wellen, die sie zu einem Dutt am Hinterkopf gebunden hatte, und einem violetten Pullover, der ihre Brüste und ihre Taille umschmeichelte. Dazu trug sie die Jeans, die sie am Tag zuvor getragen hatte und die sich so wunderbar ihren langen Beinen anpasste.

Ihre dunklen Augen blickten starr nach vorn, ohne etwas zu verraten, denn sie blieben emotionslos. War sie nervös? Da so viele Pumas zwischen ihm und ihr standen, konnte er ihre Gefühle nicht spüren.

Er ging näher heran und konnte schwören, dass sie ihn ansah, aber er konnte sich nicht sicher sein.

Rath sah ihn definitiv an, während er mit einer Geste Yasmin aufforderte, sich zu ihm zu stellen, und er schenkte Flint denselben mitleidigen Blick, den auch Cobalt ihm zugeworfen hatte. Flint war versucht, ihm den Stinkefinger zu zeigen, aber Yasmin hatte seine ganze Aufmerksamkeit, als sie pflichtbewusst nach vorn trat und ihren Platz neben Rath einnahm.

»Das Hofieren wird die übliche Länge von drei Herausforderungen haben. Zuerst werden wir das führende Männchen und den Spitzenkandidaten ermitteln, und dann geht es weiter mit den Herausforderungen, bei denen es um Ausdauer und Beweglichkeit geht, gefolgt von Kraft und Geschicklichkeit.« Rath schaute von Yasmin zu ihren Kandidaten.

Yasmin sah ein wenig verloren aus, während ihre dunklen, schokoladenfarbenen Augen auf Rath verweilten. Da wurde Flint klar, dass Rath ihr einige Dinge nicht gut genug erklärt hatte – einige Dinge hatte er ihr gesagt, andere nicht. Auch in ihren Augen war Nervosität zu sehen, als sie sie von seinem Bruder löste und sie über die drei vor ihr versammelten Männer huschten.

Der größte von ihnen – ein Brünetter mit kurzgeschorenen Haaren und einem muskulösen Körper, der sich unter seinem dunklen T-Shirt und der grauen Hose abzeichnete – warf ihr ein Grinsen zu, das Flint ihm am liebsten aus dem Gesicht geschlagen hätte. Mason war schon immer ein penetranter Mistkerl gewesen, gewann die meisten Kämpfe, in die er sich auf Zusammenkünften einmischte, und hatte keinerlei Neigung, sich fest zu binden und niederzulassen. Er war nicht auf eine Beziehung mit Yasmin aus, sondern auf eine Eroberung, und er hatte alles getan, was nötig war, um das zu erreichen – er hatte sie belogen.

Flint war drauf und dran, den Mann dafür zu Brei zu schlagen – dafür, und damit er ihm Yasmin nicht aus den Händen reißen konnte.

Zu beiden Seiten von Mason behaupteten sich zwei schmächtigere Männer.

Nash, ein Mann mit blonden Haaren, die zu einem Zopf gebunden waren, und ungewöhnlich blauen Augen, stank nach Nervosität. Er war jung und hitzköpfig und ließ sich in mehr Kämpfe verwickeln, als er gewinnen konnte – ein Sklave seiner Hormone, der mit den Anfängen der Geschlechtsreife kämpfte.

Auf der rechten Seite von Mason verhielt sich Deacon genauso ruhig und gefasst, wie Flint es erwartet hatte. Keine Regung zeigte sich in seinem hübschen Gesicht, während er Yasmin mit seinen silbergrauen Augen anstarrte, die aussagten, dass der ältere Mann genauso von ihr verzaubert war wie Flint selbst. Als Yasmin in seine Richtung blickte, lächelte er sie an, wobei seine geraden weißen Zähne aufblitzten und die bösartige Narbe auf der linken Seite seines Halses an seinem Kiefer zerrte. Die überlangen dunklen Haare des Mannes wurden von der Brise erfasst und er schob sie aus seinem Gesicht zurück.

Yasmin blickte von dem Mann weg.

Sie schaute Flint direkt an.

Ihre feurigen Augen erhitzten sich kurz, bevor sie wieder wegglitten und auf ihren Füßen landeten. Flint musste sich zusammenreißen, um nicht zu ihr zu stürmen und ihr zu sagen, dass er ihr das nicht durchgehen lassen würde.

Scheiße, hatte sein Temperament ihr gegenüber, sein Bedürfnis, sie zu beschützen und zu besitzen, sie nicht überhaupt erst an diesen Punkt gebracht? Wenn er versuchen würde, sie zu kontrollieren, würde sie nur wieder auf ihn losgehen. Es war jedoch schwierig, dem brennenden Bedürfnis zu widerstehen, sie mit allen Mitteln von den anderen Männern fernzuhalten.

Er starrte sie an. Er versuchte, sie mit seinen Gedanken dazu zu bringen, ihn anzuschauen und ihm ein Zeichen zu geben, dass sie das nicht wirklich wollte.

Dass sie in Wirklichkeit ihn wollte.

Nash durchbrach als Erster die erdrückende Stille, die sich über den Creek gelegt hatte. »Für dich laufe ich jede Strecke.«

Das war kaum eine Herausforderung. Er konnte doppelt so weit laufen wie Nash. Das würde nicht klappen. Ein solch schwaches Angebot würde ihn nicht weiterbringen.

Deacon räusperte sich. »Ich werde einen Basejump machen und von der höchsten Plattform abspringen und meinen Fallschirm erst öffnen, wenn ich unter dreihundert Metern bin.«

Für Flint hörte sich das wie Selbstmord an oder wie eine raffinierte Art und Weise, sich in Yasmins Gesellschaft zu bringen, wenn er sich jeden Knochen in seinem Körper zertrümmert hatte. Mason sah aus, als würde er das akzeptieren und ihn dazu herausfordern, woraufhin Flint den Atem anhielt und sich nicht davon abhalten konnte, einen Schritt auf sie zuzugehen.

»Ich werde einen Basejump machen und meinen Fallschirm erst öffnen, wenn ich unter zweihundert Meter bin«, sagte Nash und beide Männer sahen ihn an, als wäre er verrückt geworden oder hätte keine Ahnung, wie ein Wettstreit funktioniert.

Wenn man sich in der Mutprobe umbrachte, kam man kaum in die Position des Spitzenkandidaten.

Mason sah immer noch so aus, als ob er es akzeptieren würde. Mistkerl.

Doch dann sprach das große Männchen, seine Stimme war ein tiefes Knurren.

»Ich kämpfe gegen einen Grizzly mit einer Hand auf dem Rücken und ohne mich zu wandeln.«

Sowohl Deacon als auch Nash sahen so aus, als wollten sie ihn auffordern, das zu tun. Der berechnende Blick in ihren Augen verriet, dass sie hofften, der Kampf mit dem wilden Tier würde damit enden, dass Mason so schwer verletzt würde, dass er aus dem Rennen genommen würde.

Flint geriet in Panik.

Er trat vor und brüllte.

»Ich werde splitternackt ins Lager des Bärenrudels laufen und mit einem von ihnen einen Kampf anzetteln.«

Alle drehten sich zu ihm um.

Yasmins Augen weiteten sich. »Flint, nein.«

»Du kannst nicht teilneh …«, setzte Rath an.

»Wir fordern dich heraus.« Die drei Männer sprachen über seinen Bruder hinweg – alle hatten jetzt diesen berechnenden Blick, besonders Mason.

Er wollte Flint schon bei der ersten Hürde fallen sehen, wollte ihn aus dem Weg räumen, damit ihn nichts mehr davon abhalten konnte, Yasmin zu gewinnen und zu verführen. Er lockte sie mit der Lüge, dass er sich an sie binden könnte, dass er mehr als nur einen Moment mit ihr wollte.

Dass er in ihr mehr als nur eine Errungenschaft sah.

Yasmin trat von der Veranda, wich Raths Griff aus, als er versuchte, sie aufzuhalten, und schob sich durch die Menge in Richtung Flint. Alle sahen ihr zu, die Zuschauer neugierig und die Anwärter bereit, ihn niederzumachen, während sie auf ihn zuging.

»Tu das nicht«, flüsterte sie. Echte Angst färbte ihre dunklen Augen und durchzog ihren süßen Zitrusduft.

Verdammt, das brachte ihn nur noch mehr dazu, es zu tun, denn es verriet ihm etwas.

Sie sorgte sich um ihn.

»Du bist verrückt geworden«, stieß sie hervor, aber in ihren Augen war kein Zorn zu sehen, nur diese Angst.

Diese Angst verweilte und wurde noch stärker, als er sie schweigend anstarrte, während er um Worte rang.

»Vielleicht bin ich es ja«, murmelte er heiser, während er sich in ihren betörenden Augen verlor und genoss, wie gut es sich anfühlte, ihr so nahe zu sein und sie anzuschauen. »Vielleicht hat mich das Fieber auch erwischt, denn ich muss das hier tun.«

»Das musst du nicht.« Ihre dunklen Augenbrauen zogen sich zusammen, und sie sah aus, als wollte sie nach ihm greifen, ihn berühren, aber dann glitt ihr Blick nach links, in Richtung der Menge, wo die Teilnehmer jetzt ganz vorn standen und sie alle beobachteten.

»Doch, das muss ich«, erwiderte er. »Ich wurde auserwählt und ich kann jetzt nicht zurücktreten. Ich werde nicht den Preis für einen Rückzieher zahlen.«

Ihr Blick richtete sich wieder auf ihn – in ihm flackerte Verwirrung auf – und er brachte es nicht über sich, ihr zu sagen, dass der Preis sein würde, dass er zusehen müsste, wie die anderen Männer um sie buhlten.

Er glaubte nicht, dass er das ertragen könnte.

Also würde er sich stattdessen einem wütenden Bären stellen.

KAPITEL NEUN

FLINT HATTE SEINEN VERSTAND VERLOREN. Das war die einzig mögliche Erklärung. Yasmin starrte ihm hinterher, als sich die Menge auflöste und er in Richtung seiner Hütte verschwand, während der frühe Morgennebel um seine Knöchel wirbelte.

Sie drehte sich um, als jemand hinter ihr auftauchte, und blickte in Raths graue Augen. »Du musst ihn aufhalten.«

Denn sie wusste, wie gewalttätig und mächtig Bären-Wandler waren und dass Flint dabei umkommen könnte.

Und das wäre ihre Schuld.

»Das kann ich nicht«, sagte Rath mit einer Fülle von Gefühlen in der Stimme, die auch über sein Gesicht huschten – allen voran die Sorge.

Er war genauso unglücklich wie sie über das, was

Flint vorhatte. Er musste seinen Bruder aufhalten. Er musste es einfach tun. Flint hatte nicht auf sie gehört, aber vielleicht würde er auf seine Familie hören.

»Du darfst ihn das nicht tun lassen, Rath. Die Bären werden ihn umbringen.« Als sie keine Antwort von Rath erhielt, wandte sie sich an Cobalt und flehte ihn mit ihren Augen an. »Bitte, Cobalt. Sprich mit ihm. Auf dich hört er.«

Cobalt schnaubte daraufhin. »Im Moment hört er auf niemanden.«

»Ihr Götter, irgendjemand muss ihn aufhalten.« Sie warf ihre Hände in die Luft, als die Frustration sie übermannte. Einen Moment später wurde sie von einer kalten Resignation und einem Gefühl der Hoffnungslosigkeit übermannt. »Ich werde ihn aufhalten, wenn ihr es nicht tut.«

»Er wird auch nicht auf dich hören.« Cobalt blickte über ihren Kopf hinweg in Richtung Wald. »Mir gefällt der Gedanke, dass mein kleiner Bruder zusammengeschlagen wird, genauso wenig wie dir, Madame Göttin, aber reden ist nicht seine Stärke und zuhören kann er auch nicht besonders gut ... und egal, was du sagst, egal, was einer von uns versucht, ihm zu sagen, er wird seine Meinung nicht ändern.«

Das wollte sie nicht akzeptieren. »Hör zu, Flint hat mir erzählt, dass er einfach vom Wahnsinn mitgerissen wurde, vom Fieber, was auch immer das bedeutet. Ist das nicht ein Grund, ihn aufzuhalten? Er weiß nicht, was er tut!«

Rath schüttelte den Kopf, sein Ton war ernst. »Das Gegenteil ist der Fall, fürchte ich. Er weiß genau, was er tut und warum er es tut.«

Sie verstand nicht.

Rath seufzte, rieb sich den Nacken und schaute Ivy an, bevor er seine grauen Augen wieder auf sie richtete. »Flint glaubt, dass die Tatsache, dass ich mich in Ivy verliebt und mit ihr verpaart habe, dass Storm mit Gabriella durchgebrannt ist und dass einige der anderen männlichen Pumas ein Band mit einem Weibchen geknüpft haben, eine Art von Wahnsinn ist, der durch Cougar Creek fegt.«

Yasmin bekam keine Luft mehr, als sie die Worte registrierte, ihr Verstand wirbelte und ihre Gedanken zersplitterten. Sie drehte sich um und starrte in Richtung von Flints Hütte, und der Schock durchströmte sie.

»Er will nur eine flüchtige Affäre«, flüsterte sie und versuchte, sich davon zu überzeugen, dass Rath sich in Bezug auf seinen Bruder irrte. »Das hat er ziemlich deutlich gemacht.«

Cobalt murmelte: »Was er sagt und was er will, sind zwei unterschiedliche Dinge, und es scheint, als würde Flint das endlich begreifen. Du hast ihn dazu gebracht, das zu erkennen, indem du die Angebote von anderen Männern angenommen hast.«

In seinen letzten Worten lag ein Biss, der sie so tief traf wie ein körperlicher Schlag, als sein Groll über sie hereinbrach.

Sie drehte sich um, um ihn anzusehen. »Ich war nur wütend, weil er versucht hat, mich zu kontrollieren. Können wir dem nicht ein Ende setzen? Kann ich mich wirklich nicht zurückziehen?«

Rath schüttelte den Kopf. »Es steht dir frei, am Ende niemanden zu wählen, aber nicht einmal ich kann es beenden, bevor es sein natürliches Ende erreicht hat.«

Er schien darüber nicht glücklich zu sein – genauso wenig wie mit ihr. Seine Worte hatten sie nicht so angegriffen wie die von Cobalt, aber sie konnte in seinen Augen lesen, dass er wütend auf sie war und sie für den Schlamassel, in den sein Bruder geraten war, verantwortlich machte.

»Wenn ich gewusst hätte, dass Flint etwas Verrücktes anbietet ... wenn mir klar gewesen wäre, was dieses dämliche Hofieren mit sich bringt ... hätte ich nie zugestimmt.« Sie machte einen Schritt auf ihn zu und ballte ihre Fäuste an den Seiten, um sie vor dem Zittern zu bewahren. »Kannst du Flint nicht einfach dazu bringen, die Mutprobe nicht durchzuführen?«

»Das kann ich wirklich nicht.« Raths düsterer Tonfall und die Art, wie sein Blick zu Flints Hütte wanderte, sagten, dass er es tun wollte, weil er sich Sorgen machte. Das beunruhigte sie nur noch mehr und gab ihr das Gefühl, dass Flint dem Untergang geweiht war. »Wenn Flint aussteigt, ist er gezwungen, den Rest des Hofierens vom Spielfeldrand aus zu beobachten.«

Verdammt.

Sie wusste in ihrem Herzen, dass das für Flint nicht infrage kam. Lieber würde er gegen den Bären kämpfen und verlieren, sich vielleicht sogar verletzen oder fast sterben, als sich zurückzuziehen und zuzulassen, dass die anderen Männchen ihr den Hof machten, während er nur zusehen konnte.

Das sagte ihr etwas.

Cobalt und Rath hatten recht, und Flint meinte es ernster mit ihr, als sie gedacht hatte.

Verdammt, er meinte es wahrscheinlich ernster mit ihr, als *er* gedacht hatte. Was nicht stimmen konnte.

Sie musste mit ihm sprechen.

Bevor sie auch nur einen Muskel bewegen konnte, sagte Rath: »Lass ihm etwas Freiraum.«

Verdammter Mistkerl. Sie musste Flint sehen, musste mit ihm sprechen. Rath warf ihr einen strengen Blick zu, der sie davor warnte, es zu tun. Er meinte es ernst damit, dass sie seinen Bruder allein lassen sollte, um sich auf die kommende Herausforderung vorzubereiten.

Er hatte recht. Flint konnte es nicht gebrauchen, dass sie ihn aus der Bahn warf, während er versuchte, sich mental auf den Kampf gegen einen Bären vorzubereiten. Er konnte es nicht gebrauchen, dass sie seinen Kopf mit Zweifeln füllte oder versuchte, ihn aufzuhalten. Er brauchte jetzt ihre Unterstützung.

Götter, war das schwierig.

Rath streckte seinen Arm aus, während er Ivys Hand ergriff und in Richtung seiner Hütte gestikulierte. »Lasst uns einen Kaffee trinken und weiter darüber reden.«

Yasmin zwang sich zu nicken und folgte ihm, während er mit Ivy an seiner Seite den Weg antrat. Sie starrte auf ihre verbundenen Hände, auf die besitzergreifende Art und Weise, wie Rath seine Finger mit Ivys verband und sie festhielt. In ihrer Brust blühte ein Schmerz auf, und das Bedürfnis, Flint zu sehen, wurde immer stärker.

Als sie die Veranda erreichten, blickte Ivy zu Rath hoch. »Bist du sicher, dass es in Ordnung ist, wenn er die Bären ärgert, nach dem was passiert ist?«

Was war denn passiert? Yasmin musste es wissen, denn das hörte sich für sie gar nicht gut an.

»Das ist wahrscheinlich keine gute Idee«, fügte Cobalt hinzu. »Storm hat sie ziemlich verärgert und sie werden auf Rache aus sein.«

Ihr Götter, nein.

Flint wollte nicht nur gegen einen Bären kämpfen. Er wollte gegen einen schlecht gelaunten Bären kämpfen, der sich rächen wollte und in Flint einen Weg sah, Storm und seine anderen Brüder zu verletzen.

»Er wird schon klarkommen.« Rath klang nicht sicher, als er die Hütte betrat und Ivy und Cobalt ihm folgten.

Yasmin traf eine Entscheidung.

Eine, die sie noch wütender auf sie machen würde, aber sie musste es durchziehen.

Schnell sprang sie von der Veranda und rannte in Richtung von Flints Hütte. Sie musste mit ihm reden, sie konnte ihn das nicht tun lassen. Irgendwie musste sie ihn davon überzeugen, die dumme Mutprobe zu vergessen.

Sie würde ihn davon überzeugen, das Hofieren auszusitzen. Für sie. Sie würde am Ende immer noch da sein und auf ihn warten.

Sie würde sich für niemanden von den anderen entscheiden.

Sie würde sich für ihn entscheiden.

Durch die dichten Bäume hindurch sah sie die rustikale Hütte. Das Holz hatte schon bessere Tage gesehen, die Stämme waren stellenweise grün und auf den Dachschindeln wuchs Moos. Ihr Herz schlug ihr bis zum Hals, als Flint an dem Fenster im unteren Stockwerk der Giebelseite vorbeikam, woraufhin sie sich mit entschlossenen Schritten vorwärts bewegte, während sie sich stählte. Sie konnte das schaffen.

Sie würde ihn dazu bringen, seine Meinung zu ändern.

Yasmin trat auf die abgenutzte Veranda unter dem Dachstuhl, und zögerte vor der Tür.

Sie wurde geöffnet, bevor sie sich entscheiden konnte, ob sie anklopfen oder einfach in sein Haus stürmen sollte.

»Geh weg.« Er schlug ihr die Tür nicht vor der

Nase zu, als er ihr den nackten Rücken zuwandte, was ein gutes Zeichen war.

Er wollte, dass sie eintrat. Cobalt hatte recht, was seinen Bruder anging. Was er wollte und was er sagte, waren oft genau das Gegenteil von einander.

Sie betrat die gemütliche Hütte und wurde sofort von dem Holzofen gewärmt, der an der linken Wand stand, gegenüber einer Couch, an deren anderem Ende eine elegante Hurricane-Laterne auf einem kleinen Holztisch stand. Ein Elchkopf starrte sie von seiner Halterung links von einer Tür in der Wand gegenüber des Kamins, hinter der Couch, an. Jemand hatte ihm eine Mütze aufgesetzt. Eine Deerstalker-Mütze. Außerdem hatte man ihm eine Tabakspfeife in den Mund gesteckt.

Yasmin warf einen Blick auf Flint. War er derjenige gewesen, der einen Elch in eine Art Sherlock Holmes verwandelt hatte? Vielleicht war es einer seiner Brüder gewesen. Obwohl Flint von allen, die sie getroffen hatte, der wahrscheinlichste Täter war. Sie war sich sicher, dass irgendwo in ihm ein böser Sinn für Humor verborgen war.

Irgendwo.

Doch heute war davon nichts zu spüren.

Flint stolzierte in dem kleinen Raum umher und rieb sich mit einem Handtuch über seine feuchten schwarzen Haare und zerzauste die dicken Locken. Seine Augen waren golden, als sie auf ihr landeten, und er seufzte, als er sie wieder losriss.

»Es gibt Kaffee, falls du welchen willst.« Er hielt inne und sah sie dann wieder an, wobei sich seine Augenbrauen hoben und seine Miene weicher wurde. »Ich habe keinen Kräutertee.«

Er klang so, als ob er sich wünschte, er hätte welchen, und sie lächelte ihn an, um ihm zu zeigen, dass sie nicht nur sein Angebot zu schätzen wusste, sondern auch, dass er kleine Dinge über sie wusste – Dinge, die die meisten Männer übersehen hätten.

»Ich bin auch kein Morgenmensch«, brummte er und schenkte sich eine Tasse Kaffee ein.

Sie starrte auf seinen nackten Rücken und versuchte, sich nicht von seinem Anblick ablenken zu lassen, als er sich bewegte, wodurch sich seine Muskeln anspannten. Auch die Tatsache, dass er nur ein Handtuch um die Hüften geschlungen trug, das tief saß und zwei Vertiefungen über seinem Hintern offenbarte, durfte sie nicht irritieren. Seine Schultern und sein Bizeps spannten sich an, als er die Tasse an die Lippen hob und auf den Inhalt pustete.

»Ist das der Grund, warum du dieses Himmelfahrtskommando durchziehen willst? Überleg dir das noch mal, Flint, bitte!« Sie trotzte dem Knurren und dem Blick, mit dem er sie bedachte. »Ich kenne Bären-Wandler. Was du vorhast, ist verrückt. Laut Cobalt habt ihr schon ins Wespennest gestochen ... und jetzt willst du einfach in ihr Territorium eindringen und einen Kampf anzetteln?«

Er zuckte mit den Schultern, warf das Handtuch,

mit dem er sich die Haare getrocknet hatte, auf die dunkle Couch zu ihrer Linken und nippte an seinem Kaffee, während er in seiner Hütte herumlief. Er öffnete einen Schrank hinter dem Elch, nahe einer kleinen Treppe, die auf den Dachboden führte, und durchwühlte ihn.

»Sag mir, warum du das tust«, flüsterte sie und verfolgte das Geschehen, als er ein großes graues T-Shirt und eine schwarze Jogginghose herauszog und sie auf die Armlehne der Couch gegenüber von ihr fallen ließ. »Was hat dich dazu gebracht, mitzumachen?«

Er antwortete nicht und hielt seinen Blick von ihr fern, während er einen weiteren Schluck Kaffee nahm, bevor er die Tasse auf dem kleinen Holztisch am Ende der Couch abstellte. Er schnappte sich das T-Shirt und zog es an. Dann steckte er seine Füße in die Jogginghose und zog sie unter dem Handtuch hoch. Mit einer schnellen Bewegung löste er es und warf es zu dem anderen Handtuch.

Als er um die Couch herumging und in die Küche zurückkehrte, um mit dem Abwasch anzufangen, riss die Leine ihrer Beherrschung.

»Würdest du aufhören rumzulaufen und mich vielleicht endlich mal angucken!«, brüllte sie und er erstarrte. Ihre Stimme stockte und verlor jegliche Kraft, während sie ihn anstarrte. »Sag mir, warum.«

Sie schloss die Lücke zwischen ihnen und griff nach seinem rechten Arm.

Er wirbelte zu ihr herum, schlang seine Arme um sie und küsste sie.

Heftig.

Die Gefühle explodierten in ihr und schossen mit solcher Wucht durch sie hindurch, dass sie zitterte und schwach wurde, als seine Zunge über ihre Lippen strich.

Der Wille, sich weiter gegen ihn zu wehren, zerbrach in tausend Stücke.

Sie öffnete ihren Mund für ihn und stöhnte, als er diesen einnahm, als sein Griff um sie fester wurde und sein Körper sich gegen ihren presste und sie innerlich aufheizte. Bei allen Göttern, dieser Mann wusste, wie man küsste. Sie umklammerte seine Hüften – die Finger drückten sich fest in ihn, als sich das Bedürfnis in ihr regte. Ein heißer Schmerz, der sich in ihrem Bauch sammelte und sie dazu brachte, sich in ihm verlieren zu wollen.

Er zog sich zurück, unterbrach den Kuss und ließ sie benommen zurück – und auch ein wenig verwirrt darüber, warum er aufgehört hatte –, bevor er ihre Schultern umklammerte.

Seine hektischen Atemzüge entsprachen den ihren. Sein Brustkorb hob sich, während er ihr in die Augen blickte – seine hellen, goldenen Augen mit dem bezaubernden grünen Band um seine geweiteten Pupillen.

»Deshalb«, hauchte er, genauso atemlos wie sie.

Sie sagte sich, dass sie es nicht tun sollte, aber die

Worte kamen ihr über die Lippen, weil sie ihn herausfordern und ihn dazu bringen wollte, etwas zuzugeben, was sie beide hören mussten. »Weil du glaubst, dass du so deinen One-Night-Stand bekommst?«

Sein Griff an ihren Armen wurde fester.

»Nein«, sagte er mit leiser, rauer Stimme, die sie innerlich wieder aufflammen ließ, bevor er sich näher an sie heranlehnte und ihre Körper sich wieder berührten – auf eine Weise, die sie förmlich verbrannte. »Weil es mir mehr bringen könnte als das. Es war mir bis heute nicht klar ... aber ich will mehr als nur eine Nacht mit dir ... ich *brauche* mehr als eine Nacht mit dir, Yasmin.«

Er drückte seine Nase an ihre, holte tief Luft und ließ ihre Welt um ihre eigene Achse schwanken, als er knurrte.

»Wenn ich dir dafür den Hof machen muss, werde ich dir verdammt noch mal den Hof machen.«

KAPITEL ZEHN

FLINT HATTE OFFIZIELL seinen verdammten Verstand verloren, war genauso in den Strudel des Irrsinns geraten wie seine Brüder, und alles, was er tun konnte, war, auf den Stromschnellen zu reiten und zu den Göttern zu beten, dass sie ihn dorthin brachten, wo er sein wollte.

Er lief barfuß durch den Wald, seine Brüder, Ivy und Yasmin und seine drei Mitstreiter folgten ihm, wobei sie ihm den Raum gaben, den er brauchte, um seinen Kopf frei zu bekommen und sich auf die Aufgabe zu konzentrieren, die vor ihm lag.

Eine, die nicht einfach sein würde.

Eine, die mit einer Verletzung für ihn enden würde. Das ließ sich nicht vermeiden. Seine Agilität war sein Vorteil, aber Bären hatten rohe Kraft, zwölf Zentimeter lange Krallen und ein verdammt dickes Fell. Er könnte von Glück reden, wenn er im Kampf mit dem Leben davonkäme. Es wäre ein verdammtes Wunder, wenn er mit Verletzungen herauskäme, die er vor der nächsten Runde des Hofierens heilen könnte.

Aber er musste es tun.

Denn jetzt konnte er sehen, was seine Brüder so aufgewühlt hatte, als sie sich wahnsinnig verliebt hatten.

Jetzt verstand er das Fieber, das sie befallen hatte.

Der Gedanke, dass ein anderer Mann Yasmin erobern könnte, war für ihn unerträglich und er war bereit, alles zu tun, um sie zu beschützen und die anderen von ihr fernzuhalten.

Er würde also nicht klein beigeben. Er würde diese Sache nicht einfach aussitzen.

Yasmin hatte ihr Bestes getan, um ihn zu überzeugen, und ihm geschworen, dass sie sich keinen der Männer aussuchen würde, die das Ende des Hofierens erreichten.

Aber sie würde sich sehr wohl ein Männchen aussuchen, wenn das Ende gekommen war.

Denn sie würde sich *ihn* aussuchen.

Er würde ihr beweisen, dass er der einzige Mann war, der ihrer würdig war.

Selbst wenn es ihn umbringen würde.

Er blieb an einer Stelle stehen, an der die Kiefern lichter wurden und er den Rauch sehen konnte, der durch sie hindurch träge in die Luft stieg und die Hütten erahnen ließ, die auf der Lichtung nahe einer anderen Flussbiegung standen. Im Gegensatz zu seinem Rudel lebten die Bärenwandler unter freiem Himmel – ihre Hütten lagen auf einer großen Lichtung im Wald, sichtbar für alle Satelliten, Flugzeuge und Hubschrauber, die darüber hinwegflogen.

Yasmin verkrampfte sich, als er sich das T-Shirt auszog, aber zum Glück sagte sie nichts. Er wusste, dass sie Angst um ihn hatte. Er spürte, wie es in seinem Blut trommelte und seinen Verstand mit Zweifeln und dem Bedürfnis erfüllte, sie zu besänftigen, indem er einen Rückzieher machte und es nicht durchzog.

Diesem Bedürfnis konnte er nicht nachgeben.

Er zog seine Jogginghose aus und schaute sie an, ein kurzer Blick, eine stumme Entschuldigung, und dann stolzierte er vorwärts.

In das Dorf der Bären.

Er atmete leise, aber tief ein, als er den Schutz der Bäume verließ und Yasmin und die anderen wie vereinbart zurückließ.

Rath wollte sie in Sicherheit wissen und hatte verlangt, dass alle am Waldrand warteten, um das Geschehen von dort aus zu beobachten, damit die Bären nicht den Drang verspürten, auch sie zu bekämpfen. Ihr Territorium begann an der Lichtung und erstreckte sich nach Norden. Solange Yasmin und die anderen im Wald blieben und keine Anstalten machten, sie herauszufordern, würden die Bären sie in Ruhe lassen.

Das Dorf lag ruhig in der späten Morgensonne. Ein blauer Schleier erstreckte sich über ihm, als die

Sonne seine nackte Haut küsste, und dehnte sich von den zerklüfteten Bergen in der Ferne vor ihm und zu seiner Linken und Rechten aus. Die Lichtung war groß, mindestens viermal so groß wie die am Creek, und der Fluss verlief genau durch ihre Mitte. Die Hütten waren in verschiedenen Größen und Stilen auf der Lichtung verteilt, und er zählte mindestens ein Dutzend.

Er holte noch einmal tief Luft, um seine Nerven zu beruhigen, während er die Gegend absuchte.

Wo zum Teufel waren die Bären?

Er wollte es hinter sich bringen, bevor die Nerven ihn überwältigten.

Die Tür einer Hütte zu seiner Rechten, in der Nähe des Flusses, öffnete sich und ein riesiger, muskelbepackter Mann mit freiem Oberkörper trat heraus.

Flint starrte ihn an, genauer gesagt auf die beiden frischen Narben, die über seinem linken Auge verliefen und sich von seiner Stirn bis zum Beginn seines dunklen Bartes zogen.

Scheiße.

Von allen verdammten Bären, die ihn zuerst bemerkten, musste es ausgerechnet dieser Scheißkerl sein.

Es war das Männchen, mit dem Storm gekämpft hatte, als der Bär versucht hatte, ihm Gabriella wegzunehmen.

Die Nervosität, die er zu unterdrücken versucht hatte, stieg schnell an und drohte ihn zu ersticken, aber er weigerte sich, es dem Männchen oder den anderen, die ihn von den Bäumen aus beobachteten, zu zeigen.

Er wollte nicht, dass Yasmin es sah.

Gegen einen Bären zu kämpfen, war so oder so schon ein riskantes Unterfangen. Gegen einen Bären zu kämpfen, der sich für das rächen wollte, was ihm widerfahren war, der seinen Stolz zurückgewinnen wollte, war etwas ganz anderes.

Ein Himmelfahrtskommando, wie Yasmin es genannt hatte.

»Nicht gut«, murmelte Cobalt hinter ihm.

»Was ist nicht gut?« Yasmin klang besorgt, und dieser Hauch von Angst verstärkte sich noch, als der Bär von seiner Veranda trat und Flint anstarrte, während weitere Bären aus ihren Häusern kamen, um zu sehen, was los war. »Kennen die sich?«

Rath stieß einen leisen Laut aus, so etwas wie ein erstricktes, nervöses Lachen. »Unser Bruder, Storm, könnte derjenige gewesen sein, der ihm vor ein paar Wochen die Narben verpasst hat.«

»Und *ich* könnte derjenige gewesen sein, der ihm in den Arsch getreten und ihn in den Wald gejagt hat.« Cobalt klang eher amüsiert als besorgt. »Ich glaube, er könnte auf Rache aus sein.«

»Ach, was? Meinst du?« Yasmin stieß die Worte bissig aus und setzte sich in Bewegung.

Flint blickte über seine Schulter zu ihr und dann zu Rath. Rath packte sie am Arm und hielt sie zurück. Er schüttelte den Kopf, als sie zu ihm hochblickte. Ihre dunklen Augen wanderten zurück zu Flint, ihr schönes Gesicht verzog sich und ein Hauch von Verzweiflung durchzog es, als sie ihn ansah.

»Ich komm schon klar.« Er legte Kraft in diese Worte, Vertrauen, das er nicht hatte, denn er wollte nicht, dass sie in den Kampf verwickelt wurde.

Nicht nur, weil sie verletzt werden könnte.

Wenn die Bären es wagten, sie anzugreifen, wenn sie versuchten, sie zu verletzen, würde er ausrasten. Jeder rationale Gedanke würde ihn verlassen, während sein Puma-Instinkt, sie zu beschützen, die Kontrolle übernehmen würde. Er würde kämpfen und weiterkämpfen, bis er das Gefühl hätte, dass sie in Sicherheit wäre. Er würde nicht in der Lage sein, sich selbst aufzuhalten, nicht einmal, wenn er schwer verletzt wäre. Er würde immer weiter kämpfen. Es wäre ein Todesurteil. Eines, das er nicht zulassen konnte.

Er richtete seinen Blick wieder auf den Bären, als dieser einen weiteren Schritt auf ihn zukam. Er schenkte ihm seine ganze Aufmerksamkeit, während er den Rest der Welt ausblendete und sich ganz auf das Männchen und den bevorstehenden Kampf konzentrierte.

»Du bist so hässlich wie eh und je ... aber diese neuen Narben geben dir das gewisse Etwas.« Wie Storm es Flint gesagt hatte waren das Kampfansagen. Er machte sich den Sarkasmus seines Bruders zu eigen und kämpfte gegen seine aufsteigenden Nerven an, während sich die Augen des Bären mit jedem Wort, das er sagte, verdunkelten. »Das ist auf jeden Fall eine Verbesserung zu deinem vorherigen Aussehen. Ich bin sicher, die anderen Bären lieben es. Ich habe gehört, dass sie auf Narben stehen. Bekommst du dadurch ein bisschen Bett-Action?«

Er sah es in dem Moment, als der Bär ausrastete.

Er spannte sich an, als sich das über hundertvierzig Kilo schwere Männchen mit lautem Gebrüll auf ihn stürzte.

Er wandelte sich schnell, als seine Instinkte ansprangen und ihn vor der Gefahr warnten, die er deutlich auf sich zudonnern sah.

Es tat nicht weh, als sich seine Knochen verlängerten oder schrumpften und sich zu neuen Formen verdrehten, während goldenes Fell über seine Haut strömte und Weiß über seinen Bauch zog. Er knurrte und sprang in dem Moment nach links, als alle vier Pfoten den Boden berührten – gerade noch rechtzeitig, um die Stelle freizumachen, über die das Männchen gestürmt war.

Der Bär packte sein Hinterbein und schleuderte ihn in den Dreck. Sein Atem schoss explosionsartig aus seinen Lungen, als ein Brennen durch ihn fegte, das so heftig war, dass er sich kaum noch in seiner Puma-Gestalt halten konnte, während sich sein Kopf drehte und die Welt mit ihm kreiste.

Verdammt!

Er knurrte und wirbelte herum, versenkte seine Fangzähne in dem Arm des Bastards und seine Krallen in dessen Schulter und Oberschenkel. Das Männchen reagierte wie erwartet, wandelte sich und stopfte Flint die Schnauze mit seinem Fell. Er wurde immer größer und zwang Flints Vorderpfoten auseinander, bis er ihn loslassen musste, um nicht Gefahr zu laufen, dass sie in zwei Teile gerissen wurden.

Flint stieß sich von ihm ab und verschaffte sich Platz, während die anderen Bären einen Halbkreis um sie bildeten. Sie brüllten ihrem Freund zu, gaben ihm Tipps und Ratschläge, die der Bär offensichtlich nicht zu schätzen wusste, denn er drehte sich um und knurrte sie alle an, während er auf alle viere fiel.

Das Männchen drehte sich langsam wieder zu Flint um, seine Lefze war nach hinten gezogen und entblößte lange, scharfe Zähne, bei denen Flint darauf wettete, dass der Mistkerl davon träumte, sie in ihm zu versenken. Zumindest hoffte er, dass das der Grund dafür war, dass das Männchen sabberte – eine zähe, klebrige Spur davon zog sich langsam aus der Mitte seiner Lefze. Flint hoffte, dass er sich nicht geirrt hatte, von welchem Ufer das Männchen kam, und dass der Bär nicht davon träumte, schmutzige Spielchen mit seinem Puma-Arsch zu spielen.

Er richtete seine Aufmerksamkeit voll und ganz auf das Männchen und bewegte sich nach rechts. Das Männchen bewegte sich mit ihm im Kreis, ohne seinen Blick von ihm abzuwenden. Flint begutachtete ihn. Er war größer als der Bär, den er und Rath zu Fall gebracht hatten, als sie Storm zu Hilfe gekommen waren, und seine Nackenhaare waren aufgestellt.

Jeder Instinkt, den Flint besaß, sagte ihm, dass dieses Männchen Rache wollte, dass es darauf brannte, ihn zur Strecke zu bringen und in die Flucht zu schlagen, und dass es danach lechzte, seinen guten Namen in seinem Rudel wiederherzustellen. Es musste den beiden Bären wehgetan haben, von nur vier Pumas vertrieben zu werden.

Selbst wenn zwei Pumas auf einen Bären losgingen, war das kaum ein Wettkampf.

Der Bär brachte bestimmt gut siebzig Kilo mehr auf die Waage als er mit einem seiner Brüder zusammen.

Außerdem war Flint aufgrund des dicken Fells und der Haut des Bären, seines breiten Halses und seiner dicken Fettschicht kaum in der Lage, die Kehle des Bären zu packen, um ihn zu Fall zu bringen.

Und genau das war es, was Flint tun musste, um diesen Kampf zu beenden.

Wenn er die Kehle des Männchens packen könnte, wäre der Kampf zu Ende. Das Männchen würde sich fügen, es würde nicht riskieren, getötet zu werden, nur um seinen Ruf zu retten.

Das Problem war, dass es Flint in all seinen Kämpfen gegen Bären noch nie gelungen war, die Kehle zu packen.

Meistens endete es damit, dass sie ihm eine Pfote in die Kehle rammten und ihn damit zu Boden drückten und würgten, bis er gezwungen war, sich tot zu stellen, um sich ihnen zu ergeben.

Das sollte heute nicht passieren. Wenn er diesen Bären nicht besiegte und ihn in die Unterwerfung trieb, würde er seine Herausforderung verlieren und damit auch alle Vorteile, die er als Anwärter auf den ersten Platz im Rennen hatte. Als Spitzenkandidat würde er bei bestimmten Ereignissen einen Vorsprung haben, wenn er das wollte.

Nach diesem Kampf würde er diesen Vorsprung bei der Bergbesteigung brauchen. Seine Verletzungen würden ihn ausbremsen.

Flint legte seine abgerundeten Ohren an und fauchte dem Bären ins Gesicht, um ihn zu einer Reaktion zu bewegen. Wenn er ihn genug reizen konnte, würde das Männchen vielleicht etwas Dummes tun und ihm eine Gelegenheit geben, die er nutzen konnte. Der Bär hatte gut hundertvierzig Kilo mehr auf den Rippen als er mit seinen bescheidenen neunzig Kilo. Ihn zu provozieren war das Vernünftigste, auch wenn es ihn bei Yasmin nicht gerade in ein gutes Licht rückte.

Er wollte nicht wie eine Pussy aussehen, aber sich umbringen zu lassen, würde sie wahrscheinlich auch nicht beeindrucken.

Also fauchte er wieder, legte die Ohren an und entblößte seine Fangzähne.

Der Bär senkte seinen Kopf und schwankte unruhig, ein leises Knurren war seine Antwort.

Das war ein Bär, der den Köder nicht schluckte.

Flint stürzte sich auf den Bären und schlug mit seiner rechten Pfote nach ihm, als er ein weiteres Mal zischte. Er wölbte seinen Rücken, drehte sich zur Seite und wich zurück, als der Bär den Kopf hob, brüllte und seine riesigen Eckzähne entblößte. Flint knurrte und plusterte sein Fell auf, in der Hoffnung, größer zu wirken, damit der Bär ihn als stärkere Bedrohung ansah.

Als das Männchen den Kopf wieder senkte, versuchte Flint, mit seiner rechten Pfote zweimal nach vorn zu schlagen, wodurch sich der Abstand zwischen ihnen auf ein paar Meter verringerte.

Der Bär sah ihn gelassen an, die dunkelbraunen Augen hell und konzentriert. Auch er wartete.

Er wartete darauf, dass Flint es vermasseln würde.

Das würde nicht passieren.

Er umkreiste das Männchen, ohne Yasmin anzusehen, als sie in Sichtweite kam, und versuchte, die Tatsache zu ignorieren, dass jetzt mindestens ein Dutzend Männchen hinter ihm standen, von denen keines wohlwollend war. Wenn einer von ihnen es wagte, an seinem Schwanz zu ziehen, würde er ihm die Kehle aufreißen, bevor er sich wandeln konnte.

Er grinste innerlich, als ihm eine Idee kam.

Es gab einen Weg, wie er seine Kiefer um die Kehle des Männchens legen konnte.

Aber dazu musste er das Männchen so sehr verletzen, dass es sich zurückwandeln musste, was ein ernsthaftes Gefecht bedeutete.

Das bedeutete, dass der Bär problemlos das Gleiche mit ihm machen konnte. Es gab nur eine bestimmte Menge an Schmerz, die er ertragen konnte, bevor er den Halt in seiner Puma-Gestalt verlieren würde.

Jemand bewegte sich hinter dem Ungetüm.

Flint machte den Fehler, dorthin zu blicken.

Der Bär war innerhalb eines Herzschlags auf ihm, rund zweihundertdreißig Kilo pure Muskeln, die ihm die Rippen zermalmten, als der Mann ihm eine Pfote in die Seite rammte und ihn in den Dreck beförderte. Flint knurrte und fauchte, als er mit seinen Hinterpfoten nach ihm schlug und seinen Körper so drehte, dass er die empfindlichste Stelle des Männchens erreichen konnte, die er schützen wollte – sein Gesicht.

In dem Moment, als seine Pfoten in Schlagdistanz waren, erhob sich der Bär mit einem Ächzen auf seine Hinterfüße und überragte ihn.

Flint rappelte sich auf und sprang auf seine Pfoten, gerade als der Bär herunterkam und mit einem harten Aufprall dort landete, wo Flint eben noch gelegen hatte. Er knurrte und sprang auf den Rücken des Bären, suchte nach Halt, als das Männchen nach rechts schwang, um ihn abzuschütteln, und schaffte es, seine Krallen durch das dichte braune Fell und in seine Haut zu schlagen.

Der Bär knurrte und erhob sich wieder auf seine

Hinterpfoten, sodass Flint gezwungen war, ihn zu erklimmen, um nicht abgeschüttelt zu werden.

Als sich das Männchen drehte, rollte sich Flint nach rechts, klammerte sich an den Bären, als ob sein Leben davon abhinge, und versuchte, ihn zu reiten. Das Tier bockte jedoch, drehte und schüttelte sich und wollte sich abrollen. Flint stieß sich von ihm ab und landete in gebückter Haltung auf allen vieren dicht neben ihm. Der Bär schwenkte seinen Kopf in seine Richtung und brüllte ohrenbetäubend.

Flint knurrte ihn an und sprang hoch, mit dem Ziel, wieder auf dem Rücken des Bären zu landen.

Das Männchen erhob sich auf seine Hinterpfoten und Flint drehte sich in der Luft, um einen Zusammenstoß zu vermeiden. Zu spät. Der Bär fuhr mit seinen Krallen über Flints Rücken, als dieser versuchte, sich zu befreien. Flint zischte und stöhnte, als der Bär mit seiner riesigen Pranke nachsetzte und ihn mit so hoher Geschwindigkeit in den Dreck schleuderte, dass ihm die Luft aus den Lungen gerissen wurde.

Bevor der Bär wieder auf ihn losgehen konnte, rutschte Flint nach hinten, unter das Männchen. Wie vorhergesagt, landete der Bär genau dort, wo Flint gelegen hatte, sodass er völlig ungedeckt war. Flint sprang erneut auf seinen Rücken und versenkte seine Krallen in seinem Fleisch, knurrte und fuhr dann mit ihnen über den Körper, um dem Bären eine kleine Abreibung zu verpassen. Der Geruch seines Blutes vermischte sich mit dem von Flint, als es über seinen Rücken rann und sein goldenes Fell durchnässte.

Der Bär schüttelte ihn ab und entfernte sich, um etwas Abstand zu gewinnen.

Zumindest dachte Flint, dass er das getan hatte, um Abstand zu gewinnen.

Er schaute in die Richtung, in die der Bär ging.

Yasmins große dunkle Augen waren auf Flint gerichtet, nicht auf das Männchen, das auf sie zustürmte.

Flint brüllte, sprang und segelte durch die Luft, um ein weiteres Mal auf dem Rücken des Bären zu landen, woraufhin dieser mit dem Gesicht voran auf den Boden knallte. Das Männchen kam schnell wieder auf die Beine, aber Flint war schneller, versenkte seine Krallen in der dicken Haut des Männchens und ließ seinen Kopf noch einmal hart auf den Boden knallen.

Der Bär schrie auf, als Flints Fangzähne in sein Fleisch eindrangen. Der blecherne Geschmack von Blut überflutete Flints Schnauze und er versenkte seine Fangzähne tiefer, bevor er seinen Kopf zurückzog. Der Schrei des Bären wurde zu einem Brüllen der Qual, als Flints Fangzähne sich losrissen und riesige Rillen in der Schulter des Männchens hinterließen, aus denen sofort Blut quoll.

Er konnte die Verzweiflung des Bären und seinen Schmerz spüren.

Aber es war nicht genug, um ihn zu zwingen, sich zu wandeln. Das war nicht einmal annähernd genug.

Was der Bär Flint antat, ließ ihn jedoch fast den Halt in seiner Puma-Gestalt verlieren.

Das riesige Tier drehte sich mit ihm zur Seite und rollte sich so schnell ab, dass Flint keine Chance hatte, wegzuspringen, bevor sein linkes Hinterbein unter dem Gewicht des Bären zerquetscht wurde. Er schrie auf, als ein Brennen durch seine Knochen fegte – ein Inferno, das so heiß war, dass es seine Sinne blendete – und biss die Zähne zusammen, als er das unangenehme Knacken von etwas in seinem Bein spürte.

»Flint«, sagte Yasmin, während sie nach Luft schnappte.

Flint knurrte und nahm seine ganze Kraft zusammen, um wild mit seinen Krallen nach dem Bären zu schlagen und ihm mit den Vorderpfoten lange Furchen in die Haut zu reißen. Der Bär bewegte sich, aber nur, um ihm einen weiteren Schlag zu versetzen. Das Männchen hob sich so weit von ihm ab, dass es mit seinen langen, mächtigen Krallen über seinen Rücken fahren konnte – was Flint eine weitere glühende Welle des Schmerzes bescherte und einen weiteren Schrei aus seiner Kehle riss.

»Er schafft das.« Cobalt klang nicht sicher, während er Yasmin zurückhielt.

Als der Bär erneut mit seinen Klauen nach ihm schlagen wollte, gelang es Flint, sich aus seiner Reichweite herauszurollen. Der Bär grunzte. Flint zischte, als er nach hinten schlurfte. Sein linkes Bein wurde immer heißer, wenn er versuchte, es zu belasten.

Verdammter Mistkerl.

Er biss die Zähne zusammen und kontrollierte den Schmerz, damit er nicht gezwungen war, sich zurückzuwandeln. Er brauchte nur eine Minute, einen Moment, bis seine fortgeschrittene Heilung einsetzte und der Prozess begann. Es würde ein paar Tage dauern, bis der Knochen vollständig verheilt war, aber wenn er ein paar Minuten Zeit hatte, würde er so weit verheilen, dass er ihn belasten konnte.

Der Bär gab ihm diese nicht.

Das Männchen trat vor, den Kopf gesenkt und in Richtung Flint gerichtet.

Eine defensive Taktik, um seine Kehle zu schützen.

Sie ließ die Wirbelsäule des Männchens offen, aber es wäre zu schwierig für Flint, seine Zähne mit genügend Präzision in diesen Bereich zu bekommen, um die Wirbelsäule zu treffen und sie durch die Fett- und Muskelschicht zu erreichen.

Flint ging in die Hocke und knurrte dann, als er sich dazu zwang, sich auf alle vier Pfoten zu stellen und dem Männchen frontal entgegenzutreten.

Er musste einen Schlag ausführen, der das Männchen verwundete und ihm genug Schmerz zufügte, um es aus seiner Bären-Gestalt zu vertreiben.

Er musterte das Männchen.

Es gab *eine* weitere verwundbare Stelle an dem Mistkerl.

Es wäre im wahrsten Sinne des Wortes ein Schlag

unter die Gürtellinie, aber in der Not fraß der Teufel eben auch Fliegen. Und wenn es bedeutete, dass er als Sieger hervorging und den Kampf schnell beenden konnte, bevor er noch mehr verletzt wurde, würde er es tun.

Es bestand natürlich die Möglichkeit, dass die Bestie ihn dafür töten würde.

Oder schlimmer noch, es ihm heimzahlen würde.

Flint schauderte bei dem Gedanken, während er langsam nach rechts humpelte und mit dem Bären kreiste, um seinem Körper Zeit zum Heilen zu geben und den Mut zu finden, es durchzuziehen. Rath und Cobalt würden darüber nicht begeistert sein. Keines der versammelten Männchen würde es sein. Jedes würde mitfühlen.

Als der Bär anfing, sich zu nähern, anstatt zu kreisen, holte Flint langsam Luft und wartete auf den richtigen Moment.

Der Bär stürzte sich auf ihn und schlug mit seiner riesigen Pranke direkt nach seinem Gesicht.

Flint sprang – ein Ächzen verließ ihn, als sein linkes Bein protestierte – und segelte über den Bären hinweg. Er landete gebückt hinter dem Männchen, drehte sich und schlug mit den Krallen nach dem Hinterteil des Tieres, wobei er sich durch dessen Fell wühlte.

Er wusste sofort, dass er sein Ziel getroffen hatte.

Ein kollektives Zischen ertönte, als alle Männchen zusammenzuckten.

Und dann wurde der Bär wild.

Das Männchen brüllte und trat mit seiner linken Hinterpfote aus, sodass Flint durch den Dreck geschleudert wurde und als Haufen neben Yasmin und den anderen landete.

»Mieser Angriff, Kumpel«, murmelte Cobalt.

Flint fauchte ihn an und sprang nach vorn, um anzugreifen, während der Bär verwundbar war.

Aber der Mistkerl musste Eier aus Stahl haben, denn er war auf den Beinen und stürmte auf Flint zu, wobei er seine scharfen Fangzähne entblößte und den Abstand zwischen ihnen schnell verringerte. Flint sprang, aber der Bär rammte ihm eine Pfote in den Bauch, drehte ihn über Kopf auf den Rücken und fuhr ihm mit den Krallen über die Brust.

Flint brüllte vor Schmerz, sowohl wegen des Schlags, der ein Feuer und Blitze des Schmerzes durch ihn jagte, als auch wegen der Art und Weise, wie sein Körper versuchte, sich zu wandeln. Die Qualen drängten ihn, in seine menschliche Gestalt zurückzukehren. Seine Knochen verformten sich, sein linkes Bein schrie förmlich auf und er versuchte sich zu wehren, aber er war nicht stark genug.

Er verlor den Halt an seiner Puma-Form, sodass sich seine Knochen verlängerten und transformierten und blutverschmierte Haut sein goldenes Fell ersetzte. Der Bär schnaubte, als er eine schwere Pfote auf Flints nackte Brust schlug – eine offensichtliche Genugtuung für ihn.

Wenn der Mistkerl dachte, er hätte gewonnen, dann hatte er sich geirrt.

Der Plan war gewesen, den Bären zu zwingen, sich in seine menschliche Gestalt zurückzuwandeln, damit Flint ihm an die Kehle gehen und ihn ersticken konnte, bis er aufgab.

Ein Teil dieses Plans war immer noch in Kraft. Nur würde Flint derjenige in seiner menschlichen Gestalt sein, der den Bastard erwürgte und ihn zwang, sich zu ergeben.

Flint beugte sich nach oben, zwang die Pranke des Bären mit sich, und kaum hatte er genug Platz, rollte er sich unter dem Griff des Männchens weg. Er kam auf die Beine und sprintete, so schnell er konnte, um hinter den Bären zu kommen, bevor dieser aufholen konnte.

Die Menge johlte, als der Bär sich umdrehte und Flint gerade traf, als er versuchte, nah genug heranzukommen, um auf seinen Rücken zu springen. Flint ächzte, als das Männchen ihm eine Pfote ins Gesicht schlug, wodurch seine Sicht ins Wanken geriet und sein Kopf zur Seite schleuderte.

Er stolperte und schüttelte den Kopf, um wieder klar zu werden.

»Willst du deine Jogginghose?«, rief Cobalt, um ihn daran zu erinnern, dass er nackt war, und um sein Selbstvertrauen zu stärken. Sein Bruder schien sich keine Sorgen um ihn zu machen, und das half ihm, die Nervosität zu verdrängen, die wieder aufzusteigen drohte, um ihn zu verschlingen. Er war sich nicht sicher, ob sein Bruder Rath oder Yasmin ansah, als er sagte: »Er schafft das schon. Er hat schon Schlimmeres überlebt.«

Und er würde das hier sehr wohl überleben.

Er versuchte erneut, hinter den Bären zu kommen, aber das Männchen erhob sich auf seine Hinterbeine und überragte Flint mit einer Wand aus Muskeln, Fell, scharfen Fangzähnen und Krallen.

Für Flint ging es im Moment nur um Mutproben.

Er duckte sich nach links, und als der Bär seinen großen Körper in die Richtung drehte, in der er seine Bewegung erwartet hatte, wich er nach rechts aus und rannte los.

Er war in Schlagdistanz.

Mit einem Schrei schoss ein Brennen durch seine linke Seite, als seine Rippen nach innen gequetscht wurden und die Krallen des Bären sich tief in sein Fleisch bohrten. Er schlug auf dem Boden auf, schaffte es gerade noch, sich abzurollen, um nicht erneut aufgespießt zu werden, und krabbelte über den Boden, um wieder auf die Beine zu kommen.

Er fasste sich an die Rippen, wobei seine Hand im Blut abrutschte, und schluckte die Galle hinunter, die ihm in die Kehle stieg. Seine Sicht schwankte und der Schmerz in seiner Seite drohte, ihm das Bewusstsein zu rauben. Noch nicht. Er konnte später, wenn er die Mutprobe gewonnen hatte, ohnmächtig werden.

Er taumelte humpelnd auf die Füße und blinzelte angestrengt, um seine Sicht zu klären. Tränen stiegen ihm in die Augen und er hatte Mühe, sich auf seinen Gegner zu konzentrieren.

Der Bär drehte sich mit ihm, schlug mit seinen Klauen nach ihm und knurrte ständig. Flint stolperte und duckte sich und wich irgendwie allen Schlägen aus. Er konnte die wachsende Frustration des Bären spüren, die mit jedem Fehlschlag noch größer wurde. Flint konzentrierte sich auf den Schmerz, der in seiner Seite brannte, während er jedem Schlag auswich und die Frustration mit jedem Hieb des Männchens weiter steigerte.

Bis der Bär seinen ersten Fehler machte.

Er ließ sich auf alle vier Pfoten fallen, um auf Flint loszustürmen.

Flint drückte sich mit seinem rechten Fuß kräftig ab und sprang nach vorn durch die Luft, um in der Hocke auf dem Rücken des riesigen Bären zu landen. Er krallte sich in sein braunes Fell – was dem Tier ein verärgertes Brummen entlockte – und kämpfte darum, ihn festzuhalten, während seine Hände in dem Blut ausrutschten, mit dem die Bestie bedeckt war. Der Bär drehte und schüttelte sich und versuchte, ihn wieder loszuwerden, aber diesmal klappte es nicht.

Flint zog sich an den Schultern des Bären hoch und grinste, als er seinen Hals erreichte, um den er beide Arme schlang und die Hände verschränkte. Mit aller Kraft drückte er seinen Arm gegen die Kehle des Bären, um ihn zu würgen. Der Bär bäumte sich noch einmal auf und kam in den Stand, woraufhin Flint seinen Griff mit den Armen verstärkte und seine Knie in die Seiten des Männchens presste, um sich zu verankern.

Der Bär knurrte und schlug nach links und dann nach rechts, aber Flint hielt sich fest und beugte seinen Körper nach hinten, um mehr Druck auf die Kehle des Männchens auszuüben. Seine Bewegungen wurden träger und sein Stöhnen leiser, als Flint fester zudrückte, wobei er seine Knie als Hebel einsetzte.

Flint keuchte, seine Muskeln zitterten und wurden unter seiner Haut geradezu flüssig, als seine Kraft genauso schnell schwand wie sein Blut, sodass er sich nicht sicher war, ob er es schaffen würde.

Doch dann schlug der Bär auf dem Boden auf und wandelte sich zurück, während Flint seinen Griff verlagerte, als er auf dem Mann landete. Er legte einen Arm an den Hinterkopf des Männchens, drückte ihn nach vorn, sodass seine Kehle auf die Armbeuge traf, und knurrte.

Der Mann wehrte sich, strampelte wild mit den Beinen und fuhr mit den Fingernägeln über Flints Arme, als er versuchte, sie von ihm loszureißen. Flint biss die Zähne zusammen und hielt jedem Hieb, jedem Lodern und jeder Qual stand, die ihm mehr Kraft raubte.

Als er kurz davor war, vor Anstrengung ohnmächtig zu werden, schlug der Mann schließlich seine Faust in den Boden und brummte drei kleine Worte.

»Ich geb auf.«

Flint ließ ihn sofort los und rollte sich von ihm herunter. Er landete auf dem Rücken im Dreck, die Arme an den Seiten ausgebreitet und den Bärenwandler neben sich auf der rechten Seite liegend. Er atmete schwer und starrte in den klaren blauen Himmel, während er darum kämpfte, den Schmerz zu unterdrücken und genug Kraft zu sammeln, um sich zu bewegen.

Der Bär war schneller auf den Beinen, auch wenn er ein wenig taumelte und schwankte.

Flint wehrte sich nicht gegen ihn, sondern packte sein Handgelenk und ließ sich von ihm auf die Beine ziehen.

»Du kämpfst wie ein verdammter Mistkerl.« Der Bär grinste ihn an.

»Das habe ich schon öfter gehört«, krächzte Flint und lächelte müde, während jeder Zentimeter von ihm brannte und seine Beine so schwach unter ihm waren, dass er nicht wusste, wie er noch stehen konnte. Er tätschelte die bärtige Wange des Mannes. »Halt dich verdammt noch mal von Cougar Creek fern. Verstanden?«

Das Männchen brummte nur und watschelte davon, wobei es eine Wunde am Arm festhielt.

Flint taumelte in die andere Richtung, zu seinen Brüdern.

Und zu Yasmin.

Sie stand an der Schwelle des Waldes, ihre

dunklen Augen weit aufgerissen. Er konnte die Angst in ihr spüren, jetzt, wo er seinen Sinnen freien Lauf ließ, um sicherzugehen, dass die Bären nicht auf die Idee kamen, sich an ihn heranzuschleichen.

Als er sie erreichte, wickelte Cobalt ihm eine Decke um die Schultern und schob darunter heimlich einen Arm um seinen Rücken – so, dass weder die Bären noch seine Puma-Konkurrenten es sehen konnten. Dafür würde er sich später bei seinem Bruder bedanken.

Es war wichtig, dass er nicht fiel.

Er konnte nicht zulassen, dass die Bären ihn schwach sahen – oder die männlichen Pumas, die ihn genau beobachteten und nach einer Schwäche in ihm suchten.

Die Männchen tauschten Blicke aus, die verrieten, dass sie nicht erfreut waren, dass er den Kampf überlebt hatte, und zogen gemeinsam in Richtung Wald davon. Rath und Ivy folgten ihnen zusammen mit Yasmin in einem gewissen Abstand. Sie warf ihm ab und zu einen Blick zu, während er mit Cobalt hinterherlief und gegen die Schmerzen ankämpfte, die ihn bei jedem Schritt durchzuckten.

Das Bärenrudel rückte in die Ferne.

Weiter vorn bückte sich Rath, um Flints Jogginghose und T-Shirt aufzusammeln, während die Puma-Männchen weitergingen – sie knurrten und brummten sich gegenseitig an und waren stinksauer, dass er überlebt hatte.

Kaum waren sie außer Sichtweite, gaben Flints Beine nach, seine Kraft verließ ihn, woraufhin er Cobalt fast mit sich in die Knie riss. Die Welt um ihn herum verschwamm in Grautönen, und seine Sicht trübte sich.

»Du verdammter Idiot«, schnauzte Yasmin, aber sie kam behutsam zu ihm und betrachtete seine Wunden mit einem kritischen und besorgten Blick. »Wir müssen dich zusammenflicken.«

Er hatte nicht die Kraft, sich gegen Cobalt zu wehren, als er ihn in seine Arme hievte und ihn wie eine verdammte Prinzessin durch die Gegend trug.

Alles sickerte aus ihm heraus, während er darum kämpfte, bei Bewusstsein zu bleiben.

Als die Dunkelheit aufstieg und ihn verschlang, hörte er Yasmin flüstern.

»Götter, ich kann ihn nicht verlieren.«

KAPITEL ELF

IN DEM MOMENT, in dem Flint in Cobalts Armen ohnmächtig wurde, bewegte sich Yasmin auf ihn zu, getrieben von dem Bedürfnis, sich um ihn zu kümmern, ihn vom Abgrund zurückzuholen und ihm bei der Heilung zu helfen. Ihm beim Kämpfen zusehen zu müssen, war eine schreckliche Erfahrung gewesen, die sie in jeder Sekunde zerrissen und mit dem Bedürfnis erfüllt hatte, den Wahnsinn zu beenden.

Sie hatte eingreifen und sich zwischen ihn und die Bestie, die versuchte, ihn zu töten, stellen wollen.

Genau wie sie erwartet hatte, war es kein fairer Kampf gewesen. Der Bär war drei- oder sogar viermal so groß wie Flint – ein brutales Wesen, das in jeder erdenklichen Hinsicht im Vorteil war und diesen Vorteil nutzen wollte, um ihren Puma zu erlegen.

Ihren Puma?

Götter, das spürte sie, als sie ihn ansah – zerschlagen und gebrochen, und sein keuchender Atem verriet ihr, was sie durch ihre Kräfte bereits in ihm spüren konnte. Er hatte sich mehr als eine Rippe gebrochen, und die Einstichwunden in seiner Seite waren tief. Es bestand die Möglichkeit, dass seine Lunge beschädigt worden war, und sie war sich nicht sicher, ob sie den Gedanken daran ertragen konnte, wenn das der Fall sein würde.

Alles nur wegen ihr.

Weil sie närrischerweise in etwas eingewilligt hatte, ohne zu wissen, was es bedeutete.

»Gib ihn mir.« Sie streckte Cobalt ihre Arme entgegen und der Blonde sah sie an, als wäre sie verrückt geworden. »Ich komm schon mit ihm klar.«

Cobalt warf einen Blick auf Rath, der daraufhin nickte.

Er legte Flint in ihre Arme, und sie zitterte, als sie ihn festhielt, nicht weil sein Gewicht für sie eine Belastung war, sondern weil sie so nah alle Wunden sehen und *spüren* konnte. Sie hallten in ihrem Körper wider und führten sie zu den Stellen, an denen er am schlimmsten verletzt war.

Sein linkes Bein. Sein Rücken. Seine Brust. Die Wunden auf seiner linken Seite.

Leichtsinniger Puma.

Sie zwang ihren Blick nach oben zu Cobalt und dann zu Rath. »Keine Panik. Kommt zu seiner Hütte.«

Sie schloss die Augen und konzentrierte sich auf

diesen Ort, auf das Loft, das sie gesehen hatte, und teleportierte sich.

Als sie landete, gaben ihre Beine nach und die Anstrengung einer Kraft, die sie nur selten einsetzte, ließ sie in die Knie gehen. Sie drückte Flint an sich, um ihn nicht zu verletzen, als ihre Knie mit voller Wucht auf die Holzdielen trafen, und wartete, bis der Schmerz nachließ, bevor sie sich wieder auf die Füße hievte.

Das Schlafzimmer war eng, das Doppelbett stand direkt unter dem dreieckigen Dach und ließ nur wenig Platz auf beiden Seiten. Vielleicht wäre das Wohnzimmer der bessere Ort für ihn gewesen, aber sie wollte, dass er es bequem hatte, während er sich erholte.

Sie legte ihn auf die dunklen Decken am Ende des Bettes, und zwar so, dass er am Rand des Bettes lag. Sein Kopf war nach rechts geneigt, sodass sie seine linke Seite leicht erreichen konnte. Durch das rechteckige Fenster über dem Kopfende des Bettes drang Licht ein, aber es reichte nicht aus, um klar zu sehen. Sie schaute sich um und entdeckte eine Lampe, die am mittleren Balken der Dachschräge befestigt war, und einen Schalter, der daran baumelte. Sie zog an der Schnur und zuckte zusammen, als das grelle Licht anging.

Ein Seufzer entglitt ihren Lippen, als sie auf Flint hinunterblickte, der ausgestreckt auf seinem Bett lag.

Ein furchtbares Häuflein Elend.

Blut sickerte aus den Wunden an seiner Seite und seine Atmung verschlechterte sich.

Die Sachen, die sie als Geschenk für Rath mitgebracht hatte, reichten nicht aus.

Sie sammelte ihre Kräfte, teleportierte sich erneut und landete mit einem Stolpern in einem der Lagerräume des Krankenhauses, in dem sie arbeitete. Die Regale waren voll mit Kartons, einige offen, andere noch versiegelt. Sie schnappte sich einen großen Karton mit Kreppbandagen, leerte ihn aus und arbeitete sich durch den Raum, wobei sie sich stützend an den Regalen festhielt und mit den Händen daran entlangfuhr, wann immer sie sich bewegte. Als der Karton mit allem gefüllt war, was sie zu brauchen glaubte, und mit einigen Dingen, die sie wahrscheinlich nicht brauchte, konzentrierte sie sich wieder und teleportierte sich zurück zu Flint.

Rath stand an seiner Seite und schaute auf ihn herab, wobei in seinen graugoldenen Augen Besorgnis aufleuchtete. Er schaute sie an und dann wieder zu seinem Bruder.

»Du kannst ihn doch in Ordnung bringen, nicht wahr?«, murmelte er, wobei seiner sonst so befehlsgewohnten tiefen Stimme die Kraft fehlte.

Yasmin stellte den Karton auf dem Bett ab und legte ihre Hand auf seine Schulter, damit er sie ansah. »Ja, das kann ich.«

Sie schaute sich in dem engen Raum um.

»Wo ist Cobalt?« Sie hatte gedacht, dass er auch

bei seinem Bruder sein würde, aber sie konnte ihn nirgends in ihrer Nähe spüren. Oder Ivy.

»Er hat Ivy nach Hause gebracht. Er kümmert sich um sie. Es ist besser, wenn er nicht in der Nähe ist.« Diese letzten paar Worte hatten etwas Unheilvolles an sich – eine Warnung, dass sie nicht nachfragen sollte.

Cobalt hatte bei Flints Kämpfen ganz locker gewirkt, aber manchmal hatte sie etwas in ihm gespürt.

Etwas Dunkles.

Rath durchstöberte den Karton, den sie mitgebracht hatte, mit angespanntem, aber dennoch verlorenem Gesichtsausdruck, während er die Sachen hin und her schob. Er war irgendwie distanziert. Er suchte nach nichts, er arbeitete auf Autopilot, da die Sorge um seinen Bruder seine Konzentration raubte. Sanft nahm sie ihm den Karton ab und schenkte ihm ein kleines Lächeln, als er seinen Blick zu ihr hob.

Seine Augen huschten zwischen den ihren hin und her und sie spürte, dass er etwas brauchte, das ihm einen Sinn gab, etwas, mit dem er seinem Bruder helfen konnte.

Yasmin breitete den Inhalt sorgfältig auf dem Boden aus, damit er ihn ihr geben konnte, wenn sie ihn brauchte. Sie holte ein paar Mal tief Luft, um sich zu beruhigen, während sie Flint begutachtete und seine Vorderseite abtastete, um alle Wunden zu erfassen, die ihre Aufmerksamkeit erfordern würden.

Sie warf einen Blick auf Rath. »Kannst du mir etwas Wasser und ein sauberes Tuch holen?«

Er nickte und machte sich sofort an die Arbeit, die sie ihm aufgetragen hatte, wobei er direkt die Treppen nach unten nahm.

Flints Atmung verschlechterte sich.

»Nein ... nein ... nein.« Sie ließ sich neben ihm auf die Knie fallen und drückte ihr Ohr an seine Brust, da sie mit ihrem empfindlichen Gehör mehr wahrnehmen konnte, als ein Stethoskop es könnte. Das war nicht gut. »Verdammt noch mal.«

»Was ist los?« Rath donnerte die Treppe hinauf und verschüttete überall Wasser, während er sich abmühte, den Krug ruhig zu halten.

Seine wildgewordenen grauen Augen landeten auf ihr, als sie zu den Sachen ging, die sie gestohlen hatte, und nach dem suchte, was sie brauchte.

»Er hat Luft in der Brust.« Sie versuchte, ruhig zu bleiben, aber ihre Hände zitterten, als sie einen Katheter aufsammelte und zurück zu Flint eilte. »Seine Lunge kollabiert.«

Das scharfe, keuchende Geräusch, mit dem Flint versuchte zu atmen, erschütterte sie.

Fast hätte sie die Verpackung fallen lassen.

So konnte sie nichts für ihn tun. So schnell sie auch arbeiten musste, sie würde alles nur vermasseln, wenn sie sich nicht eine Sekunde Zeit nahm. Sie schloss ihre Augen und atmete. Einmal. Zweimal. Konzentrierte sich.

Als ihre Hände aufhörten zu zittern, öffnete sie die Augen und machte sich daran, die Packung aufzureißen und die Nadel zu entnehmen. Sie kniete sich neben Flint und drückte ihre Finger auf die linke Seite seiner Brust unterhalb des Schlüsselbeins, fand seine Rippen und folgte ihnen nach unten zu der Stelle, die sie suchte.

Sie hörte praktisch, wie Rath zusammenzuckte, als sie die lange Nadel des Katheters einführte und Luft blubbernd und zischend aus dem Plastikende strömte. Flints Atmung verbesserte sich sofort, war aber immer noch pfeifend und in ihren Ohren rasselnd.

»Verdammte Scheiße«, murmelte Rath. »Ich glaube, ich brauche frische Luft.«

»Du rührst dich nicht vom Fleck«, schnauzte sie, bevor er sich bewegen konnte, und wedelte mit der freien Hand hinter ihr herum. »Gib mir das Klebeband.«

Sie hörte, wie er etwas umstellte, und dann merkte sie, wie er ihr einen Gegenstand in die Hand drückte.

»Halt das mal.« Sie schaute von ihm zu der Nadel, die aus der Brust seines Bruders ragte.

Er wurde kreidebleich, hockte sich aber zu ihrer Rechten hin und nahm vorsichtig den Katheter in die Hand.

Yasmin riss zwei Streifen Klebeband ab und befestigte die Nadel damit, sodass sie aufrecht blieb und die Luft weiterhin aus Flints Brust entweichen konnte. Sie legte die Klebebandrolle auf das Bett neben ihm und tastete seine Seite ab, wobei ihr die Augen zufielen, während sie ihre Kräfte nutzte, um ihn zu untersuchen. Seine Lunge war durchbohrt. Sie konzentrierte sich darauf und setzte nur einen kleinen Teil ihrer Kräfte ein, um die Heilung zu unterstützen – aber wirklich nur so viel, dass sein eigener Heilungsprozess beschleunigt wurde.

Mehr als das konnte sie nicht riskieren.

Es war zu gefährlich für sie.

Sie entfernte sich von den Materialien, griff nach etwas und verweilte kurz mit der Hand über einer Bandage. Die Verwendung von Gerinnungsmitteln bei Wandlern war aufgrund ihrer Physiologie riskant. Ihre Körper waren verhältnismäßig flüssig – was sie auch sein mussten, um ihre Gestalt zu ändern – und daher konnte die Anwendung solcher Mittel bei ihnen zu Problemen führen. Sie hinderten die Adern oder das Gewebe daran, sich zu bewegen oder sich wie nötig zu transformieren.

Aber Flint würde sich in nächster Zeit nicht wandeln.

Dafür würde sie auf jeden Fall sorgen.

Sie schnappte sich die hämostatischen Verbände und ging zurück zu ihm. »Wisch das Blut weg.«

Rath hielt immer noch den Katheter in der Hand. Vielleicht hätte sie ihm klarmachen sollen, dass er den loslassen und sich entspannen konnte. Seine grauen Augen wanderten von Flint zu ihr und ein Flackern von Angst blitzte in ihnen auf, als er sie anstarrte. Götter, sie brauchte auch einen Moment, um das alles zu verarbeiten, aber das musste warten, bis Flint aus dem Schlimmsten heraus war.

»Rath, kannst du bitte das Blut abwischen?« Sie sprach sanft und er blinzelte, als hätte sie ihn gerade aus einer Art Trance geweckt.

Er nickte und machte sich an die Arbeit. Mit dem Tuch und dem Wasser, das er mitgebracht hatte, wischte er vorsichtig die Wunden in Flints linker Seite ab. Während er die Stelle trocknete, bereitete Yasmin den Verband vor. Gerade als er fertig war und das Blut schon wieder an die Oberfläche kriechen wollte, brachte sie das erste Pflaster an und schaffte es, zwei der Einstiche damit zu bedecken. Sie bereitete einen zweiten Verband vor – während Rath das Blut von den übrigen Wunden aufwischte – und legte ihn in der Sekunde darüber, in der er seine Hand wegzog.

»Damit kann er sich nicht wandeln.« Sie schaute zu Rath hinüber, um zu sehen, ob er verstand. »Es ist ein Gerinnungsmittel. Ich bin mir nicht sicher, was dann passieren wird.«

»Ich werde ihn an die kurze Leine nehmen«, sagte Rath, nickte und betrachtete seinen Bruder. Seine Miene wurde wieder düster, als er eine Hand hob und Flints schwarze Haare sanft aus seiner feuchten Stirn strich. »Ich glaube allerdings nicht, dass er so bald wieder aufstehen wird.«

Sie nahm ihm den Lappen ab und säuberte die langen Fleischwunden auf Flints Brust. »Wie viele Tage haben wir?«

Rath sah sie wieder an.

Sie blickte ihn kurz an und entfernte sich dann, um ein Nähset und eine Schachtel mit Klammerpflastern zu holen. »Bis zur ersten Herausforderung. Wird er Zeit haben, sich zu erholen?«

Rath knurrte. »Dafür werde ich schon sorgen. Normalerweise hat man nur einen Tag Zeit, aber ich werde dafür sorgen, dass es zwei sind.«

Zwei Tage erschienen ihr nicht genug. Flints Heilungsprozess musste beschleunigt werden, um sicherzustellen, dass er in der Lage war, den Wettkampf zu bestehen. Sie zögerte, während sie ihn ansah, und schüttelte diesen Gedanken dann aber wieder ab. Er konnte sich auch ohne ihre Hilfe heilen. Alle Wandler-Arten heilten schnell. Sie musste ihn nur zusammenflicken und sein Körper würde sich um den Rest kümmern.

»Halte das zusammen, während ich die Pflaster anbringe.« Sie drückte die beiden Seiten der ersten Wunde zusammen – eine Wunde, die sich von Flints linker Schulter bis zu seiner rechten Hüfte erstreckte.

Rath tat pflichtbewusst, worum sie ihn gebeten hatte, und sie legte alle paar Zentimeter ein Klammerpflaster an. Sie würde die Wunden nähen, sobald sie sie alle grob verschlossen hatte. Auch die Wunden auf seinem Rücken.

Als sie mit seiner Vorderseite fertig war, ließ sie ihre Hände vorsichtig unter seine Hüfte gleiten und sah Rath an. »Kannst du ihn vorsichtig auf seine rechte Seite drehen?«

Er nickte und ergriff die Schulter seines Bruders. Gemeinsam rollten sie ihn, wobei sie darauf achteten, den Katheter in seiner Brust nicht zu verschieben. Rath hielt Flint fest, während sie die Klammerpflaster in regelmäßigen Abständen entlang der Krallenspuren auf seinem Rücken anbrachte und dann die langen Wunden so sorgfältig nähte, wie es ihr möglich war.

Sie schaute zu Rath, als sie Flints Hüften wieder ergriff, woraufhin sie ihn vorsichtig auf den Rücken legten.

Yasmin untersuchte ihn erneut. Die kleineren Wunden an seinen Beinen und Armen waren bereits verheilt, und für den Bruch seines Schienbeins konnte sie nicht viel tun, außer es zu schienen. Sie legte ihre Hand darauf, ließ ihre Kraft in ihn fließen und spürte den Bruch. Er war bereits am Heilen. Solange er ihn einen Tag lang nicht belastete, würde er problemlos zusammenwachsen.

Sie machte sich wieder an seine Brust und öffnete ein weiteres Nähset. Mit dem schwarzen Faden und der gebogenen Nadel schloss sie die Wunden, auf die sie mit Raths Hilfe die Klammerpflaster geklebt hatte. Er beobachtete sie bei ihrer Arbeit, wobei sein Blick zwischen ihren Händen und dem Gesicht seines Bruders hin und her pendelte. Er wurde unruhig, als sie die zweite Wunde nähte – eine besonders hässliche Wunde, die so tief ging, dass an einigen Stellen Knochen zu sehen waren. Yasmin schaute Rath an.

»Könntest du mir ein Glas Wasser holen?« Sie lächelte ihm sanft zu.

Schnell machte er sich wieder ans Werk, stand auf und verschwand die Treppe hinunter. Sie hörte, wie er sich unten bewegte, und betrachtete Flint. Seine Atmung war jetzt fast wieder normal, gleichmäßig und stark, und aus dem Katheter trat keine Luft mehr aus.

Rath kam zurück und stellte das Glas neben ihr ab, woraufhin sie ihm mit einem weiteren Lächeln dankte.

»Möchtest du noch eine Aufgabe?« Das brauchte sie ihn nicht zweimal zu fragen. Er nickte. Sie deutete mit ihrem Kinn in Richtung der Nadel, die aus der Brust seines Bruders ragte. »Du kannst sie jetzt entfernen. Mach es langsam. Sie ist lang, und sein Körper heilt vielleicht schon um sie herum.«

Er wurde wieder bleich, fing aber an das Klebeband zu entfernen und zog dann mit einer angewiderten Grimasse die Nadel aus der Brust. »Du musst mir beibringen, wie man diesen Eingriff vornimmt, nur für den Fall, dass ich ihn in Zukunft durchführen muss.«

»Wir können es an ihm üben, wenn er aufwacht. Bestrafung, weil er uns beiden so viel Angst gemacht hat.« Sie schenkte Rath ein weiteres sanftes Lächeln und sprach weiter, während er die Nadel herauszog. Sie spürte, dass er reden musste, um sich auf etwas anderes zu konzentrieren als auf das, was seine Hände taten. »Ich werde dir auch beibringen, wie man sauber näht, und alles, was du sonst noch lernen musst. Vielleicht lasse ich sogar Flint beim Unterricht dabei sein.«

Raths Mundwinkel zuckten daraufhin. »Normalerweise ist Flint derjenige, der medizinische Hilfe *braucht* ... aber ich glaube, das würde ihm gefallen.«

Sie wusste, dass es ihm gefallen würde. Und ihr würde es auch gefallen. Sie wollte sicher sein, dass Flint auf sich selbst aufpassen konnte.

Rath klebte ein kleines gefaltetes Stück Mull über die Stelle, an der die Nadel gewesen war, und Yasmin nähte die Wunde zu Ende und machte mit der nächsten weiter. Die letzte.

Sie hielt inne und strich sich mit der Hand über die Stirn, um die Schweißperlen zu entfernen. Rath bot ihr das Glas Wasser an, und sie beugte sich zu ihm hinüber und nippte daran, während er es für sie neigte, bevor sie nickte, als sie genug getrunken hatte.

Er nahm das Glas weg und seufzte, als er Flint ansah. »Leichtsinniger Idiot.«

Das waren genau ihre Gedanken.

Rath stieß einen weiteren langen, tiefen Seufzer aus und strich seinem Bruder die wilden Strähnen seiner Haare aus dem aschfahlen Gesicht. »Er ist schon immer so gewesen. Seitdem wir unsere Eltern verloren haben.«

»Weil ihm damals nicht erlaubt wurde, zu kämpfen.« Sie wandte ihren Blick nicht von ihrer Arbeit ab, als Rath sie anschaute. Sie spürte seine Überraschung und erkannte, dass Flint ihr ähnlicher war, als sie gedacht hatte – er erzählte selten jemandem, was ihm damals passiert war. Bevor Rath seinen Schock äußern konnte, fuhr sie mit Blick auf Flints Gesicht fort, während sie sprach. »Wir haben unsere Bande mit rührseligen Geschichten am Fluss geknüpft – nachdem Jey verwundet worden ist. Zu dem Zeitpunkt war mir nicht klar, dass das so eine große Sache für ihn war.«

Auch für sie war es eine große Sache gewesen. Normalerweise tat sie ihr Bestes, um sich von allen fernzuhalten, denn sie hatte ihre Lektion aus der Vergangenheit gelernt. Ihr unsterbliches Blut bedeutete, dass sie jeden überlebte, den sie jemals geliebt hatte. Ivy war die erste Freundin, bei der sie sich seit Jahrzehnten getraut hatte.

Flint war jedoch mehr als das.

Er könnte der erste Mann in ihrem Leben sein, in den sie sich zu verlieben wagte.

Sie konnte sich nie dazu durchringen, sich auf One-Night-Stands einzulassen. Sie sehnte sich nach etwas Langfristigem mit einem Mann. Etwas so Schönem, wie es ihre Mutter und ihr Vater geteilt hatten, aber sie verließ den Mann immer dann, wenn es zu ernst wurde. Wenn sie Gefahr lief, sich in ihn zu verlieben … wenn die Angst sie übermannte.

Diesmal wollte sie jedoch nicht weglaufen. Sie wollte sich ihren Ängsten stellen.

Götter, sie hatte solche Angst, dass es den möglichen

Schmerz nicht wert sein würde. Dass es die Qual, zurückgewiesen zu werden, nicht wert sein würde oder dass die Dinge zwischen ihnen nicht funktionieren würden.

Aber ein Blick auf ihn und sie wollte den Sprung wagen.

Sie wollte glauben, dass er sich auch in sie verliebte und dass ihr Traum von einer Liebe, die so schön und beständig war wie die ihrer Eltern, in Erfüllung gehen würde.

»Ja«, sagte Rath leise und schlich sich in ihre Gedanken, um sie zu dem zurückzubringen, worüber sie gesprochen hatten. »Er war noch ein Kind. Wir konnten ihn nicht kämpfen lassen. Ich glaube, das hat ihn ein wenig gebrochen. Er hat sich verändert, hat bei jeder Gelegenheit seinen verdammten Hals riskiert … hat sich wegen jeder Kleinigkeit mit jedem geprügelt.«

Weil er seiner Familie beweisen wollte, dass er stark war.

Weil er es sich selbst beweisen wollte.

Und jetzt wollte er es auch ihr beweisen.

Aber er brauchte ihr gar nichts zu beweisen.

Sie konnte seine Stärke sehen, und sie konnte sehen, woher sie kam – und zwar nicht aus seinem Körper. Sondern aus seinem Herzen.

In dieser Hinsicht war er ihr so ähnlich.

Er liebte von ganzem Herzen, wenn er es sich erlaubte. So intensiv, dass es sich wie eine Schwäche anfühlte, die ihm Angst machte und ihn dazu brachte,

Beziehungen zu meiden und ein Leben als Single zu führen, in dem er mit niemandem eine Bindung eingehen musste.

Ein Leben, in dem er sich stark fühlte, weil sein Herz leer war.

Ihr Herz war vor Ivy auch leer gewesen. Ivy hatte es ein wenig gefüllt, und Yasmin hatte Angst davor, dass all ihre alten Zweifel und Ängste zurückkehren würden. Aber Ivy war nicht nur eine Schwäche, weil Yasmin sie liebte. Sie war auch eine Quelle der Stärke für Yasmin.

Das Herz, das durch Ivy ein wenig gefüllt worden war, wurde von Tag zu Tag voller.

Dank Flint.

Sie versorgte seine Wunden und säuberte sie sorgfältig. Dabei war sie so tief in ihren Gedanken versunken, dass sie nicht bemerkte, dass Rath sich bewegt hatte, bis er ihre Schulter berührte und sie sanft schüttelte.

Sie blickte zu ihm auf.

»Ich muss nach Ivy und Cobalt sehen. Kommst du zurecht?« Raths sanftes Lächeln wärmte sie, aber die Kälte kam schnell zurück, als die Müdigkeit sie übermannte und sie durch das Fenster sah, dass es bereits dunkel war.

»Ich sage dir Bescheid, wenn ich dich brauche.« Sie versuchte, einen Blick auf ihn zu werfen, aber er blieb an Flint hängen.

Rath drückte ihr die Schulter. »Versuch, dich auszuruhen.«

Sie nickte abwesend.

Als es in der Hütte bis auf das leise Atmen von Flint still war, sackte sie nach vorn und ihre Kraft verließ sie, als alles, was passiert war, plötzlich über sie hereinbrach und sie mitzureißen drohte.

Sie starrte Flint an.

Idiot.

Sie konnte nicht glauben, dass er für sie gegen einen Bären gekämpft hatte.

Dass er für sie verletzt und fast in den Tod getrieben worden war.

Ein Gefühl der Benommenheit durchfuhr sie, als ihr dieser Gedanke kam.

Das war alles ihre Schuld.

Und sie war sich sicher, dass der Rest des Hofierens genauso gefährlich sein würde.

Yasmin rutschte näher an Flints Seite heran und musterte ihn, wobei sie ihre dunklen Augenbrauen runzelte. Verdammter Idiot. Er war ein Häufchen Elend, seine Haut war blass und farblos, und seine Arme, seine Brust und sein Bauch waren mit Blutergüssen übersät. Am schwärzesten waren sie auf der linken Seite seiner Rippen – so dunkel, dass sie befürchtete, seine Lunge sei noch immer beschädigt.

Sie legte eine Hand auf seine klamme Stirn und die andere auf seine Brust und konzentrierte sich auf ihn, während ihr die Augen zufielen.

Seiner Lunge ging es jetzt gut, sie funktionierte einwandfrei und das Gerinnungsmittel hatte seine Arbeit getan und die Blutung gestoppt. Er heilte, aber er hatte immer noch Schmerzen.

Sie öffnete die Augen und betrachtete sein Gesicht – die markanten Wangen und Brauen, den kräftigen Kiefer, die gerade Nase, die vollen Lippen und die langen, dunklen Wimpern auf der blassen Haut.

Der Gedanke, dass er litt, zerrte an ihr und sie wehrte sich gegen den Drang, der in ihr aufstieg. Das konnte sie nicht. Es war zu gefährlich. Sie hatte bereits ein wenig von ihren Kräften auf ihn angewandt. Das würde ausreichen, um ihn zu heilen. Er würde sich vollständig erholen.

Würde er das?

Erneut stieg die Angst auf und flüsterte, dass er es nicht schaffen würde, dass alles, was sie für ihn getan hatte, nicht genug sein würde. Sie musste sicherstellen, dass er die Nacht überleben und sich erholen würde. Sie musste dafür sorgen, dass es ihm wieder gut ging. Der Gedanke, dass er Schmerzen hatte und leiden musste, weil sie sich gedrückt hatte, war unerträglich.

Sie konnte die Vorstellung, dass er sterben könnte, nicht verkraften.

Bevor sie richtig darüber nachdenken konnte, was sie tat, durchflutete sie ihn mit ihrer Kraft, um ihn schneller heilen zu lassen.

Sie bewies, dass sie genauso leichtsinnig war wie er.

Aber sie spürte, wie seine kleineren Wunden wieder zusammenwuchsen, wie die Fleischwunden auf seinem Rücken und seiner Vorderseite zu heilen begannen und wie seine Lunge wieder vollkommen genesen war.

Sie spürte, wie sein Schmerz nachließ und verschwand.

Und bei allen Göttern, das war es wert.

Sie zitterte, als sie sich noch ein wenig fester an ihn lehnte, ihr Kopf fühlte sich schwer an, während die Kälte sie durchfuhr und der Schmerz in ihren Gliedern aufblühte.

Yasmin löste die Verbindung zwischen ihnen und ließ sich an ihn sinken, während ihr Kopf von Sekunde zu Sekunde benebelter wurde. Sie kämpfte gegen das Bedürfnis zu schlafen, wehrte sich vehement dagegen, denn sie musste wach bleiben, falls er sie brauchte.

Am Ende war der Drang zu stark und übermannte sie.

Sie ließ ihren Kopf neben ihm auf dem Bett ruhen und überließ sich dem Schlaf, während sie ihn beobachtete. Ihre Hand ruhte auf seinem Arm, ihr Kopf war erfüllt von der beruhigenden Gleichmäßigkeit seines Atems.

Ihr leichtsinniger Puma.

KAPITEL ZWÖLF

ALLES TAT WEH, aber das Pochen in Flints Kopf und das Engegefühl in der linken Seite seines Oberkörpers übertönten die anhaltenden Schmerzen im Rest seines Körpers. Er hielt die Augen geschlossen und wartete darauf, dass sich seine Sinne wieder meldeten. Sie waren dumpf, als sie es taten, und er fühlte nur träge etwas anderes als das brennende Leiden seiner Verletzungen. Er atmete durch den Schmerz und schaltete ihn methodisch aus, bis nur noch sein Kopf, seine Rippen und eine Stelle an seiner linken Brust brannten.

Der Rest von ihm fühlte sich kalt an.

Nein, das stimmte nicht.

Sein linker Arm war warm.

Er öffnete langsam die Augen, zog eine Grimasse, als seine Wimpern zusammenklebten, und hob vorsichtig die rechte Hand, um sie zu reiben. Als er klar sehen konnte, blickte er nach unten zu seiner Linken …

Und wurde hart in der schmerzenden Brust getroffen, als er Yasmin sah, wie sie über dem Bett hing, ihren Kopf auf seinem linken Arm ruhend, und ihre schlanke Hand seinen Bizeps umklammerte, während sie schlummerte. Sie war blasser als vorher, und er entdeckte dunkle Schatten unter ihren Augen, von denen er wusste, dass sie nicht von ihren Wimpern stammten.

Sie stammten von ihm.

Er musterte sich selbst, wobei er sich so ruhig wie möglich bewegte, um sich nicht zu verletzen oder sie zu wecken, und katalogisierte alle Verletzungen, die sie für ihn versorgt hatte. Die langen Hiebe auf seiner Brust waren sauber genäht, und er wettete, dass die Wunden auf seinem Rücken genauso sorgfältig und liebevoll behandelt worden waren. Er konnte trotz des Schlags, den er in seine Rippen bekommen hatte, leicht atmen. Außerdem war er sich sicher, dass der Grund, warum ihn ihre schwarzen Haare an einer Stelle seiner nackten Seite nicht kitzelten, darin lag, dass die Bisswunden dort mit Verbänden bedeckt waren.

Flint betrachtete stirnrunzelnd das grob abgeklebte Stück Mull auf seinem linken Brustkorb. Was war da denn bitte passiert?

Er konnte sich nicht daran erinnern, dort eine Verletzung gehabt zu haben, und er war sich sicher, dass Yasmin sich darum gekümmert hätte, wenn er dort verwundet worden wäre. Er bezweifelte, dass das knittrige Klebeband und das ausgefranste Stück Stoff Yasmins Werk gewesen war. Rath hatte ihr wahrscheinlich geholfen. Sein Bruder brauchte diese Unterrichtsstunden, die Yasmin angeboten hatte, wirklich sehr.

Er runzelte die Stirn, betrachtete seine Brust und dann seine Seite und sah dann Yasmin an.

Er war sich jedoch sicher, dass sein jetziger Zustand nicht nur auf das Training zurückzuführen war. Jetzt, wo er die Müdigkeit abgeschüttelt hatte, konnte er sich selbst deutlicher spüren, und alle Verletzungen, die ihm eigentlich tiefe Schmerzen bereiten sollten, waren nur noch ein unangenehmes Ziehen. Selbst die Einstichwunden in seiner Seite pochten kaum noch.

Er konnte sich nur zwei Gründe vorstellen, warum er sich so schnell erholte.

Entweder hatte er ein paar Tage lang geschlafen und genug Zeit gehabt, damit sein Körper das gebrochene Bein und die gebrochenen Rippen heilen konnte.

Oder Yasmin hatte etwas mit ihm gemacht.

Etwas, das über das Zusammenflicken seiner Wunden hinausging.

Er beobachtete sie, sein Schädel fühlte sich an, als würde er sein Gehirn zerquetschen, während er sich konzentrierte, und sein Herz klopfte heftig, als er etwas fühlte.

Er fühlte sich mit ihr verbunden.

Weil sie ihre Macht für ihn eingesetzt hatte, oder weil sie ihm etwas bedeutete?

Ihre dunklen Augenbrauen zogen sich zusammen und entspannten sich dann, bevor sie die Nase rümpfte. Er beruhigte seinen Atem und wartete darauf, dass sie wieder einschlief, denn er war noch nicht bereit, sie zu wecken, zu sehr genoss er das Gefühl, sie an sich zu haben.

Doch sie regte sich, öffnete verschlafen die Augen und starrte ihn dann unverwandt an. Sie war müde. Er konnte es an ihren dunklen Augenringen sehen. Und er konnte es in ihr *spüren*.

Ein kleines Runzeln legte ihre Stirn in Falten.

Ihr Blick klärte sich und plötzlich setzte sie sich auf, während sie ihre schwarzen Haare auf eine Art und Weise glättete, die ihm die Unbeholfenheit vor Augen führte, die er in ihr spürte. Es brauchte ihr nicht peinlich zu sein, dass sie auf ihm eingeschlafen war. Er mochte es. Er wollte es wieder spüren. Nur beim nächsten Mal wollte er sie in seinen Armen halten, während sie schlummerte.

»Wie geht es dir?« Ihre Stimme war leicht – ein Sonnenschein, der seine müde Seele in Wärme tauchte und den letzten Schmerz verschwinden ließ, während er sich auf sie konzentrierte.

»Willst du das als meine Ärztin wissen oder als

jemand anderes?« War es zu früh, sie zu necken? Er mochte es, wie sie manchmal errötete, wenn er es tat, und er wollte diesen Hauch von Farbe auf ihren zu blassen Wangen sehen.

Ihre Abwehr schoss in die Höhe. »Als deine Ärztin natürlich.«

Verdammt.

Er riss seinen Blick von ihr los und richtete ihn auf die schräge Holzdecke, um ihr einen Moment Zeit zu geben, damit sie sich wieder entspannen konnte. Er hatte schnell gemerkt, dass sie sich oft abschottete, wenn er sie etwas zu intensiv anstarrte, und er wollte heute nicht ihre Kaltfront zu spüren bekommen. Heute wollte er die warme Frau, die auf seinem Arm schlief und sich an ihn klammerte, als hätte sie Angst, ihn zu verlieren.

Er erinnerte sich an ihre Worte, die sie gesagt hatte, als er ohnmächtig geworden war.

Sie konnte ihn nicht verlieren.

Sie hatte so ängstlich geklungen, so panisch, und er wollte sich dafür entschuldigen, dass er sie so beunruhigt hatte, aber sie würde sich nur noch mehr abkapseln, wenn er zeigte, dass er sie gehört hatte.

»Ich fühle mich … anders.« Er schürzte die Lippen, während er stirnrunzelnd an die Decke starrte, und ließ dann seinen Blick zu ihr gleiten. »Hast du irgendwas gemacht?«

Ihre dunklen Augen weiteten sich wie die eines Rehs im Scheinwerferlicht und er erwartete, dass sie lügen würde, um sich zu schützen und so tun würde, als ob er ihr egal wäre.

»Ich habe ein wenig von meiner Kraft benutzt, um dich zu heilen.«

Er hatte so sehr mit einer Lüge gerechnet, dass es ihn schockierte, als er hörte, dass sie ihm die Wahrheit sagte, sodass er den Kopf drehen und sie anschauen musste.

Sie wandte ihren Blick ab und untersuchte seine Wunden auf eine Art und Weise, die deutlich machte, dass sie ihm aus dem Weg ging. Er lächelte darüber und über den Hauch von Farbe auf ihren Wangen.

Sie hatte ein wenig von ihrer Kraft eingesetzt, um ihn zu heilen.

Flint hatte das Gefühl, dass sie mehr getan hatte, als ihn zu heilen, denn er konnte sie deutlicher spüren als zuvor – als ob sie miteinander verbunden wären.

»Wie funktioniert deine Kraft?« Er musterte ihr Gesicht, während sie seinem Blick beharrlich auswich. Ihre Finger waren flink und ließen Funken von Elektrizität und Feuer über seine Haut jagen, während sie an den Nähten auf seiner Brust entlang tanzten.

»Ich vermeide es, sie bei anderen anzuwenden. Meistens ist es besser, bei der Medizin zu bleiben.« Sie schaute ihn endlich an. »Um keinen Verdacht zu erregen.«

Er bezweifelte, dass das der einzige Grund war. Aus seiner Sicht sah es so aus, als ob sie es aus anderen

Gründen vermied, sie bei Leuten anzuwenden – Gründe, die sie ihm nicht verraten wollte.

»Aber du benutzt deine Kraft dennoch?« Sein Blick schweifte über ihr Gesicht und sein Geist blieb an ihrem zittrigen Herzschlag hängen, um ihn zu überwachen.

Er geriet ein wenig ins Stocken, pendelte sich dann aber wieder auf ein gleichmäßiges Tempo ein, als sie sich an seiner Seite umsah. »Ich benutze sie, um die Wirkung von Medikamenten oder anderen Mitteln zu verstärken, wenn ich das Gefühl habe, dass ein Patient in Gefahr ist.«

»Also ... gibst du deine Kraft normalerweise in Gegenstände, nicht direkt in Menschen.«

Sie nickte.

»Hast du deine Kraft jemals direkt bei einem Patienten eingesetzt?« Er konzentrierte sich stärker auf sie, als ihre Finger bei der Arbeit innehielten und sie komplett erstarrte.

Sie schüttelte kurz den Kopf und flüsterte dann: »Vielleicht ein bisschen von Zeit zu Zeit ... aber immer nur ein bisschen.«

Hatte sie bei ihm mehr als nur ein bisschen benutzt?

Er wollte sie fragen, aber er wollte nicht, dass sie ihn verließ – und sie würde bestimmt ausrasten und abhauen, wenn er sie zu sehr bedrängte. Er konnte es in ihren Augen sehen, die so unruhig wurden wie ihr Herzschlag.

»Warum nur ein bisschen?« War das zu viel Druck? Er hoffte es nicht.

Sie schaute ihn an. »Ich weiß es nicht.«

Aber sie wusste es sehr wohl. Der Schatten in ihren Augen, der Hauch von Misstrauen, der sie färbte, als sie sich ihm zuwandte, verriet, dass sie wusste, warum sie ihre Kräfte nie bei anderen einsetzte, aber sie wollte es ihm nicht sagen. Das weckte in ihm nur noch mehr den Wunsch, es zu erfahren.

»Hast du irgendwelche Schmerzen?« Die Art und Weise, wie sie das fragte, sagte ihm, dass sie nicht mehr über ihre Kräfte sprechen wollte, oder darüber, wie viel sie bei ihm eingesetzt hatte, oder was das mit ihm gemacht haben könnte.

Verdammt, es war schwer, das Thema zu wechseln.

Seine natürliche Neugier trieb ihn dazu, sie so lange ausfragen zu wollen, bis er alle Antworten hatte, auch wenn er wusste, dass sie sich dadurch nur von ihm abwenden würde. Außerdem würde es sie wahrscheinlich wütend machen. Er war zu müde und erschöpft, um sie wütend auf sich zu machen, wenn er ihr nicht hinterherlaufen konnte, sondern im Bett feststeckte, um sich auszuruhen. Der Gedanke, dass sie weggehen könnte, zerfraß ihn mehr als seine Neugierde. Die Vorstellung, dass sie vielleicht auf die anderen Männchen treffen könnte, brachte ihn dazu, alles zu tun, um sie an seiner Seite zu halten – eingeschlossen mit ihm in seiner Hütte.

»Nicht wirklich.« Die Worte fielen ihm leicht, als er sie ansah, denn wann immer er sie ansah, gab es für ihn nur sie.

Er könnte verbluten und es würde ihn nicht kümmern.

Sie entspannte sich wieder und griff nach dem Krug mit Wasser, der neben ihr auf dem Holzboden stand. »Hast du Durst?«

Er schüttelte den Kopf. In gewisser Weise war es eine Lüge. Er hatte Durst, aber nicht auf Wasser. Es dürstete ihn nach einem weiteren Kuss von ihr. Während er ihr dabei zusah, wie sie schüchtern an ihrer Unterlippe knabberte und sich auf ihren Fersen zurücklehnte, wobei ihre Hände – immer noch zu blass auf ihrer dunklen Jeans – untätig in ihrem Schoß ruhten, fühlte er sich wie ein ausgehungerter Mann.

Flint schaute nach rechts zu dem Fenster, das einen Hauch von blauem Himmel hinter dem grünen Blätterdach der Kiefern freigab, und dann wieder zu Yasmin.

Hatte sie die ganze Nacht bei ihm verbracht?

Ihm gefiel der Gedanke, dass sie die ganze Nacht an seiner Seite gewesen war, sich um ihn gekümmert und auf ihn aufgepasst hatte.

Götter, er mochte die Vorstellung, dass sie für ihn sorgte.

Er liebte es, als sie sich auf die Knie erhob, um es wieder zu tun, und jede seiner Wunden mit einer Sorgfalt untersuchte, die er genoss.

»Sie heilen schon ganz gut.« Sie hob ihren Blick von seiner Körperseite und sah ihm in die Augen – ihr Blick war warm vor Sorge und strahlte vor Erleichterung. »Du wirst bald wieder auf den Beinen sein.«

»Das ist gut.« Er versuchte sich zu strecken und zog eine Grimasse, als etwas an seiner linken Seite zog und seine Nähte brannten.

Ihr Blick füllte sich mit Neugierde.

Und einer Aufforderung, sich zu erklären.

»Die erste Herausforderung steht bald an ... vorausgesetzt, ich habe nicht länger als einen halben Tag oder so Dornröschen gespielt?« Es wurde zwar hell, aber er war nicht so dumm zu glauben, dass er vielleicht nur ein paar Stunden weg gewesen war und die Nacht nicht durchgeschlafen hatte.

»Rath hat sie verschoben.« Sie schaute über ihn hinweg zum Fenster über dem Kopfende des Bettes zu seiner Rechten. Ihr Blick ging in die Ferne, während sie auf die Bäume starrte. »Du solltest sie nicht antreten.«

Flint seufzte. »Wir haben dieses Gespräch schon geführt und du weißt, dass das nicht passieren wird.«

Ein paar kleine Fältchen tanzten über ihre Stirn und sie schaute ihn wieder mit dunklen Augen an – in denen jetzt keine Sorge mehr lag. Im Moment lag darin nur Wut und er dachte, dass sie vielleicht verlangen würde, dass er sich zurückzog, aber dann wandte sie sich von ihm ab und fing an, Päckchen mit irgendwelchen Materialien zurück in einen Karton zu werfen.

»Ich werde dich nicht noch einmal zusammenflicken«, sagte sie, während sie einige durchsichtige Plastikpackungen mit Verbandszeug bündelte und in den Karton schob. »Wenn du dich umbringst, ist mir das egal.«

Sie würde es tun, denn sie konnte ihn nicht verlieren.

Das würde er nicht zulassen. Er würde nirgendwo hingehen.

Er versuchte, sich auf seinen linken Arm zu stützen und zischte durch die Zähne, als die Seite seiner Brust brannte. Sein Blick wanderte zu dem Mullbündel, das darauf geklebt war, und er war versucht, sich daran zu reiben. Er holte mit der rechten Hand aus und Yasmin war blitzschnell zur Stelle und schloss ihre Finger um sein Handgelenk.

»Fass das nicht an«, schnauzte sie und schob seinen Arm zurück, bevor sie auf seine Brust drückte und ihn zwang, sich wieder hinzulegen. »Ruh dich einfach aus.«

»Was ist hier passiert?« Er deutete auf den Mull.

Ihre schokoladenbraunen Augen schimmerten plötzlich und er bekam ein ungutes Gefühl. Ihr Gefühl. Nicht seins. Und es war Furcht. Ihr Herz klopfte in seinen Ohren, während sie auf das Material starrte, das auf seine Brust geklebt war. Ihre Augen waren rund und ihre Lippen geschürzt, und sie schwieg lange, bevor sie leise sprach.

»Du hattest Luft in deiner Brust. Du bist fast gestorben.«

Scheiße.

Er hatte angefangen, an den nächsten Kampf zu denken, hatte sich eingeredet, dass er es schaffen würde, dass seine Wunden zwar ein bisschen wehtun, ihn aber nicht aufhalten würden.

Er wurde augenblicklich nüchtern. Jeder Gedanke ans Kämpfen verflog, als ihn die Taubheit überkam und er Yasmin anstarrte – er sah es in ihren Augen und spürte es in ihnen, dass sie die Wahrheit sprach und er ein bisschen zu nah am Tod getanzt hatte.

Er wäre jetzt bei seinen Vorfahren, wenn sie nicht gewesen wäre.

»Du hast mich gerettet«, flüsterte er.

Sie schaute auf sein Gesicht und dann weg, ihr Blick landete auf seiner Brust. »Ich habe nur getan, was jede Ärztin in dieser Situation getan hätte.«

Stimmt, aber sie war in Aktion getreten, um ihn zu retten, weil sie etwas für ihn empfand. Da war er sich sicher. Ihr Bedürfnis, ihn am Leben zu erhalten, beruhte auf mehr als ihrem hippokratischen Eid.

Bei diesen Worten musste er fast lächeln, denn dieser Eid stammte aus Griechenland – gewissermaßen aus ihrer Heimat. Wahrscheinlich war sie den Göttern, auf die er geschworen wurde, näher als irgendjemand sonst auf dieser Welt.

»In diesem Sinne: Du bleibst in diesem Bett liegen, bis die Herausforderung beginnt.« Sie stand auf, und einen Moment lang dachte er, sie würde gehen, aber sie blieb stehen und schaute auf ihn herab, wobei der Zorn und die Härte in ihren Augen, die sie beim Zusammenpacken hatte, verschwunden waren und Weichheit und Wärme zurückließen.

»Wie lange habe ich noch?« Er starrte zu ihr auf und seine Gedanken drehten sich um Möglichkeiten, wie er seine Zeit nutzen konnte – Möglichkeiten, bei denen ihm sein Körper sagte, dass es nicht klappen würde.

Sie beugte sich über ihn und zog die Decke über seine untere Hälfte bis zu seiner Brust.

Ihre glänzenden schwarzen Haare berührten fast seine Haut, und er wollte seine Hand heben, sie durch die Strähnen kämmen und sie an seine Nase führen, um ihren Zitrusduft einzuatmen und ihn sich in seiner Seele einzuprägen.

Ihre Augen huschten zu ihm und wieder weg. »Dreißig Stunden vielleicht. Rath hat versucht, alle zu überzeugen, länger zu warten, aber sie wollten nicht.«

»Dreißig Stunden reichen. Ich werde bereit sein.«

Sie senkte ihren Blick auf den Mull auf seiner Brust. »Wirst du diesen Wahnsinn wirklich nicht beenden?«

Flint schüttelte den Kopf. »Ich kann keinen Rückzieher machen. Nicht jetzt, wo ich mich als Führender etabliert habe.«

Denn er war einen Schritt näher dran, ihr zu beweisen, dass er der einzige Mann war, den sie in ihrem Leben brauchte.

»Yasmin«, flüsterte er und sie richtete ihre Augen auf ihn und verzauberte ihn erneut, als er in sie eintauchte. »Ich muss etwas wissen ... gibt es einen Grund, warum ich vielleicht schwächer bin?«

»Warum?« Ihre Augen sprangen zwischen seinen hin und her und eine Falte bildete sich um ihre Augenbrauen.

Es würde ihr nicht gefallen, was er jetzt sagen würde, also griff er nach ihrer Hand und war dankbar, dass sie sie ihm nicht entzog. Er strich mit dem Daumen über ihre Finger – zarte kleine Dinger, aber sie hatten ihn wieder zusammengefügt, als er Gefahr gelaufen war, auseinanderzufallen.

Ihr Götter, er hatte noch nie eine Frau wie sie getroffen.

Er hatte noch nie eine Frau getroffen, bei der er sich so fühlte wie bei ihr.

»Weil die anderen Männchen versuchen werden, mich zu Fall zu bringen.«

Entsetzen zeichnete sich auf ihrem Gesicht ab und ihre Augen weiteten sich erneut, während sich ihre Augenbrauen hoben und ihr der Mund auffiel. »Sie werden versuchen, deine Verletzungen auszunutzen, um dich zu stoppen?«

Wahrscheinlich, um ihn zu töten, aber das brauchte sie nicht zu wissen. Es war nicht ungewöhnlich, dass Pumas während eines Hofierens starben. Es wurde oft brutal. Das war einer der Gründe, warum seine Artgenossen nach sichereren Methoden suchten, um Weibchen zu erobern.

»Das könnte sein.« Er starrte auf ihre Hand und beobachtete, wie sein Daumen ihre Finger streichelte. Er war fasziniert davon, wie sie ihn gewähren ließ und keine Anstalten machte, ihre Hand wegzunehmen und sich ihm zu widersetzen.

Sie schüttelte den Kopf. »Du wirst durch das, was ich getan habe, nicht geschwächt werden.«

»Gut, denn ich habe nicht vor zu verlieren.« Er zog an ihrem Arm, sodass sie unvorbereitet auf ihn fiel.

Sie stützte sich mit der freien Hand auf dem Bett über seiner Schulter ab, um zu verhindern, dass sie aufeinanderprallten, und er hielt ihre Hand fest, damit sie sich nicht von ihm losreißen konnte. Ihre Augen sprangen wieder zwischen seinen hin und her, suchten sie ab und durchbohrten ihn.

Er senkte seinen Blick auf ihre Lippen. Welch süße Lippen.

Sie riefen nach ihm.

Seine Augenlider sanken halb zu, als er seinen Kopf anhob.

Er flüsterte.

»Ich werde dieses Hofieren gewinnen und dann werde ich dein Herz gewinnen.«

Sie schnappte nach Luft.

Er erstickte es mit einem Kuss.

KAPITEL DREIZEHN

FLINT FLUCHTE, als er über einen Stein stolperte und an der Seite eines anderen Felsblocks herunterrutschte. Mit der freien Hand hielt er sich an der Spitze fest und schwang sich nach links auf einen schmalen Vorsprung. Die Sonne brannte auf ihn herab – der erste heiße Tag des Jahres – und er starrte sie einen Augenblick lang an, bevor er sich weiter bewegte und noch einmal kontrolliert zum Fuß des Berges hinunterrutschte.

Seine Stiefel trafen endlich wieder auf Gras, aber er erlaubte sich nicht, dies zu würdigen oder darüber nachzudenken, wie froh er war, nach dem mühsamen Aufstieg zum Gipfel des Berges und dem ebenso tückischen Abstieg auf der anderen Seite, endlich etwas Grünes zu sehen.

Er rannte los, umklammerte die abgenutzte Metallscheibe, in die ein Pfotenabdruck eingeprägt war, und seine Beine pumpten so stark sie konnten, während seine Muskeln aufschrien.

Kaum ein paar Meter hinter ihm stöhnte Mason, als er auf dem Gras aufschlug.

Flint hatte den zusätzlichen Tag der Heilung gebraucht, den Rath ihm verschafft hatte ... und den Vorsprung, den er aufgrund der bestandenen Mutprobe erhalten hatte. Er schätzte sich selbst als schnell und wendig für einen Puma ein und hatte gedacht, dass der erste richtige Test des Hofierens ein Kinderspiel sein würde.

Es stellte sich heraus, dass Mason für seine Größe auch sehr schnell war. Er hatte es geschafft, mit Flint gleichzuziehen, kurz bevor dieser den Gipfel des Berges erreicht, und sich seine Wertmarke aus dem kleinen Steintopf geholt hatte – ein Gefäß, das seit Jahrhunderten dort oben stand und wie eine Opfergabe für den Berg aussah, obwohl es in Wirklichkeit zu diesem Zweck dort aufgestellt worden war.

Wenn er die Ziellinie mit seinem Token als Erster erreichen würde, würde er zum Sieger dieser Runde erklärt werden.

Er konzentrierte sich auf seinen Hauptgegner, als das Männchen langsam die Lücke zwischen ihnen schloss und noch mehr Druck aufbaute. Nash und Deacon hatte er seit der Startlinie nicht mehr gesehen, aber sie waren auch irgendwo da draußen. Irgendwo außerhalb seiner Wahrnehmung, was bedeutete, dass sie ihn nicht erreichen konnten, bevor er die Ziellinie überquerte.

So blieb ihm nur noch Mason.

Dieser Mistkerl.

Blut tropfte beim Rennen von seiner Seite und er schlang seinen Arm um seinen Bauch.

Mason hatte ihn auf dem Gipfel des Berges angegriffen und war gefährlich nahe daran gewesen, ihn von der Kante in einen mehrere hundert Meter tiefen Abgrund in den Tod zu schubsen. Flint hatte den Spieß umgedreht und es geschafft, ihn in den Abgrund zu stoßen, als sie miteinander rangen, wobei der Mann ihm eine Faust in die Seite gerammt und damit die schlimmsten Wunden wieder aufgerissen hatte.

Der Schmerz hatte Flint nicht davon abgehalten, den Brünetten zu kratzen und lange Furchen auf seinem Hals und seiner Brust zu hinterlassen.

Er grinste, als er den Bach zwischen den Bäumen entdeckte und sein Zuhause roch, woraufhin er sich noch mehr anstrengte, während jeder Zentimeter von ihm brannte.

Er würde das hier gewinnen.

Er stöhnte, als er mit dem Gesicht voran in den Dreck knallte, und konnte seinen Token gerade noch festhalten, als Mason ihm ein Knie in den Rücken rammte, bevor er sich von ihm erhob. Flint knurrte, als der größere Mann ihn an den Haaren packte und so fest daran zog, dass seine Kopfhaut schmerzte, bevor er sein Gesicht erneut in den Dreck und die Baumwurzeln knallte.

»Verfluchtes Arschloch«, knurrte Flint durch den Schmerz hindurch, der in seiner Seite und auf seiner Nase explodierte, schnappte sich einen dicken Ast vom Boden neben ihm und schwang ihn hart über seinen Kopf.

Der Ast knallte mit einem zufriedenstellenden Laut gegen Masons Schädel und der Mann schwankte zur Seite. In dem Moment, in dem sich sein Gewicht hob, stieß Flint ihn nach oben und schleuderte ihn in den Dreck.

Er wollte dem Mistkerl in die Eier treten, aber stattdessen stieß er sich ab, verlagerte sein Gewicht und trieb sich vorwärts.

In Richtung Ziellinie.

Er schaffte es fünf Meter weit, bevor Mason erneut versuchte, ihn anzugreifen. Diesmal war er auf ihn vorbereitet und drehte sich, um Mason frontal zu treffen, als dieser ihn wahrnahm. Mason knurrte und ließ seine Fangzähne aufblitzen, als er Flint an der Kehle packte und ihn vom Boden abheben ließ. Flint trat hart zu und traf das Knie des Mannes mit so viel Kraft, dass es unter ihm nachgab. Er ballte die Fäuste vor sich – als Masons Griff nachließ und er Mühe hatte, sich von den Knien zu erheben – und schlug sie mit voller Wucht gegen den Hinterkopf des Mannes.

Als Mason kurz danach ausgestreckt auf dem Waldboden aufschlug, drehte sich Flint um und rannte zum Ziel.

Mason packte ihn sofort am Knöchel und brachte ihn zu Fall. Flint stöhnte auf, als seine Stirn an einer Wurzel aufschlug und Sterne in seinem Blickfeld aufblitzten.

Er schüttelte den Schlag ab, rollte sich auf den Rücken und trat Mason ins Gesicht, um ihn loszuwerden.

In der Ferne humpelte Deacon auf sie zu, den Arm an die Seite gepresst, während Blut aus einer Wunde an seiner Schulter floss. Auch aus einer klaffenden Wunde auf seiner Stirn strömte es.

Aber der Mann grinste immer noch, als er die Ziellinie sah und Flint, der mit Mason kämpfte.

Auf keinen Fall würde Deacon gewinnen, indem er einfach über die Ziellinie humpelte, während Mason versuchte, Flint aufzuhalten.

Er trat Mason erneut ins Gesicht und grinste, als es ihm gelang, sich von ihm zu lösen.

Er drehte sich auf den Bauch und rannte los.

Mason knurrte und verfolgte ihn mit polternden Stiefeln, während er versuchte, ihn einzuholen. Keine Chance. Flint grinste, als die Bäume lichter wurden und alle in Sichtweite kamen und die ach so wunderbare Sandlinie, die Cobalt auf das Gras gestreut hatte, die ihm förmlich zuwinkte.

Der Sieg war sein.

Seine Sinne flackerten auf und er duckte sich nach links, als Mason ihn wieder angreifen wollte. Er lachte fast, als der Mann an ihm vorbeisegelte und er darauf wartete, dass er auf die Veranda knallte.

Aber Mason landete nicht auf seinem Gesicht.

Er landete auf den Füßen und Flint konnte nur zusehen, wie er zu ihm zurückblickte, grinste und ihm den Rücken zudrehte, während er die Ziellinie vor ihm überquerte.

Verfluchter Pisser.

Yasmin schaute von Mason zu ihm, ihre Augen waren riesig, während sie blinzelte.

Anscheinend war er nicht der Einzige, der von dieser Wendung der Ereignisse schockiert war. Er knurrte, als er die Ziellinie vor Deacon überquerte und Mason ausblendete, während der seinen Sieg feierte und sich wie ein verdammter Pfau aufplusterte. Es war eine Parade auf der Lichtung, bei der er die Glückwünsche, die ihm einige Leute zuwarfen, regelrecht aufsaugte.

Flint ging zu seinen Brüdern, schwer atmend, weil seine Seite brannte, und warf die Medaille zu Rath, der sie auffing und ihm einen besorgten Blick zuwarf.

»Es geht mir gut«, brummte er und hielt sich die Rippen.

Er wandte sich von seinen Brüdern ab und entdeckte Yasmin, die ihn mit ihren dunklen, schokoladenfarbenen Augen voller Sorge ansah.

»Es geht mir *gut*«, wiederholte er. Er war nicht in

der Stimmung, dass sie ihn verhätschelte oder etwas sagte, das sie zwar gut meinte, aber nur seine Wut anheizte.

Trotzdem schürte sie seine Wut, denn sie eilte Deacon zu Hilfe, als er die Grenze überschritt, und verhätschelte ihn.

»Du musst diese Wunden verbinden.« Sie blickte zu dem Mann auf, die Sorge stand ihr ins Gesicht geschrieben und weckte eine dunkle, brodelnde Bestie in Flint.

»Er ist ein großer Mann. Er kann sich um sich selbst kümmern.« Flint griff nach ihrem Arm, um sie wegzuziehen.

Sie warf ihm einen finsteren Blick zu und wich einen Schritt zurück, um ihm unmissverständlich klar zu machen, dass sie sich nicht von ihm herumkommandieren lassen würde. Tja, Pech gehabt. Sie würde tun, was er wollte, oder er würde ausflippen und den Männern noch mehr Verletzungen zufügen, über die sie sich dann Sorgen machen konnte.

Und dann würde er sie von ihnen wegzerren.

Ihre Augen verfinsterten sich, als wolle sie ihn herausfordern – eine Kampfansage an ihn, den Versuch zu wagen, sie zu dominieren und sich durchzusetzen.

»Yasmin.« Er griff wieder nach ihr.

Sie legte beide Hände hinter ihren Rücken. »Nein, Flint. Das haben wir schon durchgekaut. Ich helfe diesen Männern und nichts, was du tun kannst, wird mich aufhalten.«

Der Gedanke, dass sie die Männer anfassen könnte, brachte sein Blut in Wallung und er ging auf sie zu. Sie blieb standhaft und hob ihr Kinn an. Ihre Augen blitzten feurig, die goldenen Flecken in ihnen leuchteten hell, während sie seinem Blick begegnete.

»Du solltest mit Ivy gehen.« Er beruhigte seinen Tonfall, aber es funktionierte trotzdem nicht.

Sie schüttelte den Kopf. »Ivy wird mit mir kommen. Sie hat sich bereit erklärt, mir mit den Männern zu helfen, falls einer verwundet zurückkommt.«

Er deutete auf seine kaputte Nase und säuselte: »Dann fang mit mir an. Komm in meine Hütte und heile mich.«

Sie verschränkte die Arme vor der Brust, sodass der violette Pullover, der ihre Figur so wunderbar umspielte, ein verlockendes Dekolleté formte. Das wiederum veranlasste ihn, sich auszumalen, was passieren würde, wenn sie mit ihm kommen würde. Götter, er wollte sie nackt in seinen Armen haben. Er musste sie unbedingt probieren.

»Du bist ein großer Mann. Du kannst dich um dich selbst kümmern«, schnauzte sie und drehte ihm ihre Wange entgegen, während sie sich wieder auf Deacon konzentrierte. Der war neben ihr stehen geblieben und zupfte an den blutverschmierten Strähnen seiner langen dunklen Haare herum.

Flint schnaubte und überlegte, ob er ihren Streit fortsetzen sollte, aber jetzt beobachtete Deacon ihn intensiv.

Wartete er darauf, dass Flint es vermasselte und sich disqualifizieren ließ?

Das würde nicht passieren.

Auch wenn er es hasste, Yasmin mit den Männern allein zu lassen, entfernte er sich von ihr und tröstete sich mit der Tatsache, dass Ivy bei ihr sein würde. Er brauchte nur einen Blick auf seine Brüder zu werfen, um zu sehen, dass Ivy und Yasmin nicht allein mit den Männchen sein würden. Sie würden auch dort sein und alles überwachen.

Sie würden Yasmin für ihn vor den Männchen beschützen.

Mit jedem Schritt, den er sich von ihr entfernte, wurde seine Puma-Seite unruhiger und sein Jähzorn flammte heftiger auf. Seine Schritte wurden schleppender, während der Abstand zwischen ihnen wuchs und der Wunsch, sich umzudrehen und zu ihr zurückzukehren, ebenfalls. Er warf einen Blick zurück in Richtung Lichtung und runzelte die Stirn, als er sah, dass sie weg war.

Er knurrte und zwang sich, weiterzugehen. Nichts, was er sagen würde, könnte sie umstimmen.

Es würde sie nur wütend machen. Es würde sie nur noch mehr dazu bringen, den anderen Männchen helfen zu wollen. Als er seine Hütte erreichte, strich er sich mit den Händen über die Haare. Er musste aufhören, sie dominieren und kontrollieren zu wollen, aber es war schwer, diesen Drang zu unterdrücken, wenn er in ihrer Nähe war und er wusste, dass sie ihre zarten kleinen Hände auf die nackte Haut eines anderen Mannes legen würde.

Es trieb ihn in den Wahnsinn und er hatte das Bedürfnis, sie von ihnen wegzureißen und sie aufzuhalten, weil es ihn umbrachte. Sie gehörte ihm und der einzige Mann, den sie anfassen sollte, war er.

Er stieß die Tür seiner Hütte auf und trat seine Stiefel ab, als er die Schwelle überschritt.

Das Feuer im Kaminofen war aus, aber es war auch so schon warm genug in seinem Haus. Er schnappte sich ein Bier und leerte es in einem Rutsch, bevor er sich sein langärmeliges T-Shirt auszog, um sich zu waschen.

Das hielt ihn aber nicht davon ab, an Yasmin zu denken.

Er ging ins Badezimmer, das gerade groß genug war, um eine Toilette, ein Waschbecken und eine Badewanne unterzubringen, und starrte in den Spiegel auf seine Reflexion.

Er betrachtete die Nahtreihen auf seiner Brust und das frische Blut, das sich unter den Verbänden auf seiner linken Seite gesammelt hatte.

Yasmin würde ihn umbringen, weil er diese Wunden wieder aufgerissen hatte.

Er spielte mit dem Gedanken, einen der Verbände zu entfernen, und verlor das Zeitgefühl, während er mit sich selbst rang, ob er das tun sollte. Er war sich nicht sicher, ob er die Wunde dadurch verschlimmern würde oder ob sie von einem neuen Verband profitieren würde.

Es war kein Blut herausgesickert, was ein gutes Zeichen sein musste. Oder vielleicht auch nicht.

Er drückte auf einen Bluterguss, der sich oberhalb seiner linken Hüfte, nahe dem Bund seiner schwarzen Trekkinghose, gebildet hatte.

Der war neu.

Er schnaufte, füllte das Waschbecken mit Wasser und spritzte sich etwas davon ins Gesicht. Es brannte wie Sau. Vorsichtig wischte er sich die Nase ab und tupfte mit Wasser über die Schnittwunde, die quer darüber verlief. Eine weitere Narbe, die er seiner Sammlung hinzufügen konnte. Er betrachtete sich erneut im Spiegel. Sie würde nicht so eindrucksvoll und verführerisch sein wie die Narbe auf seiner Lippe, aber sie war besser als die, die seine Augenbraue durchschnitt.

Er zog eine Grimasse, als er die Furche auf seinem Nasenrücken berührte.

»Hör auf, daran herumzustochern!« Yasmins Stimme erfüllte den Raum und er schaute über seine linke Schulter zu ihr, wo sie in der Tür seiner Hütte stand. »Ganz ehrlich … wenn du noch mehr Narben bekommst, siehst du eher wie ein räudiger Hund aus als ein Puma.«

Daraufhin knurrte er. »Frauen mögen Narben.«

Sie warf ihm einen bösen Blick zu.

»Nicht diese Frau. Ich ziehe es vor, Narben zu verhindern.« Ihr Blick fiel auf seine Seite, als sie sich ihm näherte, und sie blieb wie erstarrt stehen. »Was hast du getan?«

»Du nimmst also automatisch an, dass es meine Schuld ist?« Er hatte es noch nie gemocht, für Dinge verantwortlich gemacht zu werden.

Seine Brüder hatten auch die schlechte Angewohnheit, ihn zuerst zu beschuldigen und erst später Fragen zu stellen. Anfangs hatten sie es noch ernst gemeint, weil sie wirklich geglaubt hatten, dass jeder Streit, in den er verwickelt gewesen war, von ihm angezettelt worden war. Nachdem sie aber gemerkt hatten, dass ihn das nervte, taten sie es nur noch, um ihn zu ärgern, und gaben ihm die Schuld an allem – vom schlechten Wetter bis hin zu Kämpfen, an denen *sie* beteiligt gewesen waren.

»Was ist passiert?« Sie milderte ihren Tonfall, was er zu schätzen wusste und was sehr dazu beitrug, seine Wut zu lindern.

Allerdings war die Tatsache, dass sie in seiner Hütte stand, um nach ihm zu sehen und sich vielleicht wieder um ihn zu kümmern, maßgeblich für seinen Stimmungsumschwung verantwortlich.

»Mason hat mir einen hinterhältigen Schlag verpasst«, murmelte er und stocherte in den Verbänden an seiner linken Seite herum.

Yasmin schlug seine Hand weg. »Ich habe gesagt, kein Stochern!«

Er zuckte mit den nackten Schultern, woraufhin ihre Augen zu seiner Brust wanderten und dort verweilten.

Verweilten.

Er hielt still, um zu sehen, wie lange sie ihn mit der aufsteigenden Hitze in ihren Augen anstarren würde, bevor sie merkte, was sie da tat.

Wahrscheinlich würde sie ihm vorwerfen, dass er sie zum Starren gebracht hatte.

Aber das war ihm egal. Manche Dinge waren es vielleicht doch wert, fälschlicherweise beschuldigt zu werden. Sie konnte ihm so viel vorwerfen, wie sie wollte, solange sie diese schillernden Augen auf seinem nackten Körper behielt.

Als sie schließlich ihren Blick von seiner Brust löste, richtete sie ihn wieder auf seine Seite. Ohne zu zögern berührte sie ihn und strich mit ihren Fingern behutsam über die Verbände.

Diese Berührung schien seinen ganzen Schmerz zu vertreiben.

Tatsächlich spürte er überhaupt keinen Schmerz mehr, während sie so dicht bei ihm stand. Nicht in seiner Seite. Nicht auf seiner Nase. Es war, als hätte sie ihm in dem Moment, in dem sie in seine Nähe gekommen war, alles genommen. Als hätte sie allein durch ihre Anwesenheit einen magischen Zauber auf seinen Körper gelegt. War es ihre Heilkraft, die da durchschimmerte, oder etwas anderes?

»Wir sollten einen neuen Verband anlegen.« Ihre Augen wanderten zu seinen, und diesmal war es nicht nur ihre Farbe, die sie dunkel erscheinen ließ. Ihre Pupillen waren geweitete, tiefschwarze, verführerische Ozeane, die von dem aufsteigenden Verlangen sprachen, das er in ihr spürte, während er danach suchte und die Bestätigung wollte, dass sie etwas für ihn empfand.

Dass er nicht der Einzige war, der von diesem Moment berührt wurde.

Er nickte und senkte seinen Blick auf ihren Mund, auf diese verführerischen, rosafarbenen Lippen, die ihn in ihren Bann zogen. Er hatte sie jetzt schon zweimal geküsst und beide Male hatte sie ihn begeistert erwidert.

Das zweite Mal war jedoch nicht lang genug gewesen, um ihn zu befriedigen. Sie hatte sich von ihm losgerissen und sich entschuldigt, bevor er sich an ihr gesättigt hatte. Dieses Mal würde er nicht zulassen, dass sie vor ihm weglief.

Das konnte er nicht.

Das Bedürfnis, das sie in ihm weckte, wurde von Tag zu Tag stärker, und der Gedanke, dass sie andere Männer berührt hatte, verstärkte sein Verlangen, ihr seinen Stempel aufzudrücken. Er wollte sie für sich beanspruchen, damit kein anderer Mann sie haben konnte.

Damit kein anderer Mann das bekam, was er wollte, was er brauchte, wonach er sich mehr als alles andere sehnte.

Bei allen Göttern, sie hatte Angst gehabt, ihn zu verlieren, aber er konnte schwören, dass seine Angst, sie zu verlieren, tiefer ging – ein Fluss, der durch seine Seele strömte, stürmisch und unendlich, ein Sturzbach, der nie aufhören würde zu fließen.

Nicht, bis sie ihm gehörte.

Nicht einmal dann.

Er war sich nicht sicher, ob er diese Angst jemals überwinden könnte.

»Yasmin«, murmelte er, unsicher, was er eigentlich sagen wollte, unfähig, die Worte auf seiner Zunge zu bündeln, als sie ihm wieder in die dunklen Augen blickte und ihn in ihren Bann zog.

Ihre Atmung beschleunigte sich, während er sie anstarrte. Das Verlangen, das er in ihr spürte, wuchs im Einklang mit seinem, bis er sich nur noch schwer gegen das Bedürfnis wehren konnte, sie zu küssen. Alles was er in sich spürte, wollte er in einem einzigen, flammenden Kuss entfesseln – obwohl er wusste, dass das nie genug sein würde.

Aber bei allen Göttern, er musste es aus sich herauslassen, musste es loswerden, denn seine Brust fühlte sich so eng an mit dem quälenden Wunsch, sie wieder zu berühren, sie zu halten und zu küssen, ihr alles zu zeigen, was er fühlte. Es kam ihm so vor, als würde es ihn zerreißen, wenn er nicht die Tore öffnete und alles nach außen ließ, damit umso mehr nach innen strömen konnte.

Irgendetwas funkelte in ihren dunklen Augen, etwas, das ihn noch tiefer in den Bann zog, weil es das widerspiegelte, was er in seinem Inneren fühlte.

Und dann küsste sie ihn.

Sie packte ihn so schnell im Nacken und zog ihn zu sich hinunter, dass es ihn überraschte. Er stieß gegen sie und schob sie gegen die Badezimmerwand, als ihre Lippen die seinen fanden und ihn förmlich verbrannten.

Sie brandmarkte sein Herz mit ihrem Namen.

Er stöhnte auf und in der Sekunde, in der er sich wieder gefangen hatte, packte er sie an der Taille und zog sie dicht an sich heran. Ihr Wimmern war Musik in seinen Ohren, als sich ihr Körper an seinen schmiegte und ihre Lippen wie wild über seinen tanzten, um das Feuer in ihm zu schüren, bis es so heiß loderte, dass er nicht mehr atmen konnte.

»Flint«, murmelte sie heiser und leise – ihre Stimme war erfüllt von dem Verlangen, das ihn durchströmte, und er stöhnte beim Klang seines Namens auf ihren Lippen und bei der Art, wie ihre Hände seine Schultern fanden.

Ihre Berührung war federleicht, neckisch und quälend, aber er liebte es.

Er liebte es, wie sie mit ihren Handflächen über seine Haut strich.

Als sie über seine Brust fuhr und ihre Berührung noch vorsichtiger wurde, als sie auf die Nahtlinien traf.

Sie fand die Erhebungen seines Bauches, ließ ein kleines Stöhnen los und erschauderte.

Der Duft ihres Verlangens wurde stärker und füllte seine Lungen mit ihrem Zitrusduft.

Scheiße, er brauchte sie.

Diesmal konnte er es nicht beim Küssen belassen. Er brauchte sie zu sehr, er musste sie auf jede erdenkliche Weise berühren, die sie zuließ. Dieses Bedürfnis verzehrte ihn, stahl ihm die Kontrolle und trieb ihn dazu, seine Hände auf ihre Hüften zu senken. Er schob sie unter ihren violetten Pullover ... und dann verkrampfte sie sich, als er versuchte, ihn hochzuziehen.

»Nicht«, flüsterte sie und griff nach seinen Handgelenken, um ihn zu stoppen.

»Warum nicht?« Er wollte sich zurückziehen, um sie ansehen zu können, aber der Gedanke, sie weiter zu küssen, war zu verlockend, sodass er ihren Kiefer und ihren Hals mit seinen Küssen bedeckte und jeden Zentimeter von ihr auskostete.

»Es könnte jemand reinkommen.«

Das war eine gute Ausrede, also ließ er sie durchgehen. Eine Disqualifizierung wäre ein Tritt in die Eier – einer, den er nicht verkraften würde. Er musste im Rennen bleiben, also würde sie ihre Kleidung anbehalten.

Aber das würde ihn nicht davon abhalten, weiterzumachen.

Sie brauchte ihn. Das konnte er spüren. Das Gefühl trommelte durch sein Blut, schlug in seinem Herzen und zwang ihn, ihr das zu geben, was sie von ihm brauchte.

Sein harter Schwanz drückte schmerzhaft gegen seine Hose, als er wieder ihren Mund fand und sie so heftig küsste, dass sie stöhnte und in seinen Armen dahinschmolz, während ihr Widerstand unter seinem Ansturm erlosch. Er erschauderte, als sie ihre Hände auf seine Hüften legte, die Stirn runzelte und sie näher an sich heranführte, um sie gegen ihren Bauch zu drücken, damit sie spüren konnte, was sie mit ihm machte. Er war sich nicht sicher, ob er jemals so hart gewesen war. Es tat höllisch weh, und er sehnte sich nach Erleichterung, denn er fühlte sich, als könnte er sterben, wenn der Druck nicht bald nachließ.

Yasmin stellte keine Hilfe dar, als sie ihre Hand darum legte.

Er stöhnte auf, wiegte gegen ihre Handfläche und erschauderte, als ihn ein Blitz durchzuckte, der ihn zum Zittern brachte. Sie küsste ihn härter und stöhnte, während sie ihn durch seine Hose rieb und ihn gleichermaßen quälte und befriedigte.

Verdammt!

Er wollte nicht, dass sie aufhörte, aber er war sich auch nicht sicher, ob er es ertragen konnte, wenn sie weitermachte. Es war nicht genug, obwohl es schon zu viel war.

Dann übernahm er die Kontrolle über den Kuss und stöhnte auf, als sie ihn erwiderte, wobei sich ihre Zunge mit seiner verband und sein Verlangen noch weiter anstieg.

Flint drückte seinen Schwanz weiter gegen ihre Handfläche und konnte sich nicht bremsen, als sie sich noch fester an ihn presste.

»Scheiße, Yasmin«, hauchte er. »Quäl mich nicht, wenn das hier zu nichts führt.«

Er befürchtete, dass sie bei diesen Worten aufhören würde.

Sie nahm ihre Hand weg und Enttäuschung überschwemmte ihn wie ein Eimer eiskalten Wassers, der seine Lust dämpfte.

Dieses Verlangen schoss sofort wieder in die Höhe, als sie seine Hand ergriff und sie zu sich führte, um ihn stattdessen zu zwingen, sie zu umfassen.

»Ich will nicht mehr dagegen ankämpfen«, flüsterte sie gegen seinen Mund, ihr Atem war heiß auf seinen Lippen. »Es fühlt sich an, als würde ich sterben, wenn ich es tue.«

Verdammt, er fühlte sich genau wie sie.

Er ließ beide Hände zu ihrer Jeans sinken und öffnete schnell den Reißverschluss. Sie küsste ihn und knabberte an seiner Unterlippe, wodurch er sich nicht mehr konzentrieren, geschweige denn irgendetwas tun konnte. Aber er war doch dabei etwas zu tun. Ein weiteres tiefes Stöhnen durchdrang ihn, als sie seine Hände ergriff und ihn daran erinnerte. Er schob ihre Jeans auf und ein Schauer durchlief ihn, als er die Spitze ihrer Shorts spürte.

Sie stoppte ihn, als er ihre Oberschenkel erreicht hatte, zog seine rechte Hand wieder nach oben und drückte sie zwischen ihre Beine.

Götter, sie war feucht, ihr Höschen war durchnässt.

Er erschauderte und knurrte, als er sie berührte, weil er wusste, dass er sie so erregt hatte, und das befriedigte ihn zutiefst. Sie stöhnte und drückte sich gegen die Holzwand seines Badezimmers, ihr Atem ging schneller und ihre Augen waren halb geschlossen und auf ihn gerichtet. Ihre Lippen öffneten sich, als er sie durch ihre schwarzen Shorts hindurch erkundete, ihr Verlangen wurde immer größer und rief nach ihm – er musste es stillen.

Er wollte sie küssen, wenn sie so aussah – so begehrenswert und schön, so verzweifelt nach ihm verlangend, nur ihm gehörend.

Ihm allein.

Aber er wollte sie noch mehr anschauen, ihren Blick in diesem Moment aufsaugen, als sie sich ihm hingab, als er sie zum ersten Mal berührte und ihr die Befriedigung gab, die sie brauchte.

Er schob ihr Höschen bis zu ihrer Jeans hinunter und fuhr mit seiner Hand an der Innenseite ihres Oberschenkels entlang. Es war kaum ein Spalt zwischen ihnen, da ihre Jeans noch um ihre Knie lag, aber es reichte aus, um ihre Hitze und ihr Zittern zu spüren.

Das Zittern wurde noch stärker, als er die besondere Stelle an ihren Schenkeln erreichte und mit den Fingern über ihre dunklen Löckchen strich.

»Flint«, murmelte sie mit einem Schmerz in der Stimme, den er zu stillen schwor.

Ihre zarten Hände klammerten sich an die Wand und sie beugte sich ihm entgegen, wobei sie mit einem Eckzahn auf ihre Unterlippe biss und ihr Sirenenlied sang, um ihn anzulocken.

Er ließ seinen Blick über sie gleiten, über ihre vollen Brüste, die sich unter ihrem violetten Pullover abzeichneten, bis zu der Stelle, die er berührte. Ihr Verlangen benetzte seine Finger, glitzerte auf ihnen, und verdammt, er wollte sie schmecken, aber er wollte keinen Moment verschwenden, nicht einmal die Sekunden, die es dauern würde, ihr die Stiefel und die Jeans auszuziehen.

Sie brauchte ihn, und er war ihr Sklave, der ihr geben musste, was sie verlangte, ohne einen Moment zu zögern.

Sie keuchte, als er seine Finger durch die Nässe bewegte, um ihren süßen Kitzler zu finden. Ihre Hände flogen über ihren Kopf, um sich an der Wand festzuhalten, während sie ihre Hüften ihm entgegenstreckte – ein stummes Flehen nach mehr. Er antwortete darauf, indem er sie gefühlvoll von oben nach unten streichelte. Ein Stöhnen entrang sich seinen Lippen, als er spürte, wie feucht sie war, während sein Schwanz in seiner Gefangenschaft wild zuckte, weil er unbedingt in ihr kommen wollte. Er wollte sie berühren, sich genauso in ihr verlieren, wie sie sich in dem Moment verlor.

Aber er konnte es nicht riskieren.

Sie hatte recht, es könnte jeder hereinplatzen. Er musste zumindest einen Teil seines Gehirns eingeschaltet lassen, damit er erkennen konnte, ob jemand Gefahr lief, ihre Party zu stören. Obwohl sie es ihm schwer machte, wenn sie sich so gegen ihn stemmte – verrucht und begierig.

Sie stöhnte und ritt auf seinen Fingern, als er sie streichelte und sie über ihre empfindliche Haut gleiten ließ. Ihre Hüften wippten stärker und ihr Stöhnen wurde lauter. Laut genug, dass es jemand hören könnte.

Er drückte sich an sie und küsste sie. Während er sie berührte, schluckte er ihr Stöhnen und wechselte zwischen leichten und harten Berührungen, um herauszufinden, was sie bevorzugte.

Sie zitterte jedes Mal, wenn er sie leicht berührte – wenn er sie mit seinen Fingern nur ein wenig neckte. Ihre Zunge duellierte sich mit seiner, als sie ihre Hände senkte und ihre Arme um seinen Hals schlang, sich an ihn klammerte, während sich der Sturm in ihr aufbaute. Er stöhnte und drückte seine Hüften gegen ihre, presste sie mit dem Rücken gegen die Wand und fixierte sie dort, während seine Hand tiefer sank und zwischen ihren Schenkeln verschwand, damit er ihre empfindlichste Stelle erreichen konnte.

Sie stellte sich auf die Zehenspitzen, als er mit zwei Fingern in sie eindrang, woraufhin sie keuchte und in seinen Armen zitterte. Einen Moment lang war sie still, während er sie streichelte, seine Finger ein- und ausfuhren und sie mit den Fingerkuppen rieb, bevor sie schwer atmete und ihren Mund auf seinen presste. Als er ein gleichmäßiges Tempo fand und seine Hand so anwinkelte, dass er ihre empfindlichste Stelle mit dem Daumen reiben konnte, stöhnte sie auf und küsste ihn erneut – härter als zuvor.

Sie verlangte mehr von ihm, und zwar auf die schönste Art und Weise, die er sich vorstellen konnte.

Er gab ihr das, stieß mit seinen Fingern tiefer und streichelte mit seinem Daumen härter. Er spürte, wie sich ihre Lust zu einem Höhepunkt steigerte, während sie sich an ihn klammerte und so heftig in seine Schultern krallte, dass es wehtat. Das war ihm egal. Sie konnte mit ihren Nägeln Spuren in seine Haut reißen und Blut vergießen, aber das würde ihn nicht aufhalten. Das Einzige, was zählte, war, sie zu einer erschütternden Erlösung zu führen.

Er musste spüren, wie sie in seinen Armen zerfiel.

Er musste wissen, dass sie es seinetwegen tat.

Ihr Atem ging stoßweise.

Ihr ganzer Körper spannte sich an.

Er streichelte sie mit seinen Fingern und küsste sie.

Er schluckte ihren Schrei hinunter, als sie in seinen Armen zuckte und ihre Schenkel gegen seine Hand bebten, während ihr Inneres seine Finger mit ihrer heißen Süße verbrühte. Mit langsamen Stößen neckte er sie, während sie pulsierte, bebte und er ihr kleine Stöhnlaute von ihren Lippen riss, die er genoss, während sie sich an ihn klammerte. Sein Schwanz zuckte und seine Eier spannten sich vor Lust an, während er ihren Höhepunkt in die Länge zog. Das Gefühl, das er dabei hatte, bereitete ihm Vergnügen, quälte ihn aber gleichzeitig auch und ließ ihn vor Verlangen nach seiner eigenen Erlösung schmerzen.

»Flint«, murmelte sie gegen seine Lippen, so herrlich atemlos.

Er würde ihr unausgesprochenes Angebot annehmen. Sie zog sich zurück, ihre schläfrigen Augen trafen seine und ihre vollen Lippen öffneten sich.

Er streichelte sie noch ein paar Mal, denn es fiel ihm schwer, aufzuhören, wenn sie sich so gut anfühlte, bevor er sich um ihre Kleidung kümmerte, indem er ihr erst das Höschen über die zitternden Beine zog und dann die Jeans. Mit bebenden Händen schloss er sie, während er sich auf das Kommende freute und sein steifes Glied vor Vorfreude zuckte.

Götter, er musste unbedingt von ihr berührt werden.

Sie quälte ihn, indem sie seinen steifen Schwanz durch seine Hose hindurch griff und mit ihrer Handfläche auf und ab strich.

Er brauchte mehr als das. Er brauchte ihre Hand auf seiner nackten Haut.

Seine Hand wanderte zu seinem Reißverschluss.

Die Tür der Hütte öffnete sich und er fluchte, als er merkte, dass der Teil seines Gehirns, der für die Überwachung seiner Umgebung zuständig war, nun doch in dem Moment versunken war. Er drehte sich zur Tür, ein Knurren auf seinen Lippen.

Cobalt zog eine sandfarbene Augenbraue hoch.

Flints Puls beschleunigte sich, als sein Bruder ihm einen Blick zuwarf, der halb unbeeindruckt und halb ›Hast du den Verstand verloren‹ war.

Verdammt.

Sein Bruder hatte sie zwar nicht unbedingt auf frischer Tat ertappt, aber er hatte genug gesehen. Er konnte genug riechen. Yasmins Geruch hing in der Luft und umgab ihn.

»Ich würde dir nicht empfehlen, die Regeln zu brechen.« Cobalt warf einen misstrauischen Blick über die Schulter, sah sich außerhalb der Hütte um und schloss die Tür.

Auch Flint suchte die Umgebung der Hütte mit seinen Sinnen ab und ließ die Luft ab, als er niemanden in der Nähe spürte.

»Die Regeln brechen?« In Yasmins Stimme schwang ein Hauch von Unklarheit mit, und dann setzte er noch einen oben drauf.

Cobalt nickte. »Flint würde disqualifiziert werden,

oder noch schlimmer, wenn die anderen Wind davon bekommen, dass er hier mit dir rummacht.«

»Schlimmer?« Die Schläfrigkeit in ihren dunklen Augen verschwand augenblicklich, ebenso wie der sinnliche Ton in ihrer Stimme.

Cobalt öffnete seinen Mund.

Flint sprach, bevor er es konnte. »Diese Regel ist Jahrhunderte alt. Niemand käme auf die Idee, das jetzt zu tun.«

»Was tun?« Yasmin schaute von Cobalt zu ihm und wieder zurück.

Entweder hatte sein Bruder die stumme Botschaft in dem Blick, den Flint auf ihn richtete, nicht verstanden oder er wollte sie einfach ignorieren, denn er sagte: »Eine öffentliche Tracht Prügel.«

»Was?« Sie schnappte nach Luft und ihre dunklen Augen sprangen wieder zwischen ihnen hin und her. »Meinst du das ernst?«

Diesmal war Cobalt schneller als er und Flint hätte seinen Bruder am liebsten geschlagen, als Yasmins Puls in die Höhe schnellte und ihre Angst ihn überflutete. »Die Regeln besagen, dass Flint gefesselt wird, von jedem Konkurrenten geschlagen wird und dann bis zum Ende des Hofierens dort bleibt.«

»Das ist barbarisch!« Sie trat von ihm zurück und er knurrte Cobalt an, weil er sie vertrieben hatte.

Flint strich ihr mit der Handfläche über die Schulter, in der Hoffnung, sie zu beruhigen und gleichzeitig davon abzuhalten, sich von ihm zu entfernen. »Niemand würde das verlangen, Yasmin.«

Sie entspannte sich ein wenig.

Bis Cobalt das Wort ergriff und alles zunichtemachte.

»Mason würde es tun.«

Flint starrte Cobalt an, aber er konnte nicht leugnen, dass sein Bruder recht hatte. Jetzt, wo sie gleichauf lagen, würde Mason alles tun, um die Oberhand zu gewinnen. Er würde sogar eine öffentliche Prügelstrafe fordern und Flint disqualifizieren lassen.

Yasmin stürmte an ihm vorbei und ging zur Tür.

»Yasmin, warte ... er würde nicht ...« Flint lief ihr hinterher, blieb aber stehen, als sie sich auf der Schwelle umdrehte und die Tränen, die ihre Augen säumten, ihn schwer trafen.

Diese weichen, gefühlvollen Augen fixierten ihn, und der ganze Widerstand verließ ihn, als ihr Schmerz über ihn hereinbrach.

»Ich könnte nicht ertragen, wenn dir das passiert«, flüsterte sie. »Es ist schon schlimm genug, dass alle meinetwegen verletzt werden. Der Gedanke, dass jemand *geschlagen* wird ... dass *du* geschlagen wirst ...«

Sie schüttelte den Kopf.

Flint konnte nichts anderes tun, als ihr zuzusehen, wie sie auf dem Absatz kehrtmachte und aus der Tür ging. Er hatte das Bedürfnis, ihr zu folgen, konnte es aber nicht tun, ohne zu riskieren, dass ihn jemand sah.

Er wollte ihr nicht wehtun, aber er hasste es, wenn sie von ihm wegging, er hasste es, sie unbewacht zu lassen.

Er traute den anderen Männchen nicht. Vor allem nicht Mason.

Cobalt schaute von der Tür zu ihm und musste die Angst in seinen Augen gesehen oder sie gewittert haben, denn sein Gesicht wurde weicher und sein Tonfall wurde beruhigend. »Alle werden sich benehmen … aber ich werde so gut wie möglich in ihrer Nähe bleiben.«

Flint nickte und schätzte die Unterstützung seines Bruders.

Denn er glaubte nicht, dass sich alle benehmen würden.

KAPITEL VIERZEHN

DAS BIER FLOSS in Hülle und Fülle, als Flint seine Hütte verließ. Das ganze Rudel hatte sich um das Feuer auf der Lichtung versammelt und genoss die warme Nacht. Er beobachtete die goldenen Funken, die von den Flammen aufstiegen und in der Dunkelheit tanzten, während er sich mit dem Rücken an das Geländer lehnte, das um die Veranda von Raths Hütte verlief.

Ivy und Yasmin unterhielten sich mit Rath in der Nähe des Feuers, während die beiden Frauen ihre Hände an den Flammen wärmten.

Flint war versucht, sich zu ihnen zu gesellen, aber er hatte irgendwie die Kraft gefunden, Abstand zu halten. Es war hilfreich, dass Rath an ihrer Seite war und sie vor jedem Männchen beschützen konnte, das ein bisschen zu betrunken war und es auf sie abgesehen hatte.

Auch Cobalt durchstreifte die Dunkelheit zu seiner Rechten, auf halber Strecke der Lichtung zum Fluss. Keine Ahnung, wer seine Aufmerksamkeit beanspruchte. Sein Bruder hatte geschworen, Yasmin zu beschützen, aber er war bereits dabei, Ember zu beobachten, die mit zwei anderen Frauen auf ihrer Veranda saß, eine Flasche Wein trank und lachte.

Flint nahm einen Schluck von seinem Bier, eigentlich nur zur Schau. Er hatte nicht vor, mehr als eine Flasche zu trinken, nicht, wenn Yasmin inmitten des Rudels saß – ganz in der Nähe seiner Konkurrenten, die alle das Feuer genossen. Er vertraute darauf, dass Cobalt und Rath sie beschützen würden, aber er hatte vor, nüchtern und wachsam zu bleiben, um eingreifen zu können, falls etwas passierte.

Yasmins Augen landeten auf ihm.

Er spürte sie wie eine heiße Liebkosung auf seiner Haut, die sein Blut in Wallung brachte und ihn an den Moment denken ließ, den sie miteinander geteilt hatten, und wo er hätte enden können, wenn Cobalt sie nicht unterbrochen hätte.

Er ruinierte alles.

Flint neigte den Hals seiner Flasche in ihre Richtung und schenkte ihr ein Lächeln. Sie lächelte zurück, bevor sie schnell zu Ivy blickte und es so aussehen ließ, als hätte sie stattdessen sie angelächelt.

Er fühlte sich immer noch mit ihr verbunden, als ob das, was sie mit ihm gemacht hatte, ihre Seelen verwoben hätte.

Er war sich ihrer bewusst, konnte ihre Gefühle sogar auf diese Entfernung spüren und sehnte sich danach, zu ihr zu gehen.

Mason schlenderte mit einer Gruppe von Männern und Frauen vorbei und Flint wollte schon knurren, als der Mann ihnen eine extrem ausgeschmückte Version der heutigen Ereignisse erzählte, einschließlich eines Endes, das mehr Fiktion als Tatsache war.

Es ärgerte ihn, aber er ignorierte den Mann, als Mason seinen Blick zu ihm gleiten ließ und grinste.

Grins nur.

Flint war derjenige, der Yasmin keuchend in seinen Armen gehalten hatte, ihren Duft auf seinen Fingern hatte, wer war also der wahre Gewinner?

Er runzelte die Stirn, als Yasmin etwas zu Rath und Ivy sagte und sich entfernte, woraufhin er sie beobachtete, als sie sich durch die Menge auf jemanden zubewegte. Er schaute in die Richtung, in die sie ging, und wollte schon knurren, als er Nash entdeckte, der auf einem Stuhl am Waldrand zu seiner Linken saß und ein Bier trank.

Der junge Puma hatte heute auf dem Berg eine schwere Tracht Prügel bezogen und war mit einem kaputten Bein, einem gebrochenen Arm und mehreren angeknacksten Rippen in einer Schlucht gelandet. Rath und Cobalt hatten ihn anscheinend mithilfe einiger anderer Männchen gerettet, und Yasmin hatte sich um ihn gekümmert.

Der Instinkt, sie von dem Mann fernzuhalten, kämpfte mit dem, sie in Ruhe zu lassen, weil sie sich nur um Nash als seine Ärztin kümmerte. Er konnte es sehen, als sie sich neben das Männchen hockte und leise mit ihm sprach. Sie hatte diesen Doktor-Dubois-Blick, mit dem sie versucht hatte, ihn zu manipulieren, nachdem er sie schlafend auf seinem Arm vorgefunden hatte.

In diesem Moment war es eine Tarnung gewesen, aber jetzt nicht.

Alles, was sie für den Mann empfand, war Besorgnis.

Flint tat er auch ein bisschen leid ... aber nur ein bisschen. Der arme Kerl war gezwungen worden, sich von dem Hofieren zurückzuziehen, da seine Verletzungen zu schwer waren, als dass er hätte weitermachen können.

Ein Schatten bewegte sich aus dem Wald heraus, ging an Yasmin vorbei und lenkte Flints Aufmerksamkeit auf sich. Er verfolgte Deacon, der sich auf das Feuer zubewegte und so tat, als hätte er Yasmin gar nicht bemerkt.

Als ob er nicht absichtlich an ihr vorbeigehumpelt wäre, damit sie ihn bemerkte und nach ihm sehen würde.

Flint schnaufte und nahm einen weiteren Schluck von seinem Bier. Wenigstens versuchte Mason nicht, sie für sich zu gewinnen, indem er den Invaliden spielte.

Er beobachtete den großen Mann, wie er einer anderen Gruppe sein verdammtes Märchen erzählte und Flint in ein schlechtes Licht rückte, und zwar mit voller Absicht. Er versuchte, ihn zu reizen, indem er die Gruppen von Pumas so nah an Flint heranführte, dass er jedes seiner Worte hören konnte. Flint war zwar verärgert, aber er hatte nicht vor, etwas dagegen zu unternehmen. Schließlich war er nicht von gestern. Er kannte die Regeln.

Auch wenn er heute eine gebrochen hatte.

Eine genügte.

Er hatte nicht vor, die Regel zu brechen, die besagte, dass man außerhalb der Herausforderungen des Hofierens nicht kämpfen durfte.

Ein Schauer der Angst durchfuhr ihn.

Yasmin.

Er suchte die Lichtung nach ihr ab, sein Herz schlug wie wild, als sich sein Puls beschleunigte und Adrenalin durch seine Adern rauschte. Fell strömte über seine Haut unter dem marineblauen Fleece und er knurrte, als jenseits des Feuers, näher am Fluss, ein Tumult ausbrach.

Seine Augen huschten dorthin.

Sein Grummeln wurde zu einem Knurren, als er sah, wie Deacon Yasmin in die Mangel nahm und wie sie sich gegen den größeren Mann wehrte, während er ihr Handgelenk festhielt.

Der Drang, sich zu wandeln, überkam Flint, aber

ihre Stimme hallte in seinem Kopf wider und warnte ihn, es nicht zu tun, solange die Wunden in seiner Seite noch nicht verheilt waren. Irgendwie fand er die Kraft, den Drang zu unterdrücken, als er von der Veranda sprang und auf sie zurannte.

»Lass mich los«, schnauzte Yasmin und zog damit die Aufmerksamkeit aller auf sich. Er hörte Rath knurren und sah, wie Cobalt sich in Bewegung setzte und ihr zu Hilfe eilte.

Bevor jemand sie erreichen konnte, stieß sie ihre Handfläche gegen Deacons Brust und schleuderte ihn mit solcher Wucht zu Boden, dass Flint den Aufprall unter seinen Füßen spürte.

Er erreichte sie, als sie Deacons Hand von ihrem Arm riss und sich über ihn stellte. Ihr Gesicht war dunkler, als er es je gesehen hatte, während sie auf den Mann herabblickte. Ihre Hände zitterten, während sie ihren Pullover zurechtrückte, das einzige äußere Zeichen für die Angst, die Flint in ihr spüren konnte.

Er schritt auf sie zu und bremste sich selbst. Er wollte sie in seine Arme nehmen, sie festhalten und trösten, bis ihre Angst verging und sie erkannte, dass sie in Sicherheit war, aber das konnte er vor allen nicht riskieren.

Insbesondere nicht vor Mason.

Der Mann stolzierte an ihm vorbei und erhob sich über Deacon, der sich nur mühsam von dem Schlag erholte, den Yasmin ihm versetzt hatte.

Seine Stimme war dunkel und seine Worte sorgten für Aufregung im Rudel.

Und Schmerz in Yasmin, während sich ihre Augen weiteten.

»Du kennst die Regeln.«

KAPITEL FÜNFZEHN

BEVOR YASMIN ihren Verstand zusammennehmen und protestieren konnte, hatte Mason Deacon auf den Knien und riss ihm die Kleidung vom Rücken. Ein anderer Mann schloss sich ihm an und hatte sichtlich Spaß an dem, was passierte, als er Deacon die Jeans auszog.

»Bitte«, murmelte Deacon und versuchte, sie aufzuhalten. Er wehrte sich dagegen, dass sie ihn gewaltsam entkleideten und ihn vor allen erniedrigten. »So war das nicht.«

In diesem Punkt konnte sie ihn nicht verteidigen.

Sie war zu ihm gegangen, um zu sehen, ob es ihm gut ging und zu fragen, ob ihn seine Verletzungen beeinträchtigten. Dann hatte der Mistkerl sie von der Menge weg in den Schatten gelockt und war plötzlich auf sie losgegangen, hatte ihr an die Brüste gefasst und versucht, ihr die Klamotten auszuziehen.

Genauso wie Mason und der Mann ihm jetzt seine Klamotten auszogen.

»Rath?« Deacon sah den dunkelhaarigen Mann hilfesuchend an, fand aber in Raths kalten Augen keine Hilfe.

Deacons Augen weiteten sich und er schüttelte den Kopf. Für einen Herzschlag verlor er seinen Kampfeswillen, als Mason und der Mann ihn auf die Beine zogen, aber dann kehrte er zurück und er knurrte und fauchte, als er sich gegen ihre Gewalt wehrte.

Irgendjemand warf Mason ein Seil zu.

Die Wut, die in ihr brannte, wurde von einem Funken zu einem Lauffeuer, als der Mann Deacons Handgelenke so fest zusammenband, dass seine Hände weiß wurden.

»Halt sie auf!« Sie drehte sich zu Rath um. »Halt sie sofort auf.«

Denn sie würde nicht tatenlos zusehen, wie Deacon verprügelt wurde. Er hatte versucht, sie zu verletzen, aber *das* hatte er nicht verdient.

»Disqualifiziere ihn einfach vom Hofieren. Beende diesen Wahnsinn.« Sie schaute sich in der Menge um und ihr Herz wurde schwer, als sie keine Unterstützung fand.

»Das kann ich nicht«, sagte Rath schließlich mit einem Ton des Bedauerns in seiner tiefen Stimme.

Sie starrte ihn an. »Doch, das kannst du. Das muss nicht passieren.«

Ihre Worte stießen auf taube Ohren, denn niemand hörte ihr zu, als Mason Deacon zu einem Baum zerrte, ihn zwang, sich mit dem Gesicht zum Baum zu stellen und ihn daran fesselte.

Yasmin stürmte zu ihm hinüber, packte ihn am Arm und zog ihn von Deacon weg. »Hör auf damit.«

Mason warf ihr einen so finsteren Blick zu, dass sie einen Schritt zurückwich, weil sie befürchtete, er wolle sie schlagen.

Eine warme Hand umfasste ihren Arm.

Sie drehte sich um, um denjenigen zu schlagen, der es gewagt hatte, sie aufzuhalten, und erstarrte, als sie feststellte, dass Flint sie mit seinen grauen, verständnisvollen Augen ansah.

Sie schüttelte den Kopf und schluckte schwer. »Das können sie nicht tun. Das ist nicht richtig.«

Seine Augen bekamen einen mitfühlenden Ausdruck, aber er sagte nichts, als er sie sanft von Mason und Deacon wegzog.

Der Mann, der Mason geholfen hatte, reichte ihm einen dicken Ast, von dem die kleineren Äste abgebrochen waren, deren Stängel entlang der Länge des Astes Stacheln bildeten.

Sie schüttelte den Kopf und flüsterte: »Hört auf damit.«

Sie zuckte zusammen, als Mason Deacon mit der Waffe auf den Rücken schlug und Deacon aufschrie.

Sie riss sich aus Flints Griff los und stürmte durch die Menge, vorbei an Rath und Cobalt, auf den Fluss zu. Bei jedem Schlag des Astes und jedem Schrei, der Deacons Lippen verließ, verkrampfte sie sich, wütend und angewidert, sowohl von sich selbst als auch von dem, was gerade geschah. Sie hätte dafür sorgen müssen, dass sie aufhörten.

Sie würde dafür sorgen, dass sie aufhörten.

Bevor Deacon ernsthaft verletzt wurde.

Sie drehte sich um, stürmte zurück in die Menge und schob alle aus dem Weg, bis sie wieder ganz vorn stand.

Blut floss über Deacons Rücken und glitzerte im Licht des Feuers, wodurch die tiefen Einstichwunden sichtbar wurden, mit denen er übersät war.

Sie starrte Mason an, der mit einem zufriedenen Funkeln in den Augen von Deacon zurücktrat.

Das war zu brutal. Zu grausam.

Nichts, was Deacon getan hatte, hatte eine solche Bestrafung verdient.

Mason grinste und hielt Flint den Ast hin. »Du bist dran.«

Ihr Magen krampfte sich zusammen.

Ihr Herz klopfte wie wild.

Flint sah Mason nur an und schüttelte den Kopf. »Nein, danke.«

Sie hörte nicht, was Mason daraufhin sagte, sie war zu sehr damit beschäftigt, Flint anzustarren. Erleichterung durchströmte sie und linderte einen Teil ihres Schmerzes. Seine Weigerung rührte sie sehr, denn es zeigte ihr, dass er es ernst mit ihr meinte und dass er sie bereits gut kannte und wusste, dass sie es gehasst hätte, wenn er den Mann wegen seines übermütigen Verhaltens verletzt hätte.

Deacon hatte getrunken, obwohl sie ihn davor gewarnt hatte, als sie ihm Medikamente gegen seine Schmerzen gegeben hatte. Das war einer der Gründe, warum sie mit ihm zum Fluss gegangen war. Sie hatte sich Sorgen gemacht, dass er etwas Dummes tun würde, zum Beispiel in den Fluss fallen und ohnmächtig werden.

Sie sah ihn an, wie er am Baum hing, und runzelte die Augenbrauen, als sie die Wunden auf seinem Rücken verzeichnete.

»Lass mich ihn wenigstens versorgen.« Sie kannte die Antwort, die Rath ihr geben würde, noch bevor sie die Worte über ihre Lippen gebracht hatte.

Rath schüttelte den Kopf. »Ich weiß, dass du das musst ... aber ... du kannst nicht.«

Sie könnte es und sie würde es tun. Aber sie würde warten müssen, bis alle eingeschlafen waren.

Sie ging zu Raths Hütte, wobei sie Flints Blicke auf sich spürte. Als sie sich später hinausschlich, um Deacon zu helfen, musste sie auch ihm einen Besuch abstatten.

Für das, was er getan hatte, hatte er ein kleines Dankeschön von ihr verdient.

Das Problem war nur, dass sie nicht sicher war, ob sie es bei einem Dankeschön belassen konnte.

KAPITEL SECHZEHN

YASMIN SCHLICH DURCH DIE BÄUME, in höchster Alarmbereitschaft – jedes Rascheln der Äste schreckte sie auf. Der Bach war ruhig und lag still in der Dunkelheit. Sie hatte niemanden in ihrer Nähe gespürt, als sie sich um Deacons Rücken gekümmert, seine Wunden gesäubert und Splitter aus seinem Körper gepflückt hatte. Er war bewusstlos gewesen und sie war sich nicht sicher, ob es der Schmerz von den Schlägen gewesen war, der ihn ohnmächtig gemacht hatte, oder die Medikamente, die ihn eingeholt hatten. Hoffentlich hatten die Medikamente die Qualen, die er empfunden haben musste, gemildert.

Ihr Herzschlag beschleunigte sich, als sie Flints Hütte entdeckte.

Oben war Licht an.

War er noch wach?

Götter, sie sollte das nicht tun, nicht nachdem sie gesehen hatte, was mit Deacon passiert war.

Aber sie konnte sich nicht zurückhalten.

Die Art und Weise, wie Flint sie berührt hatte, hatte sie aufgewühlt, ihre Hemmungen zerschlagen und ihren Willen, sich zu wehren, gebrochen. Jetzt brauchte sie mehr von ihm.

Sie brauchte alles.

Sie trat auf seine Veranda und zögerte einen Herzschlag lang, bevor sie den Türknauf ergriff und ihn drehte.

Die Tür öffnete sich mit einem leisen Knarren.

Entweder war es Flint egal, dass jemand mitten in der Nacht bei ihm hereinkam, oder er hatte gehofft, dass sie den Weg zurück zu ihm finden würde.

Vorsichtig schloss sie die Tür hinter sich und zog ihre Stiefel aus, um kein Geräusch zu machen, während sie seine Hütte bis zur Treppe am anderen Ende, hinter der Couch, durchquerte. Sie schlich die Treppe hinauf, ihr Puls beschleunigte sich zunehmend, bis er in ihrer Kehle hämmerte, und ihre Ohren zuckten, als sie das Geräusch seines Atems wahrnahm.

Sie erwartete, dass er am Ende seines Bettes sitzen und ihr einen strafenden und neckenden Blick zuwerfen würde.

Yasmin bog um die Ecke der Treppe.

Flint war tief und fest am Ratzen, auf dem Rücken liegend, auf den dunklen Decken seines Doppelbetts.

Splitterfasernackt.

Sie hatte ihn schon einmal nackt gesehen, aber verdammt, der Anblick, wie er ausgestreckt vor ihr lag, verursachte ein heißes Kribbeln in ihrem Magen.

Yasmin ging auf Zehenspitzen nach vorn und hielt den Atem an, als sie an der Schnur zog, die neben der Glühbirne baumelte, und das Licht ausschaltete.

Er bewegte sich nicht.

Während ihrer heimlichen Reise von Deacon zu Flints Hütte hatte sie sich eingeredet, dass sie ihm einfach dafür danken würde, dass er sich nicht daran beteiligt hatte, den anderen Mann zu verletzen. Dass sie das Bedürfnis, das in ihr brannte, einfach verleugnen würde.

Dieser Plan platzte, als sie auf Flint hinunterstarrte und jeden Zentimeter von ihm genoss.

Sie berührte ihre Seite und ihre Brust, während sie seine Wunden dort betrachtete. Sie brauchte sich keine Sorgen zu machen. Jetzt waren sie verheilt.

Trotzdem zögerte sie und betrachtete ihn, wie er schlief, ohne sie zu bemerken.

Sie wollte nicht, dass er verletzt wurde, konnte den Gedanken nicht ertragen, dass er von Mason geschlagen wurde, geschweige denn, dass sie es mit ansehen musste.

Aber bei allen Göttern, sie konnte sich nicht losreißen.

Sie konnte sich nicht davon abhalten, sich durch die Dunkelheit vorwärts zu bewegen und ein Knie auf die Matratze zu drücken. Sie hielt den Atem an, aber

Flint rührte sich immer noch nicht. Die Anstrengung, den Berg mit seinen Verletzungen zu erklimmen, musste ihn eingeholt und komplett ausgeknockt haben.

War es falsch von ihr, sich zu wünschen, dass er sie nicht wahrnahm, dass er den köstlichsten Weckruf bekommen würde?

Immerhin musste sie sich bei ihm bedanken.

Wie könnte sie das besser tun als mit ihrem Mund?

Sie drückte ihre rechte Hand auf die Matratze in der Nähe seiner Hüfte und sammelte ihren Mut, während sie ihn mit ihren Augen musterte. Leidenschaft. Bedürfnis.

Yasmin senkte ihren Kopf.

In Richtung seiner Hüften.

Flüssige Hitze durchflutete sie, als sie seinen weichen Schwanz zwischen ihre Lippen nahm und ihn zum ersten Mal schmeckte. Der Gedanke, dass er aufwachen und sie an ihm saugen sehen würde, steigerte ihr Verlangen in erschreckend neue Höhen. So etwas Verruchtes, so etwas Verwegenes hatte sie noch nie gemacht.

Er pulsierte in ihrem Mund, als sie ihn mit ihrer Zunge umspielte und ihn mit ihrer linken Hand festhielt, um ihn aufrecht zu halten, während er anfing, hart zu werden.

Er stöhnte und streckte sich, bei Bewusstsein, aber noch nicht wach.

Yasmin saugte sanft und unterdrückte ein Stöhnen, als er sich weiter verhärtete und in ihrem Mund wuchs. Sie strich mit ihrer Hand seinen Schaft hinunter, legte den Scheitel frei, als er noch härter wurde und sich in ihrem Griff versteifte, und wirbelte mit ihrer Zunge um die stumpfe Krone.

»Bei allen Göttern«, murmelte er und zappelte unruhig unter ihr.

Sie hob ihren Blick zu ihm, weil sie sein Gesicht sehen wollte, während sie ihn mit ihrer Zunge streichelte. Sie fuhr mit der Zunge um die Spitze, um ihn zu necken, und nahm ihn wieder in ihren Mund, um daran zu saugen.

»Hör nicht auf«, sagte er und sein Kopf fiel zurück in die Kissen. Er hielt sich daran fest und drückte sie um seinen Kopf. »Hör verdammt noch mal nicht auf.«

Er wippte mit den Hüften und stieß seinen Schwanz in ihren Mund, mit einem schmerzverzerrten Gesichtsausdruck, während sich seine Atmung beschleunigte und seine Brust mit jedem Keuchen anspannte.

Yasmin bewegte ihre Hand an ihm im Takt mit ihrem Mund.

»Oh, Götter.« Seine rechte Hand schoss nach unten, um ihre Haare zu packen, sie mit der Faust zu fixieren und sie an sich zu binden, während sie ihn wieder in ihren Mund nahm. Er schaukelte schneller, härter und fuhr zwischen ihre Lippen, sein leises Stöhnen erfüllte die Stille, bevor er totenstill wurde. »Warte ... warte ... warte.«

Er zog ihren Kopf hoch, atmete schwer und

schnell, seine grauen Augen waren glasig vor Leidenschaft.

Einen Moment lang dachte sie, er würde sie zum Aufhören zwingen und etwas über die Regeln sagen.

Aber dann zog er sie an sich heran und küsste sie. Er brummte nur ein wenig, als er sich auf die linke Seite rollte und sein rechtes Bein zwischen ihre Schenkel klemmte. Sie stöhnte auf, als er es zwischen ihre Beine presste, bevor er seine Finger in ihren dunklen Haaren verschränkte und ihren Hals küsste. Er verschlang sie mit Lecken und Knabbern, was ihr einen Schauer über den Rücken jagte und diese flüssige Hitze wieder in ihr aufsteigen ließ.

Dieses Mal wehrte sie sich nicht, als er an ihrem Pullover zerrte, und ließ zu, dass er ihr das Teil und auch ihr T-Shirt auszog. Er brummte wieder und zog eine Grimasse, als er versuchte, ihren BH zu erreichen.

Yasmin drückte ihn auf seinen Rücken. Er versuchte, sich zu bewegen, aber sie hinderte ihn daran, indem sie ihre Handfläche gegen seine Brust drückte und ihn so mit dem Rücken auf der Matratze fixierte.

»Hör auf, dir weh zu tun.« Sie ging auf die Knie, öffnete ihren BH, warf ihn weg und genoss das Gefühl, wie sich seine Augen in ihre Brüste brannten.

Er starrte sie an, sein Blick dunkel vor Verlangen, und sie beugte sich über ihn und führte sie zu seinen Lippen, denn er war nicht der Einzige, der spüren wollte, wie sie sich in seinen Händen, in seinem Mund anfühlten.

Sie stöhnte auf, als er ihre linke Brust umfasste und ihren rechten Nippel in seinen Mund nahm, an der Knospe saugte und weitere Funken über ihre Haut springen ließ. Die Hitze zwischen ihren Schenkeln wurde intensiver und sie wurde immer feuchter. Um das Maximum herauszuholen, zappelte sie und rieb ihre Schenkel aneinander, denn sie brauchte einen kurzen Lustkick, um ihr Verlangen zu stillen, bevor es zu groß wurde und ihr die Kontrolle über sich stahl.

Seine Hände glitten zu ihrer Taille und tiefer zu ihrer Jeans. Sie stöhnte erneut auf, als er sie öffnete, sie über ihre Hüften schob und dabei ihr Höschen mitzog und sie so der kühlen Luft in seiner Hütte aussetzte. Sein leises Stöhnen gesellte sich zu ihrem, als er sie streichelte und mit seinen Fingern über ihre feuchte Stelle fuhr.

Sie zappelte immer weiter und konnte einfach nicht stillhalten, während er sie neckte und ihren Nippel streichelte, bevor er daran saugte.

Sie griff nach seinem Schwanz, hielt ihn in der Hand und pumpte ihn, während sie stöhnte und sich krümmte und nach mehr als dem hier dürstete.

Es schien, als wäre Flint genauso weit wie sie.

Blitzschnell war er unter ihr weg und sie landete mit der Vorderseite auf dem Bett, als er ihr die Jeans komplett von den Beinen riss. Sie trat sie mit ihren Füßen weg und ihr Verlangen wurde immer größer, während die Vorfreude in ihr brodelte. Bevor sie sich umdrehen konnte, um ihn anzusehen, war seine Vorderseite auf ihrem Rücken platziert. Sie stöhnte auf, als sein Gewicht auf ihr landete, als sein heißes Glied sich zwischen ihre Pobacken drückte und er sie gegen die Matratze presste.

Yasmin drehte ihren Kopf und schaute über ihre Schulter zu ihm, als er ihren Kiefer packte. Stöhnend küsste er sie und schaukelte gegen sie, wobei die Spannung in ihr mit jedem Stoß zunahm. Sie brauchte mehr.

Sie hatte gedacht, es würde anders ablaufen, eher in der Missionarsstellung, aber jetzt war er hinter ihr, sein Gewicht drückte sie fest, sein Körper bedeckte sie, und sie wollte ihn genauso. Sie wollte es wild und verrucht.

»Flint«, sagte sie und hob ihre Hüften, um sich an ihm zu reiben und ihn zu necken.

Er stöhnte und lehnte sich zurück. Auch sie stöhnte und erschauderte, als er mit der stumpfen Krone seines Schwanzes über ihre feuchten Schamlippen strich und sie mit dem Gefühl seines Schwanzes quälte, bevor er ihn etwas bewegte und leicht in sie stieß. Ihr Stöhnen verwandelte sich in ein leises Seufzen, als er in sie eindrang, sie dehnte und ausfüllte.

Mit der linken Hand hielt er ihre Hüfte fest und drückte sie gegen das Bett, während er so tief eindrang, wie es in dieser Position möglich war.

»Scheiße, Yasmin«, murmelte er in ihr Ohr und zog sich langsam aus ihr heraus, bevor er zitternd wieder in sie eindrang.

Yasmin murmelte etwas nicht Zusammenhängendes. Das Gefühl, wie er in sie stieß und sie ausfüllte, war zu gut, raubte ihr jeden vernünftigen Gedanken und schaltete jeden Verarbeitungsprozess aus, bis nur noch das Gefühl blieb.

Sie stöhnte auf, als er wieder ihren Unterkiefer packte und sie küsste. Er begann, härter und tiefer zu stoßen, wobei sein ganzer Körper bei jedem Stoß an ihrem entlang glitt. Sie spreizte ihre Beine noch ein bisschen weiter und winkelte ihre Hüften an, woraufhin er knurrte, als er noch tiefer eindrang und ihr ein weiteres Stöhnen entlockte.

Er küsste sie härter, nahm ihren Mund genauso in Besitz wie ihren Körper und hielt sie unbeweglich in seiner Gewalt, während er sie immer höher aufsteigen ließ. Ihr Herz pochte im Gleichschritt mit seinem und ihr Atem ging jedes Mal, wenn er in sie eindrang, stoßweise. Sie stützte sich auf ihre Ellbogen, um ihn besser küssen zu können. Er stöhnte und vertiefte den Kuss, umklammerte ihre Hüfte und stieß noch fester zu.

Götter.

Sie stöhnte auf, als er seine Hand von ihrem Hals zu ihren Brüsten senkte, und zitterte, als er mit ihren Nippeln spielte, während er in sie eindrang und sie mit jedem langen Stoß nach vorn in seinen Kuss trieb.

Die Enge, die in ihrem Bauch gewachsen war, breitete sich aus und füllte jeden Zentimeter von ihr aus. Sie schloss die Augen, atmete schwerer und konzentrierte sich auf ihren Körper und darauf, wie Flint sich in ihr anfühlte, wie perfekt er zu ihr passte und wie ihr ganzes Wesen aufleuchtete, wenn er sie zusammenbrachte.

So gut.

So richtig.

Sie schrie auf, als die Sterne in ihr explodierten und die Hitze sie durchströmte. Ihr Körper verkrampfte sich für den Bruchteil einer Sekunde, bevor er auseinanderfiel und bebte, als die Erlösung jedes ihrer Nervenenden durchzuckte und sie erschüttert zurückließ.

Flint knurrte und reizte ihren Höhepunkt aus, stieß härter in sie hinein, während er ihre Hüfte packte, ihre Brust streichelte und ihr das bisschen Atem, das sie noch hatte, wegküsste.

Sie stöhnte und bebte und verlor sich in der benebelnden Wärme, die sie durchströmte, als sie mit dem Gefühl kollidierte, dass er immer noch hart in ihr war und auf seine eigene Erlösung zusteuerte. Sie brachte die Kraft auf, sich um ihn zusammenzuziehen, und er knurrte und stieß härter zu, während sie sich um ihn herum anspannte und die Hüften nach oben drückte.

»Scheiße, Yasmin«, murmelte er und stöhnte dann, als er ihr in die Glückseligkeit folgte. Sein ganzer Körper spannte sich an, als er ein letztes Mal in sie stieß und dort verharrte, während sein Schwanz pochte und sein heißer Samen sie ausfüllte.

Das Gefühl seines pulsierenden Schwanzes versetzte ihr ein Nachbeben und sie stöhnte bei jedem einzelnen Zucken.

Er hielt sie für viele Sekunden fest – wie erstarrt über ihr. Als seine Schauer nachließen, sank er gegen sie und rollte sich dann von ihr herunter, auf seine rechte Seite.

Sie stöhnte auf, als er sie in seine Arme zog, weil sie noch nicht ganz bereit war, sich zu bewegen. Sie war sich nicht sicher, ob sie sich in den nächsten Stunden bewegen wollte.

Sie war sich nicht einmal sicher, ob sie sich überhaupt jemals wieder bewegen wollte, als er sich mit der Vorderseite an ihren Rücken schmiegte und sie festhielt.

Er hielt sie einfach nur fest.

Als ob sie das Wertvollste auf der Welt wäre.

Er drückte ihr einen Kuss auf den Nacken, der ihr einen heißen Schauer über den Rücken jagte, und knabberte daran.

»Morgen werde ich gewinnen«, murmelte er schläfrig. »Und dann werde ich dein Herz gewinnen.«

Yasmin bedeckte seine Hand auf ihrer Taille mit ihrer.

Er konnte ihr Herz nicht gewinnen.

Denn es gehörte ihm bereits.

KAPITEL SIEBZEHN

FLINT HATTE sie noch vor Tagesanbruch weggeschickt, und Yasmin war in der Dunkelheit zu Raths Hütte zurückgeschlichen. Die Art und Weise, wie Flint sie fast eine Stunde lang in seinen Armen gehalten hatte, während sie sich unterhielten, die Art und Weise, wie er ab und zu mit seinen Fingern über ihre Wange gestrichen hatte – seine Berührung war leicht und zärtlich –, und die Sanftheit in seinen grauen Augen hatten sie noch mehr in seinen Bann gezogen und sie dazu gebracht, sich noch stärker in ihn zu verlieben.

Er war sanft zu ihr gewesen, als sie ihm mehr über ihre Eltern erzählt hatte, und hatte sich ihr gegenüber auch geöffnet. Er hatte ihr von seiner Vergangenheit erzählt und Dinge mit ihr geteilt, von denen sie jetzt sicher war, dass er sie noch nie mit jemandem geteilt hatte.

Nicht einmal mit seinen Brüdern.

Sein ältester Bruder Rath hatte auf sie gewartet, als sie die Tür zu seiner Hütte öffnete. Mit einem unbeeindruckten Gesichtsausdruck stand er neben der Couch und hatte die Arme vor der nackten Brust verschränkt. Anstelle des Gesprächs, das sie erwartet hatte, hatte er nur geseufzt und ihr gesagt, sie solle baden.

Denn anscheinend konnte er seinen Bruder an ihr riechen.

Und das bedeutete, dass Mason den Geruch von Flint ebenfalls an ihr wahrnehmen würde.

Sie war rot geworden und hatte sich im Bad verkrochen, bis die Hitze nachgelassen hatte und Rath wieder ins Bett gegangen war.

Nach dem Bad hatte sie nicht schlafen können. Die Gedanken an Flint und die nächste Etappe des Hofierens hatten sie auf die Veranda getrieben, um die Sterne zu beobachten – eine Decke um sich gewickelt und eine heiße Tasse Tee in der Hand, um sich zu wärmen. Sie wünschte sich, Flint würde sie immer noch in den Armen halten und sie wärmen. Sie hatte gedacht, sie hätten genug geredet, aber sie war sich nicht sicher, ob es ihr jemals leid werden würde, sich mit ihm zu unterhalten.

Es nahm ihr die Last von den Schultern, wenn sie es wagte, sich ihm zu öffnen und ihn in ihr Herz zu lassen, ihm Dinge zu erzählen, die sie ihr ganzes Leben lang für sich behalten hatte.

Einschließlich ihrem Alter.

Ihre Mundwinkel hoben sich.

Er hatte ein wenig entsetzt geschaut, als sie ihm verriet, dass sie gut siebzig Jahre älter war als er mit seinen zarten einhunderteinundzwanzig.

Der Mistkerl hatte gesagt, das mache sie zum *Cougar* und dann hatte er ewig darüber gelacht, weil Cougar auch das englische Wort für Puma ist.

Yasmin hatte ihm dafür einen Klaps an die Ohren verpasst.

Er hatte wie ein Idiot gegrinst, als er sie abwehrte, wobei sein Lächeln ihre Welt erhellt hatte.

Dann hatte er sie geküsst.

Götter, er hatte sie geküsst.

Es war energisch, aber süß, voller Zuneigung, die ihr Inneres erhellte und sie in seinen Armen schweben ließ, als er sich von ihr löste, um sie wieder in seine Arme zu ziehen und sie zu halten. Sie war sich nicht sicher, ob sie sich jemals so wohl in der Nähe eines Mannes gefühlt hatte – so sicher und geborgen.

Oder so geliebt.

Er ließ sie die ganze Bandbreite an Gefühlen spüren, und sie fühlte sie heftig.

Besorgt schritt sie auf der Veranda von Raths Hütte umher, während das Sonnenlicht auf sie herabstrahlte und sie eine Rinne in den Planken lief.

Ivy lächelte ihr jedes Mal zu, wenn Yasmin zu ihr blickte. Sie stand neben Rath auf der anderen Seite des

Geländers, das rund um die Veranda verlief, und bot ihr den Trost, den sie dringend brauchte.

Denn Flint war auf die Jagd gegangen.

Es war die letzte Herausforderung, ein Test von Geschicklichkeit und Stärke, den er nur in seiner Puma-Form absolvieren konnte und der seine Fähigkeit, für sie zu sorgen, unter Beweis stellen sollte.

Sie machte sich keine Sorgen, dass er sich verletzen oder mit etwas Größerem kämpfen könnte, denn er hatte geschworen, dass er nicht auf Bärenjagd gehen würde.

Sie machte sich Sorgen, dass Mason es als Gelegenheit sehen könnte, mit Flint als Beute für sie zurückzukehren. Der Gedanke an ihren Puma in den Fängen dieses Mannes drehte ihr den Magen um, ließ ihr Herz gegen die Rippen donnern und ihre Hände zittern.

»Ich weiß, was du denkst«, murmelte Rath, ohne sie anzusehen. Sein Blick verließ nie den Pfad, der in den Wald hinter der Gruppe von Leuten führte, die sich versammelt hatten, um auf die Rückkehr der beiden Männer zu warten. »Es ist nicht erlaubt. Tabu. Es wird nicht passieren.«

Yasmin versuchte, sich damit zu trösten, während sie mit zitternden Händen über die langen Ärmel ihres cremefarbenen Shirts strich, aber sie konnte ihren Verstand nicht dazu bringen, das Bild loszulassen.

Flint und Mason waren schon seit Sonnenaufgang

weg, und es musste jetzt schon fast Mittag sein. Warum brauchte er so lange?

Sie musste ihn wieder bei sich haben, musste sehen, dass er in Sicherheit war, denn sie spürte, dass er verletzt war. Sie konnte nicht sagen, ob es seine alten Verletzungen waren, die die Schmerzen verursachten, weil er sich hatte wandeln müssen, oder ob er sich neue Wunden zugezogen hatte.

»Ich bin sicher, dass alles gut wird«, versicherte Ivy mit einem weiteren zaghaften Lächeln, während sie die dunklen Augenbrauen über ihren braungrünen Augen zusammenzog. Ihr kastanienbrauner Pferdeschwanz wehte in der warmen Brise und streichelte die Schultern ihres grünen Shirts, bevor sie sich eine Haarsträhne aus dem Gesicht wischte. »Rath wird nicht zulassen, dass Flint etwas zustößt.«

Aber Rath war nicht derjenige, der da draußen war. Es gab nur Flint und Mason. Niemand würde es merken, wenn Mason Flint angreifen würde, nicht bevor es zu spät war.

Selbst Cobalt sah besorgt aus, während er am Ende der Veranda hockte, den Rücken an den Eckpfosten gelehnt und die Arme vor der Brust verschränkt, wodurch sich sein schwarzes Shirt eng über seine Muskeln spannte. Seine graugoldenen Augen waren seit dem Moment, als sein Bruder den Weg in die Kiefern eingeschlagen hatte, auf den Pfad gerichtet. Seitdem hatte er auch nicht mehr gesprochen, nicht einmal, als Rath versucht hatte, ihm zu versichern, dass es ihrem Bruder gut gehen würde.

Eine hübsche schwarzhaarige Frau stand am Ende der Menge näher am Wald, neben ihr eine ältere Frau, die Cobalt mit einem Flackern der Sorge in ihren blaugrauen Augen ansah. Kannte sie ihn? Nicht ein Mal schaute er sie an, wenn sie einen Blick riskierte, er starrte auf den Wald und wartete mit völliger Bewegungslosigkeit.

Plötzlich verkrampfte er sich und Yasmins Nerven schossen in die Höhe.

»Was ist los?« Yasmin eilte zu ihm, weil sie sich sicher war, dass er etwas gespürt hatte – etwas, das sie nicht wahrnehmen konnte. Sie war überzeugt, dass er den Schmerz seines Bruders gespürt hatte, den sie übersehen hatte und dass Flint in Gefahr war.

Cobalt stieß sich von dem Pfosten ab und ließ seine Arme an die Seite sinken.

Ihr Puls beschleunigte sich.

»Stimmt irgendwas nicht?« Ihre Augenbrauen zogen sich zusammen, als sie von ihm zu Rath blickte und feststellte, dass auch er angespannt war – auf der Hut.

Ein leises Knurren ertönte, ein Geräusch, das eine seltsame Mischung aus Anstrengung und Frustration war.

Sie warf ihren Kopf herum und ihre Augen huschten zum Wald.

Ein wunderschöner goldener Puma trat aus dem

Wald heraus, sein langer Schwanz zuckte hin und her und verdeutlichte seine Verärgerung, während die dunklere Spitze heftig durch die Luft schlug.

Flint.

Seine vordere Hälfte war gesenkt und sein Körper krümmte sich, als er sich ruckartig nach hinten bewegte und ein weiteres Knurren aus ihm herauslockte.

Ihre Augen weiteten sich, als er die Lichtung erreichte und sie einen besseren Blick darauf werfen konnte, was er da schleppte.

Es war riesig.

Das Tier war fast so groß wie Flint und musste mit seinen dicken, dunklen Hörnern auch ungefähr so viel wiegen. Kein Wunder, dass er so lange gebraucht hatte, um mit der Beute zurückzukehren.

»Der muss ganz schön weit gelaufen sein, um den zu fangen«, murmelte Cobalt mit einem Anflug von Erleichterung in der Stimme.

»Ich habe hier schon lange kein Dickhornschaf mehr gesehen.« Rath schaute ebenso überrascht, als er sah, wie Flint das Tier am Hals weiterschleppte.

Vielleicht war die Zeit, die er gebraucht hatte, eine Kombination aus einer weiten Reise, um ein Dickhornschaf zu finden, und dem Rücktransport zum Cougar Creek.

Während Flint das Tier immer weiter zu ihr zerrte, nutzte sie die Gelegenheit, ihn zu begutachten, und atmete erleichtert auf. Er hatte zwar Verletzungen von dem Kampf mit dem Tier, aber es waren nur ein paar Schnitte an der Flanke und am linken Vorderbein und ein kleiner Einstich in der rechten Schulter – keine der alten Wunden war wieder aufgegangen.

Schließlich erreichte er sie und manövrierte das Schaf zwischen sich und sie. Er ließ das Tier los und blickte zu ihr auf – schwer atmend, als seine goldenen Augen die ihren trafen und der wunderschöne grüne Kranz um sie herum ihr verriet, dass er es war.

Flint blickte auf das Schaf hinunter und wieder zu ihr hoch.

Yasmin war sich nicht sicher, was sie tun sollte, aber die Worte, die ihre Lippen verließen, kamen bei den versammelten Mitgliedern seines Rudels nicht gut an. »Mit dieser Tradition tut ihr keinem von euch einen Gefallen. Ihr müsst doch sehen, wie klischeehaft es ist, dass eine Katze ein totes Ding mitbringt und es mir präsentiert. Soll ich dich zur Belohnung hinter den Ohren kraulen?«

Sein verruchtes Funkeln in den Augen verriet, dass er wollte, dass sie ihn woanders kraulte, als er sich direkt vor ihr zurückwandelte und sich in seiner ganzen Pracht vor ihr aufbaute.

Bevor er etwas sagen konnte, kam Mason rückwärts ins Creek gelaufen.

Mit einem toten Schwarzbären.

»Du verdammter Scheißkerl!« Ivy stürzte sich auf den Puma und Yasmin wollte sie beschützen, als Mason seine Beute fallen ließ und seine Fangzähne entblößte. Aber Rath war sofort zur Stelle, packte das Männchen, als er sich zurückwandelte, und schlug ihm mit der Faust ins Gesicht.

Mason knurrte und holte mit einem rechten Hieb aus, aber Rath war zu schnell, wich ihm mit Leichtigkeit aus und landete einen bösartigen Aufwärtshaken an der Niere, der ihm den Atem raubte.

Cobalt trat sofort in Aktion.

Nicht, um Mason ebenfalls anzugreifen, sondern um seinen Bruder von dem armen Mann wegzuziehen.

Rath knurrte und kämpfte gegen Cobalt, wobei er Mason die ganze Zeit mit seinen goldenen Augen anstarrte. Dann richteten sich diese Augen auf Ivy, die mit Tränen im Gesicht neben dem Bären auf die Knie sank.

»Ich bin sicher, dass er es ist.« Sie schaute von dem Bären zu Rath, ihre Augenbrauen zogen sich zusammen und ihre Stimme war fest. »Ich bin mir sicher, dass es das Männchen ist, das ich fotografiert habe. Er hatte diesen weißen Fleck auf seiner Brust.«

Sie deutete mit zitternden Fingern darauf.

Ivy brach heftig in Tränen aus und Rath riss sich aus dem Griff seines Bruders los, wirkte kurz so, als würde er Mason noch einen Schlag versetzen. Doch dann ging er zu ihr, kniete sich neben sie und nahm seine schluchzende Frau in die Arme. Sie vergrub ihr Gesicht in seinem Nacken und klammerte sich an ihn, während er sie festhielt. Die ganze Zeit über starrte er Mason an, während er versuchte, sie zu beruhigen.

Masons Gesichtsausdruck blieb ausdruckslos und kalt, ohne jegliches Gefühl, während er von Ivy zu dem Bären schaute.

Yasmins Temperament flammte auf – die Fesseln dessen verzogen sich und rissen dann, während der Typ einfach dastand und aussah, als wäre es ihm egal, dass er einen von Ivys Lieblingsbären getötet hatte.

Vielleicht hatte er es sogar mit Absicht getan, um Rath und damit indirekt auch Flint einen Schlag zu versetzen.

Tja, sie hatte vor, ihm einen Schlag zurück zu versetzen.

»Ich weigere mich, dieses Geschenk anzunehmen.« Sie zeigte auf den toten Bären und das Feuer in ihren Adern loderte heiß, als sie von der Veranda stieg und auf ihn zustürmte. »Ich weigere mich, einen Mann zu akzeptieren, der einer anderen Person absichtlich so etwas antut. Ivy hat recht, was dich betrifft. Du bist ein verdammter Scheißkerl.«

Masons dunkle Augen weiteten sich.

Flint grinste aus irgendeinem Grund wie ein Idiot.

Sie war sich nicht sicher, warum.

Für den Bruchteil einer Sekunde löste sie ihren Blick von Mason und sah Flint an, um von ihm eine Erklärung zu bekommen.

Mason stürzte sich brüllend auf ihn, und Flint versteifte sich, lehnte sich nach vorn und begegnete ihm frontal. Er fing den Schlag ab, den Mason ihm ins Gesicht schleuderte, und verdrehte den Arm des

Mannes, wodurch Mason ein schmerzerfülltes Ächzen entlockt wurde. Der Arm knickte nach hinten weg und zwang ihn, auf die Knie zu sinken, damit er nicht gebrochen wurde.

Flint knurrte und schlug zu – er traf Mason so fest in den Adamsapfel, dass der Mann würgte. Mason klammerte sich röchelnd an die Kehle, während Flint die andere Hand von sich wegschleuderte und zurückwich, um dem Mann Platz zu machen.

»Verdammter Betrüger«, stieß Mason mit heiserer Stimme hervor, während er nach Luft rang. Er blickte zu Flint auf, seine Augen glühten golden. »Du hast ihr gesagt, sie soll mich abweisen.«

War das, weil sie seine Beute abgelehnt hatte?

Mason kam schwerfällig auf die Beine. »Ein Bär ist eine größere Beute als ein Schaf ... Ich hätte diese Runde gewinnen müssen. Ich hätte das Hofieren gewinnen müssen.«

Ihre Weigerung hatte Flint irgendwie zum Sieg verholfen.

»Ich wusste das nicht«, schnauzte Yasmin ihn an und seine Augen verengten sich auf eine Weise, die zeigte, dass er ihr nicht glaubte. »Selbst wenn ich es gewusst hätte, hätte ich dich abgelehnt. Ich hätte mich nie für dich entschieden.«

Er brüllte und sprang auf sie zu.

Flint war da, bevor er sie erreichen konnte, packte den Mann und hielt ihn zurück. Mason knurrte und richtete seine Aggression auf Flint. Sie zuckte zusammen, als er Flint eine Faust in die Seite schlug und auf die heilenden Wunden dort zielte.

»Tretet zurück, alle beide.« Cobalt versuchte, die beiden zu trennen, und schaffte es, sie für einen kurzen Moment voneinander zu lösen.

Das gab Mason nur eine weitere Gelegenheit.

Flint versuchte auszuweichen, indem er seine Hüften nach hinten schob, aber da sein Bruder ihn festhielt, konnte er dem Schlag nicht ausweichen.

Masons Klauen schlitzten seinen Bauch knapp über dem Bauchnabel auf.

Flint stöhnte und taumelte nach hinten, als Cobalt ihn losließ und auf Mason losging. Er warf ihn zu Boden und schlug ihm seine Faust mit solcher Wucht ins Gesicht, dass der Mann schon nach dem ersten Schlag bewusstlos war.

Cobalt brüllte, Aggression blitzte in seinem Gesicht auf und verwandelte es in einen manischen Ausdruck, als er sich auf Masons Brust fallen ließ und den Mann mit den Knien unter sich fixierte. Jeder Muskel unter seinem schwarzen Shirt war angespannt und verkrampft, als er knurrend auf Mason einschlug – eine wilde Bestie, die vor Wut schäumte.

Rath und ein weiterer Mann stürzten sich auf Cobalt, um ihn von Mason wegzuziehen, bevor er ihn tötete.

Yasmin konnte sich nicht bewegen, nicht einmal, als sie ihnen helfen wollte.

Flint drückte seine Hand auf den Bauch, sein

hübsches Gesicht war gezeichnet und Angst blitzte in seinen Zügen auf, als er nach unten sah.

Diese Angst verwandelte sich in Schock, als er seine Hand von der Wunde wegzog und sie anstarrte.

Sie wusste, warum.

Die Wunde war flacher, als sie hätte sein sollen, kaum ein Kratzer, obwohl Mason ihn tief erwischt hatte.

Yasmin drückte ihre Hand auf ihren eigenen Bauch unter ihrem cremefarbenen Shirt und zog sie dann wieder weg.

Verwirrt starrte sie auf das Blut, das ihre Handfläche bedeckte.

KAPITEL ACHTZEHN

FLINT BEKAM KEINE LUFT MEHR, als er auf das Rot starrte, das sich auf Yasmins Bauch bildete. Alles verlangsamte sich, als sie ihre Hand wegzog und mit großen braunen, von Angst erfüllten Augen darauf starrte.

Sie schwankte auf ihren Füßen.

Sofort war er an ihrer Seite und hielt sie aufrecht, als ihre Beine nachgaben. Sie bemerkte ihn nicht, sondern starrte nur entsetzt auf ihre Hand.

»Wer hat dir das angetan?« Er versuchte, sie dazu zu bringen, ihn anzuschauen, aber sie starrte nur vor sich hin.

Panik mischte sich mit Angst und Wut und er knurrte alle Anwesenden an, weil er sich sicher war, dass es einer von ihnen gewesen war.

Doch als sich die Panik soweit gelegt hatte, dass er

denken konnte, anstatt nur zu reagieren, beschlich ihn ein unangenehmes Gefühl der Beklemmung.

Er schaute auf ihren Bauch.

Und dann auf seinen.

Die Kälte setzte sich an seine Fersen und packte sein Herz mit eisigen Krallen, die sich tief hineinbohrten.

»Wie ist deine Mutter gestorben?«, krächzte er.

Sie zitterte, den Blick immer noch auf das Blut in ihrer Handfläche gerichtet, und flüsterte: »Meinem Vater wurde in die Brust geschossen.«

Ein Schauer durchfuhr ihn.

Ihre Mutter hatte diese Verletzung geteilt, weil sie irgendwie aneinander gebunden waren.

Verfluchte Scheiße.

Ihm wurde klar, dass sie ihre Kraft nicht direkt auf andere Leute anwendete, weil die Gefahr bestand, dass sie dadurch an sie gebunden würde.

So wie sie jetzt an ihn gebunden war.

Er zog sie in seine Arme und hasste es, dass sie nicht protestierte, ihre großen Augen nicht von ihrer Handfläche nahm und tausend Kilometer von ihm entfernt war, obwohl kaum mehr als einige Millimeter zwischen ihnen waren. Er drückte sie an sich und trug sie in seine Hütte. Sie wehrte sich nicht, als er sie die Treppe hinauf trug oder als er sie auf sein Bett legte.

»Sag mir, wie man das in Ordnung bringt. Sag mir, was ich tun soll, Yasmin.« Denn er wusste nicht, was er tun sollte – er war kaum in der Lage seinen eigenen Namen zu sagen, geschweige denn sich um die Wunden zu kümmern. Langsam aber sicher verlor er den Verstand, während sie weiter auf ihre verdammte Hand starrte.

Reiß dich zusammen.

Er holte tief Luft, in der Hoffnung, dass sich sein Verstand und sein Herz beruhigen würden, damit er wusste, was er tun musste.

Der erste Schritt war es, einen Blick auf die Wunde zu werfen, denn Mason hatte ihn schwer getroffen – tief genug, um den Muskel zu erreichen oder, schlimmer noch, ihn zu durchdringen.

Sie wandte ihren Blick nicht von ihrer Hand ab, selbst als er ihr das Shirt auszog.

Sein Keuchen zerriss die angespannte Stille, als sein Blick auf ihrem Bauch landete.

Und er fand mehr als nur die Wunde, die Mason ihm zugefügt hatte.

Übelkeit machte sich in seinem Magen breit, als er all die anderen Wunden an ihr entdeckte, die mit seinen übereinstimmten. Von den schwachen Kratzspuren auf ihrer Brust und den bösartigen rosafarbenen Kreisen auf ihrer linken Seite bis hin zu den frischen Schnitten und Schürfwunden und den dunklen Blutergüssen. Seine Schultern sackten nach unten, seine Kraft verließ ihn.

Sie hatte seine Verletzungen aufgesogen, seit sie ihn nach dem Bärenkampf gerettet hatte.

»Ich wusste es nicht«, röchelte er und sank auf dem

Bett neben ihr auf die Knie. Er fuhr sich mit den Händen durch seine schwarzen Haare und verzog das Gesicht, als er sie mit all den Narben und blauen Flecken betrachtete, die seine Schuld waren. »Scheiße. Ich wäre vorsichtiger gewesen, wenn du es mir gesagt hättest. Ich habe dir wehgetan.«

Endlich bewegte sie sich – ein leichtes Kopfschütteln.

»Nein. Ich habe mir selbst wehgetan. Es war meine Entscheidung.« Ihr Blick schweifte von ihrer Hand ab und wanderte über seine nackte Brust zu ihm. »Ich hatte Angst, dass du mir böse sein würdest ... weil du nie wolltest ...«

»Ich will dich.« Er hielt nichts zurück, als diese Worte über seine Lippen kamen, und dachte nur daran, sie zu beruhigen, während ihre Unruhe durch ihn fuhr. Er lächelte sanft. »Ich brauche dich mehr als alles andere ... habe ich das nicht bewiesen? Ich war ein Idiot ... ich dachte, ich wäre nach einer Nacht mit dir zufrieden ... dabei bist du alles für mich, Yasmin ... also sag mir, wie ich das in Ordnung bringen kann.«

Ihre Augen wurden wässrig und strahlten ihn mit etwas an, von dem er zu hoffen wagte, dass es Liebe war.

Sie nickte.

Dann runzelte sie die Stirn und schluckte schwer.

»Du brauchst das Material von Rath.«

»Schon hier.« Cobalts tiefe Stimme kam von

hinten, und Flint war noch nie so froh gewesen, sie zu hören.

Sein blonder Bruder stellte den Karton neben Yasmin auf dem Bett ab und Flint hörte ihr aufmerksam zu, als sie ihm und Cobalt erklärte, was zu tun war.

Die Wunden zu nähen war eines der unangenehmsten Dinge, die er je getan hatte, aber es ermöglichte ihm, nah genug heranzukommen, um zu sehen, dass Masons Krallen nur durch Haut und Muskeln gegangen waren, aber nicht tiefer.

Yasmin ging mit dem Schmerz um wie ein Profi, und dafür bewunderte er sie – für ihre Stärke und ihren Mut.

Cobalt bewunderte sie anscheinend auch sehr dafür.

»Du hast Eier aus Stahl, Madame Göttin.« Sein Bruder wischte sich die Hände an einem alten Handtuch ab und entfernte das Blut von ihnen, während Flint die Verbände genau nach ihren Anweisungen anlegte. »Ich wäre wahrscheinlich ohnmächtig geworden und hätte euch alle weitermachen lassen, während ich in ahnungsloser Glückseligkeit geschwelgt hätte ... ein bisschen so wie Flint.«

Flint warf ihm einen bösen Blick zu, aber er wandte seinen Blick nicht lange von seiner Arbeit ab.

»Ich musste bei Bewusstsein bleiben«, murmelte Yasmin mit einem Hauch von Lächeln in ihrer sanften

Stimme. »Ich wollte nicht aufwachen und hässliche Stiche am ganzen Bauch vorfinden.«

Sie erntete für diese Aussage keinen bösen Blick von ihm. Ohne ihre Anweisung hätte er wahrscheinlich wirklich keine gute Arbeit geleistet. Er war sich nicht einmal sicher, ob er *überhaupt* gute Arbeit geleistet hatte. Seine Hände hatten die ganze Zeit über gezittert, als er sie zusammengenäht hatte, und er war überzeugt, dass er es gründlich vermasselt hatte.

»Ich glaube, du wirst trotzdem eine hässliche Narbe haben. Tut mir leid«, murmelte er stirnrunzelnd, anstatt seine Arbeit zu bewundern.

Yasmin schnaufte und zog eine Grimasse, als sie sich aufsetzte, sich auf die Ellbogen stützte und auf ihren Bauch hinunterschaute.

Sie schenkte ihm ein sanftes, beruhigendes Lächeln. »Nicht schlecht für deinen ersten Versuch. Das wird gut heilen. Ich denke, du wirst den Kurs bestehen.«

Sein Gesicht verfinsterte sich und seine Laune wurde immer düsterer, denn das war kein verdammter Scherz, den er auf die leichte Schulter nehmen konnte, und sie sollte das auch nicht tun.

Cobalt wich zurück und ging auf die Treppe zu. »Das ist mein Zeichen ...«

Er war blitzschnell die Treppe hinunter und aus der Tür verschwunden, sodass Flint mit Yasmin allein war.

Er legte sich auf das Bett neben Yasmin, betrachtete die Wunden, wünschte, er hätte es besser gemacht, und rang nach Worten, während seine Gedanken durcheinanderwirbelten. Mit dem Kopf an ihre Schulter gepresst, atmete er sie ein, um sich zu versichern, dass es ihr gut ging und dass der Schmerz, den er in ihr gespürt hatte, jetzt zusammen mit ihrer Angst verblasste.

Er hatte sie davon befreit.

Aber bei allen Göttern, er hatte sie überhaupt erst verursacht, und damit konnte er nicht umgehen. Es zerriss ihn, zerfetzte sein Inneres und ließ ihn bluten.

»Geht es dir besser?«, flüsterte er und bedeckte ihre Haut mit Küssen, weil er den Kontakt brauchte, um sich selbst zu beruhigen, aber auch in der Hoffnung, dass es sie beruhigen würde.

»Es wird gut heilen. Meine Nähe zu dir, als du verletzt warst, und meine Angst um dich haben dazu geführt, dass ich die Wunde sofort aufgesaugt habe.«

Sie musste also in seiner Nähe sein, um seine Verletzungen von ihm zu stehlen. Als er das verstand, überkam ihn Erleichterung, denn das bedeutete, dass er sicherstellen konnte, dass so etwas nie wieder passieren würde.

Er knurrte: »Schwöre, dass du das nächste Mal, wenn ich kämpfe, wegrennst.«

»Nein.« Sie versuchte, sich zu ihm zu drehen, und er runzelte die Stirn, als er sanft gegen die Schulter drückte und sie wieder auf den Rücken zwang.

»Doch, das wirst du, Yasmin«, knurrte er, als sich

seine Kehle schloss. »Ich kann den Gedanken nicht ertragen, dass du meinetwegen wieder so verletzt wirst.«

Er hob den Kopf und schaute auf sie herab.

Ihre Augen huschten zwischen seinen hin und her. »Ich werde nie vor dir weglaufen, Flint ... denn ich muss wissen, dass es dir gut geht, und ich muss für dich da sein, wenn du verletzt bist.«

»Aber es wird dich verletzen ... und das kann ich nicht zulassen.« Er strich ihr mit der linken Hand über die Wange, genoss den Kontrast zwischen ihrer olivfarbenen Haut und seiner blasseren, goldenen und runzelte die Augenbrauen, als er sie musterte.

Auf ihren Lippen lag der Hauch eines Lächelns und dann hob sie ihre Hand und strich ihm über die Wange, was sich verdammt gut anfühlte. Das brachte ihn völlig aus dem Konzept. Er lehnte sich gegen ihre Berührung, wollte mehr, sehnte sich danach, weil sie ihn tröstete und seine Puma-Seite endlich zur Ruhe kommen ließ. Fast hätte sie ihm ein Schnurren entlockt.

Ihre sanfte Stimme kitzelte seine Ohren, wärmte ihn innerlich und verscheuchte die anhaltende Kälte. »Dann halte ich eben Abstand ... genug, damit ich unser Band kontrollieren kann.«

Band.

Dieses Wort traf ihn hart.

Es ließ sein Herz hämmern und seine Seele singen.

Er war an sie gebunden.

Ihr Leben an seins.

Seines an ihres.

Er konnte sie spüren, die tiefe Verbindung zwischen ihnen, die ihre Seelen und ihre Zukunft auf eine Art und Weise verband, die er liebte, weil er sich zum ersten Mal vollständig und unbeschränkt fühlte.

Allerdings war er sich nicht sicher, ob das nur an ihrem Band lag.

Als er sie ansah, genoss er das Funkeln ihrer dunklen Augen, die ihn mit Emotionen anstrahlten, die er leicht benennen konnte – es spiegelte sich nämlich auch in seinem Innern wider, war kraftvoll und beherrschend. Außerdem war er sich sicher, dass ihr Band nicht der einzige Grund dafür war.

Es lag daran, dass er in sie verliebt war.

Liebte sie ihn auch?

»Warum hast du das getan?« Er versuchte, eine bessere Formulierung zu finden, als sie ihn stirnrunzelnd ansah. »Du hast miterlebt, was deiner Mutter wegen ihres Bandes zu deinem Vater passiert ist … aber du hast trotzdem alles für mich riskiert.«

Sie strich ihm mit dem Daumen über die Wange, ihr sanfter Blick blieb an seinem haften.

»Diese Nacht hat mir Angst gemacht und ich habe es deshalb vermieden, meine Kraft direkt auf andere anzuwenden, obwohl ich wusste, dass ich mich nur an jemanden binden kann …« Sie löste ihren Blick von ihm und schluckte, während er hörte, wie ihr Herz schneller schlug und zu hämmern begann. Er spürte, wie sich ihre Nerven mit seinen eigenen vermischten, und dachte, sie würde schweigen, aber dann seufzte sie und hob ihren Blick wieder an. »Dass ich mich nur an jemanden binden kann, der mir sehr am Herzen liegt ... so sehr, dass ich ein Stück meiner Seele mit ihm teilen möchte, um uns zu vereinen, damit er von meiner Stärke profitieren kann.«

Seine Ohren klingelten und sein Puls raste, als er diese Worte hörte.

Sie strich ihm über die Wange, während ein Lächeln ihre Lippen umspielte – ein wenig nervös, aber auch sehr hoffnungsvoll.

»Jemanden, den ich liebe.«

Flint zog sie in seine Arme und küsste sie, sanft, langsam, voller Ehrfurcht, als all die Angst, die Zweifel und die Nervosität plötzlich von ihm abfielen und nur noch wärmere und leichtere Gefühle zurückblieben.

Seine Liebe zu ihr.

Sie pulsierte tief in ihm. Mächtig. Verzehrend. Unbestreitbar.

Endlos.

Als er sich schließlich dazu durchrang, den Kuss zu unterbrechen – weil er sie wieder ansehen wollte, weil er in ihren Augen sehen wollte, dass sie ihm die Wahrheit sagte und ihn wirklich liebte –, lächelte sie.

Das raubte ihm wieder den Atem und schließlich auch das Herz.

Er war sich nicht sicher, ob sie jemals aufhören würde, es zu stehlen.

Sie fuhr mit ihrer Hand nach oben und rieb ihn hinter dem Ohr, und er kämpfte gegen den Drang an, konnte aber nicht verhindern, dass seine Augenlider zufielen. Das intensive Vergnügen durchströmte ihn, ließ ihn zu Wachs in ihren Händen werden und offenbarte ihr seine ultimative Schwäche – eine, von der er sich sicher war, dass sie sie ausnutzen würde, wenn sie etwas wollte.

Sie zog ihre Hand zurück und er schaffte es, seine Augen zu öffnen, damit er sie wieder in vollen Zügen genießen konnte.

»Wofür war das?« Er klang zu schläfrig, als hätte er es zu sehr genossen, alle seine Karten offen auf den Tisch zu legen.

Der Blick, den sie ihm zuwarf, sagte, dass es jetzt keine Hoffnung mehr für ihn gab. Sie wusste, wie sie ihn um den kleinen Finger wickeln konnte. Nicht, dass sie einen solchen Weg gebraucht hätte. Er war bereits fest darum gewickelt.

Ihr Lächeln blendete ihn förmlich. »Ich habe doch vorhin versprochen dich hinterm Ohr zu kraulen.«

Er runzelte die Stirn und dann wurde es ihm klar. Als er ihr seine Beute angeboten hatte, hatte sie gescherzt, dass sie ihn zur Belohnung kraulen würde.

»Du akzeptierst also meine Beute?« Er legte den Kopf schief und musterte ihre Augen, die ihn anstrahlten.

Sie nickte. »Aber ich glaube, du hast sowieso schon gewonnen, oder?«

Stimmt. Sie hatte sich geweigert, Masons Beute zu akzeptieren, was ihn disqualifiziert hatte.

»Aber ich bin der Gewinner«, säuselte er und beugte sich zu ihr. »Ich habe das Hofieren gewonnen, wie ich es versprochen habe.«

»Ich habe nie gesagt, dass du das nicht tun würdest.« Sie fuhr mit ihren Fingern zu seinem Nacken und er erschauderte, als sie ihn sanft streichelte.

Er widerstand erneut dem Drang zu schnurren und sah ihr weiterhin in die Augen, während er mit seiner Hand über ihre Seite strich und sich ein wenig näher an sie heranlehnte.

»Wirst du mich als Gewinner auswählen?«

Yasmin wickelte eine Haarsträhne von ihm um ihre Finger. »Es wäre unhöflich, es nicht zu tun.«

Mit einem spöttischen Grinsen ließ er sie gewähren, denn sie genoss es, ihn zu necken, und nachdem er sie verletzt gesehen hatte, war er viel zu froh, sie wieder lächeln zu sehen, um sie zu bremsen.

»Ich habe also das Hofieren gewonnen, was ja ganz nett ist … aber ich glaube, ich habe einen besseren Preis gewonnen … den bestmöglichen Preis … einen, den ich um nichts in der Welt hergeben würde und den ich für den Rest meines Lebens hegen und pflegen werde.«

Ihre Augenbrauen zogen sich zusammen, aber dann kehrte ihr Lächeln zurück und es war noch strahlender als zuvor. Es machte ihn fast blind, als sie ihre Hände in seine Haare krallte und ihn zu sich herunterzog, sodass ihre Lippen nur wenige Zentimeter voneinander entfernt waren und ihr Atem über sein Gesicht strömte.

»Und was hast du gewonnen?«, hauchte sie gegen seine Lippen.

Flint nahm ihre Wange in seine Handfläche, drückte seinen Daumen an ihr Kinn und neigte ihren Kopf nach hinten, sodass sich ihre Augen trafen. Sein Herz schlug schneller und Wärme breitete sich in ihm aus, als er sie ansah – in seelenvolle, dunkle Augen, die ihn von dem Moment an, als er sie kennengelernt hatte, verzaubert hatten. Augen, die ihn in ihren Bann gezogen hatten und in etwas, das sich für ihn immer noch mehr nach Fantasie als nach Realität anfühlte.

Eine, die *für immer* glücklich sein würde.

Er brachte seinen Mund nahe an ihren heran und flüsterte vier Worte – Worte, die sie dazu brachten, sich aufzurichten, um ihn zu küssen, ihn zu versengen und ihren Namen erneut in seine Seele zu stempeln. Sie markierte ihn auf eine Art und Weise, die ihm das Gefühl gab, dass sie seine Worte erwiderte und jedes einzelne davon ernst meinte. Dass sie ihn als einen Gewinn betrachtete, den sie für den Rest ihres Lebens hegen und pflegen würde.

»Ich habe dich gewonnen.«

Vielen Dank fürs Lesen!

Wenn dir dieses Buch gefallen hat, hinterlasse doch

bitte eine Rezension oder eine Sternebewertung, um anderen Leserinnen und Lesern bei der Entscheidung zu helfen, ob dieses Buch auch etwas für sie ist.

Erfahre mehr über meine paranormalen Liebesromane:
https://www.felicityheaton.com/german

Oder trage dich in meinen Newsletter ein, um einen über neue Titel informiert zu werden, und exklusive Inhalte wie Kurzgeschichten zu lesen:
https://geni.us/fhdenewsletter

Lies weiter, um einen Vorgeschmack auf die nächste Geschichte der süchtig machenden paranormalen Liebesromanreihe „Die Gefährtinnen der Cougar-Creek-Wandler“ zu erhalten: ***Begehrt von ihrem Puma***

BEGEHRT VON IHREM PUMA

COBALTS schwere schwarze Stiefel gruben sich in den losen Kies am Flussufer ein. Seit er vor sechs Stunden seine Schicht beendet hatte, lief er dort schon förmlich einen Graben in den Boden, weil er unermüdlich auf und ab rannte, während er mit sich selbst kämpfte.

Er hätte schon vor Wochen, als er in Cougar Creek angekommen war, mit Rath sprechen sollen – er hätte nicht so lange warten dürfen, ohne seinen älteren Bruder zu informieren. Jetzt wurde es immer schwieriger, den richtigen Moment, die richtigen Worte oder den verdammten Mut zu finden, ihm zu sagen, was passiert war – auch wenn er den brüderlichen Rat dringend brauchte.

Er musste die Last von seinen Schultern bekommen, bevor er unter dem Gewicht des Ganzen zusammenbrach.

Es war ein solider Plan und das Schlimmste, was sein Bruder tun könnte, war, ihn abzuschmettern, aber verdammt, es war schon schwierig, nur daran zu *denken*, auf Rath zuzugehen und ihm alles zu erzählen. Nachts lag er meistens wach, unruhig und aufgewühlt, und er hatte Glück, dass seine Hütte abgelegen war und auf einem eigenen kleinen Stück Land am Fluss lag, denn sonst hätte bestimmt jemand bemerkt, dass er die letzten vier Tage nicht geschlafen hatte.

Scheiße, irgendjemand würde es trotzdem bald mitbekommen. Er konnte nicht ewig so weitermachen, bevor einer seiner Brüder einen Blick auf ihn werfen und endlich sehen würde, wie dünn er geworden war, wie angespannt und kurz vor dem Zusammenbrechen er war.

Der Grund dafür, dass er nicht mehr schlafen konnte, könnte mit der Zusammenkunft der Frühjahrspaarung zu tun haben, die ihn überhaupt erst nach Cougar Creek geführt hatte – und mit einem bestimmten Weibchen, das zum ersten Mal dabei war.

Er versuchte, nicht an Ember zu denken – an die Tatsache, dass diese Schönheit mit den rabenschwarzen Haaren endlich ein Jahrhundert alt und somit erwachsen geworden war – und daran, wie er sich gefühlt hatte, als er sie dieses Mal am Cougar Creek erblickte.

Cobalt versuchte, nicht jede verdammte Sekunde des Tages und der Nacht daran zu denken, aber es verfolgte und quälte ihn.

Die Erkenntnis, dass sie zu der Zusammenkunft gekommen war – dass die Männchen um das Recht kämpfen würden, ihre Bedürfnisse zu befriedigen, während ihr Verlangen nach der Paarung immer größer wurde, und dass er aufgrund seiner Position im Rudel nicht dabei sein konnte – war ein harter Schlag in die Magengrube, gefolgt von einem Schlag in die Brust, der sich anfühlte, als würde er sein Herz zerschmettern.

Er war innerlich ins Taumeln geraten, hatte das Gleichgewicht verloren und war gefährlich geworden.

Cobalt war gerade noch rechtzeitig am Creek angekommen, um miterleben zu können, wie sich Storm, sein jüngerer Bruder, auf den Weg gemacht hatte, um gegen einen Bärenwandler zu kämpfen. Die Kombination aus der Tatsache, dass Ember hier nach einem Männchen suchte, das sich um ihre Bedürfnisse kümmerte, und seinem Bruder, der sich in Gefahr befand, hatte Cobalt in Rage gebracht. So sehr, dass er beinahe den Bärenwandler gejagt hätte, als dieser sich zurückzog. Cobalt war fest entschlossen gewesen, dem Bastard den Garaus zu machen, und es war ihm egal, ob er es dafür mit dem gesamten Rudel des Männchens hätte aufnehmen müssen.

Nur die Erkenntnis, dass Storm schwer verwundet worden war, hatte ihn schließlich davon abgehalten, sich auf etwas anderes zu konzentrieren, und ihm erlaubt, die Zügel wieder in die Hand zu nehmen und die Kontrolle zurückzugewinnen.

Cobalt fuhr sich mit den Händen durch seine platinblonden, wilden Haare und knurrte, während er daran zog. Dann drehte er sich um und machte sich wieder daran, hin und her über die Lichtung vor seiner Hütte zu laufen – jetzt schneller, da seine Gefühle wieder die Oberhand gewannen.

Er wollte so unbedingt kämpfen. Seine Muskeln fühlten sich zu eng an, sie drückten gegen seine Knochen, sein ganzer Körper war angespannt wie eine Sprungfeder und, verdammt, er drohte zu platzen.

Seine Krallen wurden länger und seine Fangzähne schärfer, während seine Frustration wuchs, eine explosive Mischung aus Wut, Scham und bitterer Enttäuschung. Er knurrte, bleckte die Zähne und drehte sich herum, um den gleichen Weg zurückzugehen. Seine Schritte wurden kürzer, als sich das Bedürfnis, zu kämpfen, mit dem Schmerz, sich zu wandeln, vermischte.

Bei allen Göttern, er wollte sich dieser tiefen seelischen Sehnsucht hingeben.

Er wollte jedes verdammte Gefühl, das in ihm kochte, das ihn verwirrte und zerriss, verdrängen und dem Instinkt freien Lauf lassen. Die Wandlung in seine Puma-Form würde ihm die Befreiung und Erleichterung verschaffen, die er so dringend brauchte.

Seine Tiergestalt dämpfte seine Emotionen, weil sie sie nicht so leicht verarbeiten konnte wie seine menschliche Seite, und unterdrückte sie stattdessen. Wenn er lange genug als Puma unterwegs war, traten seine chaotischen Gefühle in den Hintergrund und seine Instinkte übermannten ihn.

In dieser Form gehorchte er einer Reihe von niederen und unkomplizierten Bedürfnissen.

Kämpfen. Fressen. Ficken. Überleben.

Das war alles, was zählte, wenn er als Puma rannte, und es war verlockend, sich davon leiten zu lassen, aber es war auch gefährlich.

Diese Instinkte würden ihn wahrscheinlich direkt zu Ember führen.

Er wollte genauso um sie kämpfen, wie es die anderen Männchen konnten, und, bei allen Göttern, er wollte ihre Bedürfnisse stillen. Er sehnte sich danach, ihr die Erleichterung zu verschaffen, von der er tief in sich spürte, dass sie sie dringend brauchte. Jedes Mal, wenn er ihr nahe war, pochte es in seinem Blut und trieb ihn an, etwas zu tun – egal was –, um sicherzustellen, dass sie die Erlösung von ihren Instinkten fand, von der Paarungshitze, die sie nach Cougar Creek gebracht hatte.

Cobalt versuchte, sie aus seinem Kopf zu verdrängen, aber das Bedürfnis flammte wieder auf und brachte ihn dazu, sich selbst die verdammte Haut vom Leib kratzen zu wollen, während er unruhig zuckte. Sein Körper war bereit für die zarte, schöne Frau, die ihm vor zwei Jahrzehnten ins Auge gefallen war und die ihm seitdem nicht mehr aus dem Kopf gegangen war.

Nicht mehr aus dem Herzen.

Die Sonne kroch höher und durchbrach die Gipfel der Berge, als er sich vom Bach abwandte und zurück auf die andere Seite seines kleinen Territoriums schritt. Die Strahlen verjagten die frische Kühle aus der Morgenluft und von seinen Armen und machten ihm bewusst, wie kalt ihm in seinem schwarzen T-Shirt und seiner Jeans geworden war.

Cobalt verlangsamte seinen Schritt, um sich im Licht zu sonnen, das ihn wärmte und umspülte, während er sich wünschte, es würde all seine Sorgen wegtragen – so wie früher, wenn er als Kind darin gebadet hatte.

Während die Luft sich erwärmte, wirbelte der Nebel auf, kräuselte sich auf der Oberfläche des seichten, breiten Baches zu seiner Rechten und schlängelte sich um seine Knöchel.

Er starrte auf den Horizont und atmete langsam und tief die frische Luft ein. Er konzentrierte sich auf den fernen Punkt, an dem die schneebedeckten Berge in den Himmel ragten, und ließ alles andere von seinen Schultern fallen, bis sie sich wieder leichter anfühlten.

Er konnte nicht länger so weitermachen.

Er würde verrückt werden, wenn er das täte.

Da Embers Anwesenheit an seiner Beherrschung zerrte, ihn mit Emotionen, die ihn zerrissen, und Instinkten, die ihn unberechenbar machten, unter Druck setzte, musste er sich in ihrer Gegenwart und der der anderen Männchen mit aller Kraft beherrschen. Er durfte sich nicht von dem, was passiert war, ablenken lassen.

Aber Rath war ständig mit Ivy beschäftigt – seiner wunderschönen Gefährtin – und es schmerzte Cobalt, sie zusammen und glücklich ineinander versunken zu sehen. Er konnte nicht einmal mit Storm sprechen, da sein jüngerer Bruder in England war, um den Hintergrund des Halbbruders seiner Gefährtin zu untersuchen und herauszufinden, ob dieser wirklich allein und nicht mit Erzengel zusammengearbeitet hatte – einer Organisation von Jägern, die sein Rudel vor fast vier Jahrzehnten angegriffen hatte.

Eine Organisation, die ihnen ihre Eltern genommen hatte und kurz davor gewesen war, auch Storm zu töten.

Allein der Gedanke an diese Nacht ließ das Bedürfnis, zu kämpfen, wieder aufsteigen – ein wilder und unbändiger Drang, seine Klauen und Fangzähne blutig zu machen, um seine Brüder zu schützen.

Cobalt konzentrierte sich wieder auf den Sonnenaufgang und nutzte ihn, um eben genau diesen Drang zu beruhigen. Er wich nur langsam von ihm, denn die Müdigkeit und eine weitere Nacht voller Sorgen hatten ihn erschöpft und geschwächt.

Als es endlich aus ihm herausgeflossen war, blickte er auf seine Hände hinunter.

Auf seine ausgefahrenen Krallen.

Er starrte sie an und wollte, dass sie verschwanden, aber sie weigerten sich.

Scheiße.

Er musste mit Rath sprechen.

Und zwar heute noch.

Bevor er zu einer Belastung wurde, zu einem Mann, der nicht auf der Schwelle stand, sondern darüber hinaus war und sich wegen der kleinsten Kleinigkeit in einen Kampf stürzen würde.

Und er wusste mit einer unangenehmen Gewissheit, dass, wenn er kämpfte, es nicht einfach dabei bleiben würde.

Er würde töten.

Kälte durchfuhr ihn, sein Blut fühlte sich an wie eisiger Schlamm in seinen Adern, und sein Magen überschlug sich.

Er knurrte sich selbst an. Er hatte es lange genug aufgeschoben, er konnte es nicht länger hinauszögern, sonst würde er eine Gefahr für das ganze Rudel sein.

Cobalt machte auf dem Absatz kehrt und marschierte am Flussufer entlang, weg vom Sonnenaufgang und in Richtung des Gebiets, in dem sich die meisten Hütten am Cougar Creek befanden.

Inklusive der von Embers Familie.

Sein Puls beschleunigte sich, als er sie zwischen den Bäumen in der Nähe des Baches entdeckte. Die Kiefern und Fichten schützten die Hütte, die nur zehn Meter vom Ufer entfernt stand und auf die große Grünfläche, die den Hauptteil vom Creek bildete, ausgerichtet war.

Aus dem Schornstein quoll Rauch, ein Zeichen dafür, dass irgendjemand wach war.

Sein Tempo verlangsamte sich und er konnte sich nicht davon abhalten, einen Blick auf die Vorderseite der L-förmigen Hütte zu werfen. Er ging extra langsam weiter über die Lichtung und steuerte auf das Ende der zweihundert Meter langen Grasfläche zu, wo die Hütte seines Bruders zwischen den Bäumen lag – ohne den Blick von Embers Hütte zu nehmen.

Die Vorhänge vor den kleinen Fenstern, die rechts und links von der Tür ihrer Hütte prangten, waren zugezogen und versperrten ihm die Sicht. Erneut breitete sich ein Schmerz in ihm aus, pochte bis tief in die Knochen und ließ seine Schritte immer langsamer werden, bis er fast stehen blieb und sich dieser Pein hingab.

Er wollte sie sehen.

Diese Sehnsucht brannte in ihm – ein Bedürfnis, das er nur schwer leugnen konnte. Seine Instinkte drängten ihn dazu, auf ihre Veranda zu treten und an ihre Tür zu klopfen, um sie zu sehen. Verdammt, seine Instinkte taten mehr, als nur zu drängen.

Sie verlangten danach.

Diese Frau gehörte ihm.

Das wusste er.

Bei allen Göttern wusste er es.

Es loderte in ihm wie eine ewige Flamme, die immer stärker wurde und so heiß brannte, dass er manchmal das Gefühl hatte, sie würde ihn verschlingen, ihn komplett vernichten, wenn er nicht einen Weg fand, die tobenden Brände zu beruhigen.

Es gab nur einen Weg, wie er das schaffen konnte. Während seine Position als Beschützer des Rudels früher ein Segen gewesen war – sie hielt ihm die Weibchen vom Leib, da er aufgrund seiner Pflicht nicht an der Zusammenkunft teilnehmen konnte –, war es jetzt, da Ember zum ersten Mal dabei war, der schlimmste aller Flüche.

Und er konnte nichts dagegen tun.

Er hatte seine Pflicht noch nie gehasst, aber jetzt verabscheute er sie mit unverminderter Inbrunst.

Als er und seine Brüder vor über dreißig Jahren nach dem Angriff von Erzengel – einem brutalen Angriff, der das Rudel erschüttert und sie gezwungen hatte, in ein neues Territorium zu ziehen – diese Aufgabe übernommen hatten, war es ihm egal gewesen. Aber dann, kurz nachdem sie sich in Cougar Creek niedergelassen hatten, hatte er Ember zum ersten Mal gesehen.

Sie war noch weit davon entfernt gewesen, erwachsen zu sein – ein junges Weibchen mit Pausbäckchen, das für alle vorbeigehenden Menschen wie eine Teenagerin, die auf die zwanzig zuging, gewirkt hätte.

Jedes Mal, wenn sie am Bach gewesen war, hatte er auf sie aufgepasst, aber verdammt, sie war zu einem atemberaubenden Weibchen herangewachsen – mit anmutigen Kurven, die ihn bei jedem Anblick förmlich in Flammen aufgehen ließen.

Dumm wie er war, hatte er ihr Zeit geben wollen, um die Reife zu erlangen, bevor er sie ansprechen wollte. Er war davon ausgegangen, dass sie irgendwann am Creek auftauchen würde und er sofort zur Stelle sein könnte, wenn es so weit war, da Rath ihn immer auf dem Laufenden hielt, wer zu Besuch kam.

Er hatte nur nicht damit gerechnet, dass ihr erster Auftritt nach dem Erwachsenwerden eine verdammte Frühlingszusammenkunft sein würde.

Jetzt saß er auf der Zuschauertribüne fest und musste für die Sicherheit der Mitglieder des Rudels sorgen – während diese in der Paarungshitze steckten – und alle Kämpfe überwachen, die um die Vorherrschaft bei den Weibchen ausbrachen.

Weibchen wie Ember.

Aber sie gehörte ihm, und er brauchte sie.

Seine Instinkte zwangen ihn förmlich.

Er musste an diese Tür klopfen, die ihn von ihr trennte. Er musste sie dazu bringen, sie zu öffnen und ihn mit ihren leuchtenden Augen anzuschauen – Augen, die ihm bestätigten, dass er nicht allein war. Dass sie sich auch nach ihm sehnte. Dass sie ihn mit der gleichen Heftigkeit begehrte wie er sie.

Und er musste sie dazu bringen, ihre Arme für ihn zu öffnen, denn was er jetzt am meisten brauchte, war, seinen Kopf an ihre Schulter zu legen. Seine Arme um sie zu schlingen und sie einfach nur festzuhalten, bis er das Gefühl hatte, wieder auf festem Boden zu stehen, alles wieder an seinem Platz zu haben und wieder richtig zu sein.

Bei allen Göttern, er musste sie festhalten, bis der Schmerz verging. Er wollte nur einen Moment mit ihr, ohne dass jemand sie sah oder ihn verurteilte.

Er musste sich von ihr zusammenhalten lassen, sie musste ihm Kraft geben und ihm Mut und Hoffnung machen.

Hoffnung, dass sie ihm gehören würde, und Hoffnung, dass sein Leben von nun an nur noch besser werden konnte.

Er wischte sich mit der Hand über seine zerzausten blonden Haare – was er in letzter Zeit so oft tat, dass es ihn wunderte, dass er überhaupt noch welche auf dem Kopf hatte – und schnaufte, als er sich von ihrem Haus entfernte und sich zwang, auf Raths eineinhalbstöckige Hütte am oberen Ende der abschüssigen Grünfläche zuzusteuern.

Er stapfte den sanften Hügel hinauf, wobei der wachsende Abstand zwischen ihm und Ember an ihm zerrte. Fast hätte er geknurrt, als zu seiner Rechten ein dunkelhaariges Männchen aus dem Wald auftauchte und er den Blick des Mannes in Richtung des Baches erhaschte.

In Richtung von Embers Hütte.

Der Hunger in den blassgoldenen Augen des Männchens ließ Cobalt über seine Schulter schauen, um zu sehen, wen er im Blick hatte.

Ember stand auf der Veranda, bekleidet mit einer dunkelblauen Jeans und einem dicken schwarzen Pullover, der ihre kurvige Figur umspielte. Ihre feuchten, ebenholzfarbenen Haare verschwammen mit der Wolle, während sie ihr förmlich um die Schultern flossen. Sie hielt eine dampfende Tasse in der Hand und pustete sanft darauf – mit dem Profil zu ihm und dem anderen Mann.

Dem Mann, der sie immer noch anstarrte.

Cobalt verspürte das Bedürfnis, den Kurs zu ändern und den Abstand zwischen ihm und dem Männchen zu verringern, um ihn zu vertreiben und klarzumachen, dass Ember zu ihm gehörte. Nur die Götter wussten, wie er es am Ende doch schaffte, seinen Kurs beizubehalten und stattdessen die Kraft zu finden, weiter auf Raths Hütte zuzugehen.

Er warf noch einmal einen Blick auf den Mann, bevor er auf die Veranda trat – die sich über die gesamte Länge der Giebelseite der Hütte erstreckte –, und er musste feststellen, dass er Ember immer noch beobachtete. Vielleicht konnte er das Männchen schnell verscheuchen, bevor er seinen Bruder weckte. Es würde wahrscheinlich nicht viel brauchen. Ein Aufblitzen der Fangzähne und ein Knurren dürften ausreichen.

Und wenn nicht?

Er war sich nicht sicher, ob er die Kraft hatte, sich zurückzuhalten und nicht auf das Männchen loszugehen. In dem Zustand, in dem er sich gerade befand –

zermürbt und dem Ende seiner Kräfte nahe –, bestand die Gefahr, dass er die aufblitzenden Fangzähne und das Knurren überspringen und direkt dazu übergehen würde, dem Männchen die Seele aus dem Leib zu prügeln.

Also zwang er sich, stattdessen an Raths Tür zu trommeln, denn wenn Ember diese Seite von ihm sehen würde – die Dunkelheit, die er in sich trug –, würde sie ihn niemals wollen.

Er trat einen Schritt zurück auf die Veranda und richtete seinen Blick auf das dreieckige Fenster, das sich unter dem Dachvorsprung befand, während er wartete. Ein Schatten bewegte sich dort, und kurz danach knarrte die Tür vor ihm auf und enthüllte seinen älteren Bruder, der nur mit einer halb zugeknöpften, verblichenen Jeans bekleidet war.

Rath rieb sich den Schlaf aus den grauen Augen und gähnte.

»Was ist los?«, murmelte sein Bruder leise und seine Augen verengten sich auf Cobalt, als er schließlich seinen Arm senkte und sich mit der Schulter gegen den Türrahmen stemmte. »Du siehst ja furchtbar aus. Geht's dir gut?«

Cobalt atmete schwer aus. »Können wir reden?«

Rath nickte und warf einen Blick zurück ins Innere, hoch zum Schlafzimmer auf dem Dachboden, und griff dann nach der Tür. Er gähnte erneut, als er auf die Veranda trat, während ein marineblauer Fleecepulli von seiner rechten Hand baumelte.

Cobalt trat einen Schritt zurück, um ihm Platz zu machen.

»Ivy schläft noch.« Rath zog den Pulli an und rieb sich erneut die Augen, was Cobalt wieder einmal neidisch auf diesen Mistkerl machte.

Dieses Mal nicht, weil er eine Gefährtin hatte, sondern weil er offensichtlich eine ordentliche Portion Schlaf bekam, während Cobalt kurz vor dem Zusammenbruch stand. Vielleicht konnte er, nachdem er seine Schultern entlastet hatte, endlich ins Bett gehen.

Allerdings verlor der Schlaf seinen Reiz, als er zu dem Männchen hinüberblickte und feststellte, dass er Ember *immer noch* anstarrte. Er musste in der Nähe sein, um sicherzugehen, dass sie nicht so etwas Dummes tat wie zum Beispiel, diesen Kerl – oder irgendeinen Kerl – zu akzeptieren.

Er starrte das Männchen an und erschauderte, als eine heiße Liebkosung seinen Rücken hinunterglitt.

Ember.

Sie sah ihn an.

Bei allen Göttern, das Gefühl, wenn ihr Blick auf ihm lag, schürte das Feuer in ihm, bis es drohte seine Beherrschung zu dezimieren.

Er drehte seinen Oberkörper und sah sie an, unfähig, sich zurückzuhalten, während ihre Augen auf ihm verweilten.

Sie wandte ihren Blick ab und musterte den Mann, wobei sich etwas auf ihrem Gesicht abzeichnete, das er törichterweise als Abscheu interpretierte. Sie drehte sich um und verschwand wieder in ihrer großen Hütte.

Rath ließ sich in einen der Holzstühle rechts von Cobalt, unter dem Küchenfenster seiner Hütte, plumpsen.

»Das ist eins der wenigen Weibchen, die noch keine Avancen der Männchen akzeptiert haben«, sagte Rath trocken, während er seine Beine vor sich ausstreckte und die nackten Füße auf dem Geländer der Veranda abstützte. »Oder vielleicht ist es ihre Mutter, die sie nicht akzeptiert.«

Cobalt brummte daraufhin nur. Ihre Mutter hatte hohe Ansprüche, erwartete stets nur das Beste für ihr Kind, und so war es schon, seit sie ihren Vater bei dem Angriff von Erzengel verloren hatten.

Damit war Cobalt aus dem Rennen, denn er war völlig verkorkst.

Und ein Versager.

Allen seinen Brüdern ging es gut, ihre Geschäfte liefen bestens, und ihr Leben auch. Rath leitete Cougar Creek und hatte jetzt Ivy. Storms Sicherheitsunternehmen florierte und auch er hatte jetzt seine Schicksalsgefährtin. Sogar Flint, sein jüngster Bruder, hatte seine Gefährtin gefunden und sprach davon, die Firma für Wildtierbeobachtungen, die er im Norden Kanadas betrieb, zu erweitern.

Sie alle hatten ihre Gefährtinnen – eine Frau, die sie liebten und mit der sie für immer zusammen sein würden, wenn alles nach Plan lief.

Cobalt hatte nichts.

Den Tiefpunkt zu erreichen, tat weh und kratzte hart an seinem Stolz, aber er konnte niemandem außer sich selbst die Schuld dafür geben.

»Was ist los mit dir, Cobalt? Du bist distanzierter als sonst ... irgendwas bedrückt dich und ich bin es langsam leid, darauf zu warten, dass du mit mir darüber redest.«

Dafür musste er Rath anlächeln. Es war typisch für seinen Bruder, ihm seinen Freiraum zu lassen, selbst wenn er gemerkt hatte, dass etwas nicht stimmte. Pumas waren Einzelgänger, und die Männchen neigten dazu, sich wegen jeder Kleinigkeit zu bekämpfen, und wenn Rath seine Nase in Cobalts Angelegenheiten gesteckt hätte, hätte er ihn nur dazu gebracht, seinen Bruder anzupöbeln.

Cobalt parkte seinen Hintern an dem Geländer neben Raths Füßen – mit dem Rücken zu Ember und dem Bach.

»Ich habe Scheiße gebaut«, murmelte er und witterte Raths neugierigen Blick, weigerte sich aber, ihn anzuschauen. Wenn er das hier durchziehen wollte, dann auf seine Weise. Er starrte auf sein Spiegelbild im Fenster, in seine eigenen grauen Augen, und sprach zu sich selbst. »Alles lief großartig ... und vielleicht wurde ich ein bisschen übermütig ... Ich war der Meinung, dass ich diese Scheiße in den Griff kriegen würde. Ich wusste, dass der verdammte Deal dumm war, aber ich war davon überzeugt, dass ich ihn im Sack hatte und es ein Kinderspiel werden würde.«

Er seufzte und lehnte sich noch schwerer auf das Geländer, wodurch das Holz unter seinem Gewicht knarrte.

»Aber du hattest es nicht im Sack«, sagte Rath leise und Cobalt schüttelte den Kopf. »Kannst du es wieder hinbiegen?«

Er schluckte schwer und schüttelte erneut den Kopf. »Es ist weg. Das ganze verdammte Geschäft. Pleite. Einfach so. Es ist alles den Bach runtergegangen und … und … na ja, es ist nicht mehr zu retten.«

»Scheiße«, murmelte Rath und legte seine Hand auf Cobalts Bein. »Das ist … Das tut mir echt leid.«

Cobalt zuckte mit den Schultern, denn es gab nichts, das seinem Bruder leidtun könnte. Es war Cobalts Entscheidung gewesen – kein Akt der Götter oder etwas, worauf er keinen Einfluss gehabt hätte. Er hatte einen Fehler gemacht und dafür bezahlt.

»Was hast du jetzt vor?« Rath setzte sich auf und Cobalt merkte, wie sein Bruder sich auf ihn konzentrierte – er spürte auch sein Bedürfnis, etwas zu tun, um ihm zu helfen.

Ein Bedürfnis, auf das Cobalt gezählt hatte.

»Ich habe nachgedacht«, begann Cobalt und sah auf seinen Bruder hinunter. Das war eine Sache, die er nicht zu seinem Spiegelbild sagen konnte. Rath musste sehen, wie wichtig ihm das war, denn er hoffte, dass sein Bruder, wenn er das sah, ihm ohne zu zögern grünes Licht geben würde. »Vielleicht könnte ich ... hierbleiben. Wenn Ivy jetzt in der Nähe ist, wirst du am Creek Hilfe brauchen ... und du wirst sie sicher begleiten wollen, wenn sie unterwegs ist.«

Cobalt hatte mitbekommen, dass Ivy ihre Karriere als Tierfotografin nicht aufgeben wollte, und Rath würde seine Gefährtin nicht aus den Augen lassen. Er würde für sie bis ans Ende der Welt reisen, und das bedeutete, dass er den Creek für lange Zeit unbeaufsichtigt ließe, wenn er mit ihr reiste.

»Ich kann mich in deiner Abwesenheit um die Dinge kümmern. Das Territorium und die Hütten im Auge behalten.« Cobalt fuhr sich mit der Hand über die zerzausten Haare und dann in den Nacken, während er schwitzte und darauf wartete, dass Rath etwas sagte.

Seine Hütte lag auf der anderen Seite der Siedlung, weit weg von den anderen, weil er sein Temperament manchmal nicht ganz unter Kontrolle hatte.

Er hasste diese Seite an sich, die Art und Weise, wie er in einem Moment die Kontrolle hatte und im nächsten wild wurde, unbarmherzig angriff und sich nicht zurückhalten konnte. Er hasste es, weil er wusste, dass jeder im Rudel sich dessen bewusst war, denn viele von ihnen hatten die Nacht, in der diese Dunkelheit geboren wurde, in all ihrer schrecklichen Pracht miterlebt.

Sie alle sahen ihn als Bedrohung an, und einige

von ihnen wollten, dass Rath ihn aus dem Rudel verstieß.

Storm hatte dafür gekämpft, ihn im Rudel zu halten, denn sein jüngerer Bruder war der Grund dafür, dass diese Seite von Cobalt zum Vorschein gekommen war. Cobalt war an der Schwelle zur Reife gewesen, neunundneunzig Jahre alt, als Erzengel das Rudel angegriffen hatte. Ihre Eltern hatten ihm erlaubt zu kämpfen, weil er stark genug war, und Storm hatte törichterweise auch gekämpft, obwohl er fast ein Jahrzehnt von der Reife entfernt gewesen war.

Als die Jäger Storm schwer verletzt hatten, war Cobalt komplett ausgeflippt.

Danach war alles verschwommen, aber Rath hatte ihn später darüber aufgeklärt, was passiert war, wie wild und gefährlich er geworden war und wie er fast ein Dutzend Jäger zerfleischt hatte, um ihren jüngeren Bruder zu schützen.

Seitdem sahen ihn alle als verkorkst an.

Jetzt hatte er bewiesen, dass er diesen Titel auch verdient hatte. Ein verkorkster Versager der höchsten Güteklasse.

»Klar«, murmelte Rath.

Cobalt riss sich aus seinen Gedanken und starrte seinen Bruder an, während er sich abmühte, das Wort zu verstehen, als ob es ihm völlig fremd wäre.

»Klar?« Er wäre auf den Hintern gefallen, wenn er sich damit nicht gerade gegen das Geländer lehnen würde. Der Schock, der ihn durchfuhr, als er realisierte, dass sein Bruder einverstanden war und ihm erlaubte, am Creek zu bleiben und zu helfen, brachte ihn aus dem Konzept. »Wirklich?«

Rath nickte.

»Du hast recht, und Ivy lenkt mich ordentlich ab.« Ein Grinsen umspielte die Lippen seines Bruders – eines, das sagte, dass sie ihn oft ablenkte, er sich aber nicht darüber beschwerte. »Sie will bald los, um Fotos von Geisterbären zu machen, und ich werde mit ihr gehen wollen. Der Gedanke, den Creek unbewacht zu lassen, macht mir schon lange zu schaffen, also ist das vielleicht die perfekte Lösung. Du kannst das ganze Jahr über bei mir bleiben. Einige der Hütten sind inzwischen auch in die Jahre gekommen und brauchen mehr als nur Ausbesserungen.«

»Ich habe über Metalldächer nachgedacht«, sagte Cobalt und als Raths dunkle Augenbrauen nach oben wanderten, zuckte er steif mit den Schultern. »Sie sind besser bei Schneefall, halten länger als Holzschindeln und sollen einen stärkeren Schutz vor Waldbrandglut und damit auch Feuer bieten.«

Feuer.

Das erinnerte ihn an das Feuer in seinem Inneren.

Sein gesamter Fokus konzentrierte sich sofort auf ihre Hütte und seine Sinne streckten sich nach ihr aus. Er musste sie spüren. Sie war genauso verheerend wie ein Waldbrand, ließ ihn ebenso heftig brennen und verwandelte ihn in Asche, sobald er in ihrer Nähe war.

»Das ist eine gute Idee.« Raths Stimme durchbrach

seine Gedanken an sie und er zwang sich, seine ganze Aufmerksamkeit wieder auf seinen Bruder zu richten. »Das wird aber eine Menge Arbeit sein.«

»Ich schaffe das schon.« Er glaubte fest daran.

Das war seine Chance, sich seinem Bruder gegenüber zu beweisen.

Vielleicht war es sogar mehr als das. Vielleicht war es auch eine Chance, sich dem Rudel gegenüber zu beweisen.

Er hatte nie wirklich zum Creek gepasst, hatte nie das Gefühl, dass es sein Zuhause war, aber jetzt wollte er sich hier einen festen Platz schaffen.

Er wollte wieder einen klaren Kopf bekommen und spürte in seinem Innersten, dass dies etwas sein könnte, das er gut konnte und das er nicht wegen seines Problems vermasseln würde. Er würde genug Abstand zu Rath halten, auf seinem eigenen Grundstück arbeiten und am Creek helfen, und hier, wo es ruhig und erholsam war, würde er es zu etwas bringen.

»Miss die Hütten aus, fang mit unseren an und schau, was für Preise du bekommen kannst. Ich werde mit den anderen Hüttenbesitzern sprechen, aber ich bin mir sicher, dass sie mit an Bord sein werden.« Raths Vertrauen in ihn berührte Cobalt, erleichterte seine Schultern und sorgte dafür, dass er es kaum erwarten konnte, loszulegen. Außerdem konnte er nicht fassen, dass er das Gespräch mit seinem Bruder so lange hinausgezögert hatte.

Er hätte wissen müssen, dass Rath verständnisvoll

sein und ihm die zweite Chance geben würde, die Cobalt so dringend benötigte.

Er schaute sich um, während die Sonne aufging und die Berge, die das abgelegene Tal umgaben, in ein warmes Licht tauchte. Es färbte den Schnee auf ihren Gipfeln golden und schien das satte Grün der Wälder, die sie umgaben, noch lebendiger werden zu lassen.

Hier konnte er sich ein Zuhause schaffen, sich endlich niederlassen und Wurzeln schlagen. Kein Umherstreifen mehr. Es war an der Zeit, dass er aufhörte, ständig vor sich selbst wegzulaufen, und dass er sich den Dingen direkt stellte.

Ember war jetzt hier.

Er hatte so lange auf sie gewartet, und sicher war es nicht so, wie er es geplant hatte, aber er wollte verdammt sein, wenn er die Frau, nach der er sich seit zwei Jahrzehnten sehnte – die sein Herz und sein ganzes Wesen besaß – kampflos gehen lassen würde.

Seine Augen mussten sich verändert und golden geleuchtet haben, als sich die Gedanken an Ember mit dem Bedürfnis vermischten, um sie zu kämpfen und jeden Mann auszuschalten, der zwischen ihm und ihr stand.

»Ist die Arbeit das Einzige, worüber du reden musst?« Rath beäugte ihn genau.

Cobalt zwang sich, zu nicken.

Obwohl es sich gut anfühlte, seinem Bruder gegenüber sein Herz auszuschütten und alles auszusprechen, konnte er Rath nicht den anderen Grund nennen, warum er sich sprunghaft fühlte und ständig auf dem Zahnfleisch ging. Das würde bedeuten, dass er Rath etwas gestehen müsste, was er noch nicht zu verkünden bereit war.

Etwas, das er von der Sekunde an gewusst hatte, in der er sie vor all den Jahren erblickt hatte.

Ember war seine Schicksalsgefährtin.

Begehrt von ihrem Puma

Der Puma-Wandler Cobalt sehnt sich nach seiner Schicksalsgefährtin, nach eben jener Frau, die er seit zwei Jahrzehnten schon verstohlen beobachtet … aber jetzt, da er bereit ist, sie zu erobern, könnte sie ihm für immer entgleiten. Die letzten zwanzig Jahre hat Cobalts Herz für eine einzige Frau geschlagen, eine wunderschöne, schwarzhaarige Puma-Dame, die ihn im Sturm eroberte, seit er sie zum ersten Mal erblickt hat. Seine Position als Rudelbeschützer war bei früheren Paarungsspielen ein Segen, da er die Weibchen auf Abstand halten konnte, aber dieses Mal fühlt es sich wie der schlimmste Fluch der Welt an. Das Weibchen, das ihn so verzaubert hat, nimmt zum ersten Mal an der Zusammenkunft teil, und alles, was er tun kann, ist zuzusehen, wie die Männchen um ihre Gunst kämpfen.

Sosehr sie es auch hasst, dass ihre Mutter alles in ihrem Leben kontrolliert, so dankbar ist Ember ihr dafür, die ständigen Anwärter abzuweisen. Ihre Mutter weiß nicht, welchen Schmerz sie Ember mit jedem Mann erspart, den sie ablehnt, denn keiner dieser Männer ist der wunderschöne Blondschopf mit den dunklen Augen und dem lässigen Lächeln, für den sie mit einer Intensität brennt, die ihr Angst macht und Gefühle in ihr weckt, die sie fast dazu bringen, etwas Unüberlegtes zu tun. Er mag beschädigte Ware sein, gefährlich und unberechenbar, aber mit jedem weiteren unheilvollen Kampf um sie wächst ihre Entschlossenheit, ihrem Herzen zu folgen – ohne Rücksicht auf die Konsequenzen.

Mit jedem Kampf um das Recht, Ember zu erobern, drohen die Fesseln, die Cobalts Gefühle zügeln, zu zerreißen. Eine Qual, die er nicht ertragen kann und die ihn dazu bringt, alles zu riskieren. Ein einziger Kuss würde selbst die härteste Strafe lohnenswert machen. Er würde für einen Moment mit ihr sterben … mit seiner Schicksalsgefährtin.

Jetzt kaufen:
https://www.felicityheaton.com/german

ÜBER FELICITY HEATON

Ich bin eine NY-Times- und USA-Today-Bestsellerautorin für paranormale Liebesromane und lebe mit meiner Katze und meinem Ehemann in einem kleinen ländlichen Dorf in Oxfordshire in England. Ich liebe es, von zu Hause aus lange Spaziergänge auf dem Land zu machen, und ich reise gerne an weit entfernte Orte, aber auch in heimische Gegenden. Außerdem liebe ich alles, was mit Zimt zu tun hat.

Ich habe über 90 Bücher geschrieben und bin vor allem für meine Welt der Ewigen Gefährten (»Eternal Mates«) bekannt, die mehrere verschiedenen Serien umfasst, in denen es sich immer um Schicksalsgefährten dreht. Diese Geschichten sind voller Dunkelelfen, Wandler, Vampire, Dämonen, Engel, Sterblichen, Fae und vielem mehr.

Die wichtigste Serie in dieser Welt ist die Reihe Eternal Mates (bisher nicht auf Deutsch veröffentlicht). Außerdem gibt es die Reihe der Cougar-Creek-Gefährten – in der es um die Nachbarn der Black-Ridge-Bären geht – und die Reihe der Londoner Vampire.

Wenn du eher auf griechische Götter stehst,

kannst du mal in meine Guardians-of-Hades-Reihe reinschnuppern, in der es um die Kinder von Hades und Persephone geht (inklusive einer Nacherzählung ihres Mythos).

Wenn du umfangreiche paranormale Liebesromanwelten voller Leidenschaft und Action und mit einer Prise Humor suchst, wirst du meine Bücher lieben.

Erfahre mehr über meine paranormalen Liebesromane:

https://www.felicityheaton.com/german

Wenn du gerne E-Mails von mir mit Neuigkeiten über zukünftige deutschsprachige Veröffentlichungen, Verkaufsaktionen und Bonusszenen erhalten möchtest, melde dich für meinen Newsletter an:

https://geni.us/fhdenewsletter

Printed in Poland
by Amazon Fulfillment
Poland Sp. z o.o., Wrocław

56626510R00178